Le regole del gioco

L. A. WITT

Triskell-Dreamspinner

Special Print Edition

Pubblicato da
Triskell Edizioni - Dreamspinner Press - Special Print Edition

Le regole del gioco
Copyright © 2009 by L.A. Witt
Traduzione di Martina Nealli

Design di copertina di Mara McKennen

Stampato negli Stati Uniti d'America
Prima Edizione
Novembre, 2009

Edizione eBook italiano: 978-1-61372-914-4
Ediziona cartacea italiano: 978-88-9312-234-4

A mamma, papà ed Eddie, per l'amore e il
sostegno,
e a Nichola – ancora una volta, ti sono
debitrice.

UNO

Quando la barista si chinò a prendermi la Bud Light dal frigo sotto al bancone, la camicia le si aprì rivelando l'ampia scollatura. La donna alzò lo sguardo e mi lanciò un sorriso a trentadue denti.

«Ecco la birra,» fece. Nel prenderla, le sfiorai apposta il dorso della mano. La donna guardò le nostre mani, poi me; ammiccai e lei ricambiò.

Un attimo dopo era sparita a servire altri clienti e io mi appoggiai al bancone con un sorriso compiaciuto. Mi guardai intorno: tutte le bariste del locale flirtavano con i clienti. Era un gioco innocente e, di solito, bastava e avanzava a farmi eccitare. Non che ci volesse molto, in effetti.

D'istinto mi portai la mano sull'anulare sinistro: subito il mio buonumore si dissolse come nebbia al sole, rimpiazzato dalla solita morsa alle budella. Non avevo nessun motivo per sentirmi in colpa; il divorzio non era stato ancora ufficializzato, ma il mio matrimonio era finito da un pezzo – anche se per ora non riuscivo a superarlo.

Sospirai e bevetti un lungo sorso. Forse non era la serata giusta per cercare di rimorchiare qualcuno. Mi era già successo altre volte e non c'era niente da fare.

Oh, beh. Ormai ero uscito, tanto valeva che mi divertissi un po', invece di andare a casa a ubriacarmi.

Grida e fischi al biliardo in fondo alla sala attirarono la mia attenzione, e mi voltai per vedere cosa stesse capitando. Un tipo col cappello da cowboy fissava inebetito il tavolo – la bocca spalancata e le spalle curve – e scuoteva la testa incredulo. Il suo avversario – un bastardo arrogante, con la camicia mezza aperta su una t-shirt bianca – aveva una mano stretta intorno alla stecca e l'altra tesa verso il cowboy. Stava dicendo qualcosa e aveva un ghigno dipinto sul volto. Il cowboy alzò gli occhi al cielo e se ne andò, sbattendo forte la sua stecca sul tavolo.

Il vincitore prese i soldi in palio e se li infilò in tasca. Si guardò intorno, con un sopracciglio inarcato, e si rivolse agli altri spettatori. A giudicare dal modo in cui questi distoglievano lo sguardo, o addirittura si allontanavano, l'uomo stava cercando un'altra vittima. Lo vidi sorridere e passarsi una mano fra i capelli scuri, che gli sfioravano appena il colletto. Persino il taglio era presuntuoso: curato, in ordine, ma lungo quel tanto che bastava a dichiarare «Non me ne frega un cazzo della tua opinione».

Una ragazza in canottiera blu emerse dalla folla e prese una stecca dal muro. Sorrise allo squalo e fece ondeggiare il seno. Dovetti bere un sorso di birra – come qualsiasi altro uomo nella stanza che la stesse guardando. Qualsiasi a parte lo squalo, che non si scompose minimamente. Lo vidi passare il gesso sulla punta della stecca, sorridere alla donna e dirle qualcosa che la fece arrossire.

Scosse la testa per spostarsi una ciocca di capelli dal volto e la fissò mentre eseguiva il primo tiro. Quando sorrise, negli occhi azzurri comparve una scintilla diabolica.

Dalla mia posizione non potevo sentirli, ma a giudicare dalle espressioni la discussione si stava facendo animata. Mi avvicinai per guardare la partita, lieto della distrazione.

«Vacci piano con lui, Josie,» fece uno spettatore alla ragazza.

«Nah,» rispose lo squalo, chinandosi per colpire la bilia. «Metticela tutta.» La luce sul tavolo gli proiettava un'ombra sotto gli zigomi alti e gli illuminava i capelli, sottolineando riflessi ramati che mi fecero pensare a colpi di sole. *Da quando noto certe cose?* Cercai di concentrarmi sulla partita.

«Forse è lui che dovrebbe andarci piano,» fece qualcun altro. «Stasera hai perso almeno una partita?»

Lo squalo ridacchiò e mandò in buca la bilia sei. «È una settimana che non perdo.»

«Goditela finché dura,» rispose Josie. La ragazza ostentava sicurezza, ma quando lo squalo buttò in buca la bilia tre, la vidi vacillare impercettibilmente.

«Forse hai ragione. Forse fra poco perderò...» L'uomo posizionò la stecca. «Ma non questa partita.» Come a sottolineare la frase, colpì la palla bianca e mandò in buca la uno e la quattro con un'unica, splendida mossa.

«Distrailo,» suggerì a Josie uno spettatore. «Fagli vedere le tette.»

«Non funzionerebbe.» Lo squalo diede un'occhiata al tipo che aveva parlato. «Ma potresti ottenere qualche effetto se mi mostrassi le tue.» Rise e, mentre tornava a guardare il tavolo, incrociò il mio sguardo.

«Magari ti batterebbe, se la lasciassi giocare,» osservò qualcuno.

«La lascerò giocare,» rispose lo squalo. «Appena sbaglio un colpo, sarà il suo turno.» Si sporse sul tavolo.

Risi. «Sembri molto sicuro di te.»

Inarcò un sopracciglio e sorrise, sardonico. «Piuttosto che farmi sconfiggere da una donna, stai sicuro che ce la metto tutta.» Si concentrò sulla palla bianca.

«Ci sono cose peggiori.»

Mi guardò. «Ah, sì?»

Feci spallucce e bevetti un sorso di birra. «Tipo farsi sconfiggere da qualcuno che sa giocare.» Josie mi fulminò con lo sguardo, ma non la degnai di un'occhiata.

Stavolta, quando lo squalo mi guardò, colsi qualcosa nella sua espressione che mi fece trattenere il respiro. Durò appena un istante: un secondo dopo, l'uomo era già tornato a concentrarsi sul gioco. Tirò e la bilia due mancò la buca di un soffio. L'uomo imprecò e cedette il posto a Josie.

«Era ora,» commentò questa. «Adesso ti insegno io come ci si sente a essere sconfitti da una donna.» Si sporse sul tavolo, i jeans tesi sopra le sue gambe. Tutti gli uomini del locale la fissavano ipnotizzati – me incluso. Quando si mise in posizione e si fermò per prendere meglio la mira, bevetti un sorso di birra.

Nello staccarmi dalla bottiglia, gettai un'occhiata allo squalo.

Mi stava guardando.

Aveva un'espressione curiosa in volto, una combinazione di stupore e presunzione. Mi stava squadrando, valutando, soppesando mentalmente, come per decidere se sfidarmi o meno.

Trattenni la birra in bocca per un istante e, quando deglutii, fui certo che mi stesse fissando la gola. Poi tornò a guardarmi negli occhi, stavolta con risoluzione.

In quell'istante seppi con certezza assoluta che, appena finito con Josie, sarebbe stato il mio turno.

La ragazza riuscì a mandare in buca quattro bilie prima di sbagliare. Il suo – e presto mio – avversario la sconfisse con facilità, imbucando tutte le palle che restavano prima di dedicarsi alla otto.

«Bella partita,» disse, porgendole la mano oltre al tavolo.

Josie la strinse e sorrise, ma con un che di rigido e irritato nei gesti. Si accomiatarono e la donna se ne andò.

Lo squalo guardò me e indicò il tavolo. «È ancora presto. Ci stai?»

Sorrisi e presi una stecca dal muro. «Quanto scommettiamo?»

Sollevò la birra e rispose «Cinquanta.»

Tirai fuori i soldi dal portafoglio. «Da quant'è che non perdi una partita?»

Lo squalo rise e sistemò le palle nel triangolo. «Qualche giorno. Ma succede anche a me, di tanto in tanto.»

«Bene,» risposi. «Almeno ci sei abituato.»

Fece un sorriso ampio e mi guardò fra gli occhi a fessura. «Mi piace la sicurezza.»

Posai la birra e passai il gesso sulla stecca. «Spero che ti piaccia anche perdere.»

«Non saprei, cosa si prova?»

Feci per replicare con qualche battuta, ma mi accorsi che non mi stava guardando. Teneva gli occhi fissi sul gesso stretto fra le mie dita. Lo strofinai lentamente sulla punta e guardai i suoi occhi seguirne il movimento, finché non lo staccai.

Si schiarì la voce e prese a sua volta il gesso. «Spacca tu.»

Annuii. Una tensione anomala mi attanagliò le budella mentre appoggiavo la palla bianca sul tavolo. Presi la mira e mi sforzai di rimanere concentrato, di ignorare il suono ruvido del gesso contro la punta della sua stecca. Deglutii, aggrottai la fronte e mi preparai a colpire.

La bilia dodici andò in buca. Al colpo successivo, la dieci.

«Rigate, eh?» Non sembrava affatto nervoso. Era convinto di avere la vittoria in tasca. *Vedremo.*

«Già,» risposi, valutando i tiri possibili. Poi lo guardai. «Non preoccuparti, le faccio sparire subito.»

Ridacchiò e si portò la bottiglia alle labbra. «Che gentile.»

Il mio lato esibizionista voleva compiere un qualche tiro spettacolare per conquistare la folla, ma quello competitivo sapeva che non era il caso di rischiare. Contro un avversario del genere, la cosa migliore era attenersi a tiri semplici e sicuri; il punteggio finale era l'unica cosa importante, e ai due bigliettoni da cinquanta non importava in che modo avessi vinto.

Evitai il suo sguardo e mi preparai al tiro successivo. Ostentavo sicurezza, ma mi sentivo nervoso. Non solo perché lo squalo era un giocatore eccezionale; c'era qualcosa, nel suo sguardo, che mi disturbava. Come se non mi stesse valutando solo come avversario.

Concentrati. Sta cercando di spaventarti. Inspirai a fondo e tirai, mandando in buca la bilia quattordici. Mi spostai intorno al tavolo per seguire la palla bianca e mi arrischiai a guardarlo. Incrociai appena il suo sguardo, ma bastò a levarmi il fiato.

Forse era solo una strategia per mandare in crisi gli avversari, ma non avevo mai visto niente del genere. Quando i nostri occhi si incrociarono, per una frazione di secondo, lo vidi sconvolto quanto lo ero io. Mi domandai se anche a lui il cuore era schizzato nel petto.

Se era una tattica per innervosirmi, stava funzionando alla grande.

Mi sporsi sul tavolo, col cuore che mi pulsava nelle tempie. Proprio mentre tiravo, qualcuno mi colpì da dietro e la palla bianca superò la nove senza neanche andarci vicino. Imprecai sottovoce.

Lo squalo mi porse la battente. «Rifallo.»

«Grazie,» brontolai. Mi voltai a vedere chi mi aveva colpito e intanto allungai la mano verso la palla.

La sentii cadermi nel palmo e, allo stesso tempo, lo squalo mi sfiorò il polso col pollice. Guardai le mani, poi lui, e capii subito che l'aveva fatto apposta. Rabbrividii e chiusi le dita intorno alla palla, con un sospiro.

Lo squalo deglutì ma non distolse lo sguardo, come se mi sfidasse a farlo per primo. «A te.»

«Grazie.» Quasi mi strozzai. Mi schiarii la voce e rimisi la palla al suo posto. Controllai di non avere nessuno alle spalle, dopodiché ritirai.

Stavolta nessuno mi toccò, ma mi tramavano le mani: la bilia nove colpì in pieno il bordo e rimbalzò in mezzo al tavolo. Mi tirai su con un sospiro e guardai il mio avversario.

«Tocca a te,» dissi sconsolato.

Lui annuì con un ghigno. *Bastardo arrogante.* Non potevo credere che fosse riuscito a mandarmi in tilt. C'ero cascato in pieno e avevo sbagliato un tiro davvero facile.

Analizzò il tavolo in cerca del tiro perfetto, probabilmente calcolando ogni possibile colpo da ogni possibile angolatura, studiando la situazione come fa un giocatore di scacchi. Nel frattempo tamburellava con le dita sul bordo ed ebbi l'impressione di scorgervi un lieve tremito. Aggrottai le sopracciglia e mi concentrai su quella mano, cercando di capire se me lo fossi immaginato.

Smise di tamburellare, ma continuò a tremare.

Quando alzai lo sguardo, vidi che anche lui mi stava fissando.

Deglutii e stavolta fui certo che il suo sguardo seguisse il movimento della mia gola. Si passò appena la lingua sulle labbra, ma subito tornò a concentrarsi sul gioco. Feci un passo indietro, fissando le bilie senza vederle.

Di qualunque cosa si trattasse, non era un gioco. Altro che tentativo di mettermi fuori uso: lo squalo faticava quanto me a rimanere concentrato.

«Tocca a te.» La sua voce mi fece trasalire.

Guardai il tavolo e ricalcolai il punteggio. C'erano ancora quattro palle rigate, tre piene, e la otto. Cristo, era riuscito a mandarne in buca quattro senza che neanche me ne accorgessi. Forse non era poi così nervoso.

Ne imbucai due, poi sbagliai. Lo squalo ne mandò in buca una delle sue. Poi un'altra io. Il tutto mentre cercavamo di non guardarci e di restare concentrati sul gioco.

La folla di spettatori si fece più numerosa. Alcuni erano impressionati dal fatto che stessi dando del filo da torcere allo squalo, ma altri si accorsero – come me n'ero accorto io – che l'uomo non era al massimo della forma. Non stava giocando come al solito, come aveva fatto con Josie e con il tizio vestito da cowboy.

Mi domandai se qualcuno potesse percepire la strana tensione nell'aria, che sembrava non avere niente a che fare con la partita.

«Cazzo,» mormorò lo squalo quando la bilia bianca finì in buca insieme alla due. La pescò e me la porse.

Stavolta gli sfiorai il palmo con le dita e lo vidi trattenere il fiato. Faceva un caldo boia nel locale, ma ero felice di aver scelto una camicia a maniche lunghe. Chiunque, altrimenti, avrebbe visto che avevo la pelle d'oca.

Mandai in buca la bilia undici, portandoci in parità: ci restavano una palla a testa e poi la otto.

Sbagliai il tiro.

Subito dopo, sbagliò anche lui.

Imprecai sottovoce e mi preparai a colpire di nuovo. Stavamo entrambi giocando da schifo, ma perché? Cosa diavolo stava succedendo?

Mentre mi concentravo sulla palla, vidi qualcosa con la coda nell'occhio. Alzai lo sguardo giusto in tempo per osservare lo squalo che passava il gesso sulla stecca, prima di soffiarne via la polvere in eccesso. Mi si mozzò il fiato in gola.

Cristo santo, che cazzo mi succede?

Mi sforzai di concentrarmi e riuscii a mandare in buca la tredici. Lo squalo strinse le labbra e alzò un sopracciglio. La palla otto era vicinissima al buco. Era un tiro facile; avevo vinto e lo sapevamo entrambi.

Sempre che riuscissi a far funzionare le mani. Avrei voluto prenderlo in giro, fare qualche battuta sagace, ma di colpo lo vidi passarsi la lingua sui denti e istintivamente lo imitai. Rimanemmo a fissarci. Un brivido mi percorse dalla testa ai piedi, rendendomi le gambe di burro, e un'improvviso calore fra le gambe mi rivelò il senso esatto di tutto quel nervosismo.

Cercai di respirare, di concentrarmi sul tiro – di capire come fosse possibile che un uomo mi facesse quell'effetto.

«Palla otto.» Avevo la bocca asciutta. Mi concentrai sulla bilia bianca: solo la bilia bianca, niente squalo, niente erezione, niente assurdi effetti collaterali. Grazie a Dio non solo avevo indosso una camicia a maniche lunghe, ma l'avevo anche lasciata fuori dai pantaloni; sperai che fosse abbastanza lunga da evitarmi una figuraccia.

Tirai e la palla cadde nel buco.

La folla che osservava la partita eruppe in grida fragorose, applaudì la mia vittoria e lanciò frecciatine allo squalo, che aveva appena perso dopo chissà quanto. Lo vidi scuotere la testa incredulo e prendere i soldi dal tavolo.

«Bella partita,» disse. «Davvero bella.» Me li passò e mi porse l'altra mano. «Brandon Stewart.»

«Dustin Walker.» Gliela strinsi. Gli strofinai il dorso col pollice e lui fece lo stesso. Entrambi ci irrigidimmo, prima di sciogliere la stretta e schiarirci la voce.

«Quando ti va di darmi la rivincita,» disse, reggendo il mio sguardo a fatica – curioso, considerato che di solito era così arrogante. «Sai dove trovarmi.»

Deglutii. «Ti prendo in parola.»

Indicò il tavolo. «Quando vuoi.»

«In realtà, adesso devo andare,» risposi. «Ma vengo qui spesso. Appena ti ritrovo, stai sicuro che non mi lascerò sfuggire l'occasione di umiliarti.»

Sorrise e mi fece l'occhiolino. «Quando e dove vuoi.»

Ci scambiammo un'altra stretta di mano. Poi finii la birra e mi diressi all'uscita, cercando di capire che diavolo fosse appena successo.

Non appena misi piede fuori, il vento fresco sul viso mi sollevò quasi da terra. Inspirai a fondo. L'aria nel locale era sempre viziata, ma quella sera, intorno ai tavoli da gioco, si era fatta decisamente bollente.

Ripensai a ogni dettaglio della partita: gli sguardi, il modo in cui lo squalo mi aveva toccato, le sue mani che tremavano. Non avevo mai fatto quell'effetto a nessun uomo – non che sapessi, almeno – e nessun uomo l'aveva mai fatto a me.

Che accidenti è successo?

Erano appena le dieci, ma avevo dovuto andarmene; non avrei retto un'altra partita. Non sarei più riuscito a giocare e neanche a respirare, sotto lo sguardo intenso di Brandon.

Presi le chiavi dall'auto e premetti il pulsante per sbloccare le portiere.

«Ehi, Dustin!» La voce di Brandon mi bloccò. Mi voltai e lo vidi avvicinarsi a passo svelto e rilassato: senza fretta, ma con una certa decisione. Si era messo un bomber di pelle nera e teneva le mani in tasca. Quando mi raggiunse, si complimentò: «Sei davvero bravo a biliardo.»

«Anche tu,» risposi, sforzandomi di respirare.

Per un attimo restammo in silenzio fra la mia macchina e quella accanto, senza guardarci negli occhi.

Si schiarì la voce. «Senti...» si fermò. «Questo week-end c'è un torneo di Palla 8.» Si umettò le labbra, e io rabbrividii. «Pensavo che, uhm...»

«Oh,» risposi. «Non ho mai partecipato a un torneo.»

Sorrise. «Dovresti provare.»

«Magari lo farò. Tu ci sarai?»

«Sicuro.»

«Forse verrò a vederti.» Arrossii di colpo, realizzando quel che avevo detto. «Cioè, a vedere la partita.»

Rise piano. «Ho capito.»

«Ci penserò.» Gli porsi la mano e aggiunsi: «Adesso devo andare.»

«Sì, anch'io.» Mi guardò negli occhi e ricambiò la stretta. «Volevo solo farti sapere del torneo. Mi sono scordato di dirtelo prima.»

«Grazie,» risposi.

Ci guardammo in silenzio, senza lasciar andare le mani. Dubitavo che fosse venuto fin qui solo per informarmi del torneo. Volevo chiedergli perché mi aveva seguito, ma non riuscivo a ricordare come muovere la bocca.

E nemmeno a levargli gli occhi di dosso.

Sentii che muoveva la mano e pensai che mi avrebbe lasciato andare, invece ruotò il polso, come in una presa di braccio di ferro, e mi attirò a sé.

Mi prese alla sprovvista: barcollai e gli caddi addosso. Lui fece un passo indietro e in un attimo ci ritrovammo appoggiati all'altra macchina, le mani ancora intrecciate, lui schiacciato contro il metallo e io col braccio di fianco alla sua testa. Separati da pochi millimetri, anche se il suo ginocchio arrivava giusto a sfiorare il mio.

Immobili, trattenemmo il fiato. Quando finalmente Brandon si riempì i polmoni d'aria, la sua giacca di pelle scricchiolò nel silenzio del parcheggio. Deglutii, nervoso, e lui fece altrettanto. La tensione nel locale non era niente in confronto all'elettricità di quel momento.

«Scusa,» sussurrò. «Non volevo farti cadere.»

«È tutto a posto.» Tacqui, e aggrottai le sopracciglia. «Cosa volevi fare?»

Sorrise e le guance gli si imporporarono. Mi rispose, con uno sguardo timido: «Ero curioso.»

Strabuzzai gli occhi. «Di cosa?»

«Di come avresti reagito.» Resse lo sguardo, ma era chiaramente nervoso. Molto più nervoso che durante la partita. Più nervoso, probabilmente, di quanto gli fosse congeniale. Si leccò le labbra e sentii l'uccello pulsarmi nei pantaloni.

Dio, Brandon, perché mi fai questo? «Era questo che ti aspettavi?»

«Non sapevo cosa aspettarmi. Non lo so nemmeno adesso.» Le dita, ancora strette nelle mie, gli tremarono appena. Inspirò a fondo e sussurrò: «Tocca a te.»

Il cuore mi scoppiava nel petto. Qualcosa nella testa mi diceva che era il momento di ritirarsi, di sciogliere l'imbarazzo, di tornare sulla terra ferma e di ristabilire la distanza di sicurezza fra due uomini apparentemente etero. Ma non mi mossi. Non sapevo che fare.

Si prese il labbro inferiore fra i denti e lo leccò per un secondo. Sentii un bisogno folle di assaggiarlo, di scoprire che sapore avessero la sua bocca e la sua lingua.

Evitai il suo sguardo, invece, e feci per scostarmi, però all'ultimo mi bloccai. Mi sentivo le guance in fiamme.

«Ho le spalle al muro,» sussurrò Brandon, con voce incerta. «Devi solo fare un passo indietro, voltarti e lasciarmi andare.»

Deglutii a fatica e lo guardai negli occhi. «Ma non è quello che vuoi, giusto?»

Scosse la testa.

Con un filo di voce, continuai: «Che cosa vuoi che faccia?»

Esitò. «Quello che ti senti di fare.»

Mi avvicinai e inspirai a fondo per cogliere il suo odore maschile, muschiato, e mi venne la pelle d'oca. Portai i fianchi vicini ai suoi e sentii le ginocchia cedere. Quando sfiorai il suo cazzo duro col mio, entrambi sobbalzammo. Ormai tremavo, sopraffatto da lui e dal momento.

Avevo il viso abbastanza vicino al suo da sentire il calore che emetteva. Quando sospirò, il suo fiato era tiepido sulla mia pelle e a malapena rimasi in piedi.

Alla fine, riuscii a mormorare: «Tocca a te.»

«Dimmi cosa vuoi che faccia,» rispose e la vibrazione della voce si diffuse fino alle mie guance.

«Lo sai cosa voglio.»

«Hai ragione.» Quando mi sfiorò le labbra con le sue, non potei più sopportare la distanza: lo baciai – un bacio semplice, labbra contro labbra. Per un attimo restammo immobili, a respirare l'uno l'aria dell'altro. Poi piegò appena la testa e sentii il suo mento ruvido, sotto le labbra, così diverso dalla bocca morbida.

Mi separò le labbra con la lingua. Ci baciammo con passione e io cambiai posizione, mi lasciai andare contro il suo corpo e levai il braccio dall'auto. Gli cinsi la vita e gemetti quando i nostri fianchi entrarono in contatto. Ci esplorammo le bocche a vicenda e mi persi in lui, in quell'abbraccio.

Udii a malapena il crepitio della sua giacca quando alzò il braccio. Per un attimo tenne la mano sul mio collo, poi la spostò nei capelli e mi graffiò gentilmente lo scalpo con le unghie. Rabbrividii e trasalii, sorpreso, e interruppi il bacio; però non resistetti un secondo lontano dal calore di quella bocca e tornai a baciarlo disperato.

Baciava in modo gentile, come una donna, se non di più. Per qualche ragione, mi sorprese; non so cosa mi aspettassi – se mi aspettassi qualcosa – dal bacio di un uomo, ma di sicuro non quel contatto soffice e sensuale, non quella dolcezza. Non mi ero mai sentito così eccitato.

Mi passò le dita fra i capelli e poi sul volto, con tenerezza; feci altrettanto, tastando la morbidezza dei suoi capelli e la ruvidezza delle sue guance.

Interruppi il bacio e appoggiai la fronte alla sua, tenendogli il volto fra le mani. Con i pollici mi sfiorò le ossa della mandibola e restammo in silenzio, senza fiato; l'unico rumore fra noi era lo scricchiolio della sua giacca ogni volta che respirava.

Mi tremavano le mani, e anche a lui. Nessuno dei due riusciva a riprendere fiato. Avevo il cazzo così duro che mi faceva male e la cosa doveva valere anche per lui, almeno a giudicare dal modo in cui gemette quando glielo strofinai contro. Non ero mai stato così eccitato in vita mia, e ci eravamo appena baciati.

E morivo dalla voglia di rifarlo.

Lo attirai a me e lo baciai di nuovo, usando la punta della lingua per attirare la sua nella mia bocca. Il sapore delle sue labbra combinato all'odore forte, maschile, della sua pelle, mi fece girare la testa. Non bastava mai.

Lo tirai indietro piano, per i capelli, e mi tuffai sul suo collo per baciarlo come avevo fatto in passato con le donne. Sentii la vibrazione del suo gemito sotto la lingua e le unghie che mi conficcò nelle spalle. Lo baciai fino all'orecchio e lì mi misi a tormentarlo con la lingua. Mi attirò a sé, sfregando il bacino contro il mio, mentre gli succhiavo il lobo. Poi tornai al collo, scendendo stavolta lungo la gola.

«Baciami.» La sua voce era talmente bassa che la sentii sulla pelle, più che udirla.

«Fra poco.» Continuai a baciargli il collo, senza staccare le labbra. Con le dita gli accarezzai la nuca.

«Adesso, cazzo,» mormorò. Sorrisi e mi fermai per disegnargli dei cerchi con la lingua.

«Baciami. Voglio che mi baci.» La quantità di desiderio in quel «voglio» mi lasciò quasi tramortito, ma prima che potessi accontentarlo mi strinse le dita fra i capelli e mi tirò indietro la testa. Mi baciò, divorandomi la bocca con una fame incredibile. Lo schiacciai contro la macchina, avvicinandomi il più possibile al suo corpo. Ero stordito, sopraffatto, completamente perso in lui. Non sapevo cosa volevo fare, cosa volevo che facesse. Non capivo più niente, tranne che desideravo toccarlo e assaporarlo.

Dopo un attimo, interruppe il bacio e mi mise le dita sul volto, per guardarmi – ma abbassò subito gli occhi.

«Cazzo.» Sembrava frustrato, quasi arrabbiato.

«Che succede?» gli chiesi, allarmato.

Tornò a baciarmi, stavolta con dolcezza. Deglutì a fondo, e sussurrò: «Non voglio, ma devo andare.»

Sentii il cuore stringersi in una morsa di delusione, sollievo e frustrazione. «Subito?»

Si passò la lingua sulle labbra. *Cristo, ora che so che sapore hanno, è ancora più eccitante.* «Altrimenti...» La voce gli tremò, «Staremo qui tutta la notte.»

Annuii e mi staccai da lui con dolore, ma subito mi tirò per la maglia e mi baciò di nuovo, affamato. Cercammo di separarci, ma tornammo incollati. Provammo di nuovo e di nuovo ci riattaccammo. Ogni volta che le nostre bocche si incontravano, il desiderio febbricitante si faceva più intenso.

Alla fine riuscimmo a separarci.

Mi appoggiai alla macchina e mi aggrappai la maniglia, per impedirmi di trascinarlo a me per un ultimo bacio. Dovevo calmarmi, recuperare il fiato e ridiscendere sulla terra.

Per un attimo restammo in silenzio. Quando Brandon mi si avvicinò, evitai il suo sguardo, temendo che, se lo avessi anche solo intravisto, avrei perso di nuovo il controllo.

«Vorrei...» si fermò. «Vorrei rivederti.»

Deglutii a stento. «Anch'io.»

«Dustin.»

Chiusi gli occhi.

«Dustin, guardami.»

Mi imposi di restare calmo e sollevai lo sguardo. Quando incontrai il suo, soppressi a malapena un gemito di frustrazione. La tensione fra le gambe si stava facendo insopportabile.

«Sabato sarò al torneo,» ripeté.

«Lo so.»

«Verrai?»

Niente e nessuno potrebbe impedirmelo, avrei voluto rispondere, ma riuscii a stento ad annuire.

Sorrise, mi toccò il viso e mi baciò: un bacio dolce, stavolta, tenero, poco più che uno sfioramento di labbra; ma la tensione era ancora nell'aria. Non avevo idea di come riuscisse a controllarsi così bene, ma quando interruppe il bacio, un istante prima di staccarsi da me, sospirò affannato e sentii le dita tremargli sul mio volto.

Trattenni il fiato. Dovevo lasciarlo andare o non sarei riuscito a trattenermi. Lo desideravo, lo desideravo in un modo assurdo, illogico e inconcepibile.

Quando levò la mano dalla mia pelle, riuscii a tornare a respirare. Eravamo vicinissimi, praticamente appiccicati, e ancora mi pareva di essere troppo lontano. Troppo lontano, eppure troppo vicino.

«Ci vediamo sabato,» disse.

«A sabato,» risposi con un cenno.

Sorrise, e vidi tornargli in volto un po' di quella sicurezza di cui aveva dato sfoggio al bar. «Giocherai?»

Ricambiai, nonostante la tensione assassina. «Vedrò.»

«Buonanotte, Dustin.»

«Buonanotte, Brandon.»

E se ne andò, lasciandomi lì appoggiato all'auto, con le ginocchia che tremavano, ad ascoltare il rumore dei suoi passi che scompariva nella notte, a domandarmi che cosa cazzo fosse appena accaduto.

Il tapis roulant prese velocità, cogliendomi di sorpresa. Imprecai e dovetti arrancare per adeguarmi al nuovo ritmo; per la centesima volta mi ripromisi di prestare più attenzione.

Alla variazione successiva, ovviamente, ero di nuovo perso nei miei pensieri e non inciampai per un soffio.

'Fanculo. Ero troppo distratto per correre a ritmi diversi; cambiai il programma e lo impostai su un passo rapido ma costante, così da poter pensare a quello che volevo.

Cioè a Brandon Stewart.

Mi asciugai il sudore dalla fronte con l'asciugamano, ripensando a quanto era accaduto la notte scorsa. *Cosa* era accaduto esattamente? Mi sentivo davvero attratto da un uomo? Possibile che mi fosse già capitato in passato e che non me ne fossi accorto?

La palestra era un ambiente ideale per flirtare e rimorchiare. In più di cinque anni a fare il *personal trainer*, mi era capitato di adocchiare diverse donne. Di tanto in tanto anche gli uomini, magari quelli con dei tatuaggi curiosi, attiravano la mia attenzione, ma non ricordavo di essermici mai soffermato su per più di qualche secondo.

Mi guardai intorno, mentre continuavo l'esercizio, in cerca di uomini che potessero risultarmi attraenti. Nada.

In effetti, però, nemmeno le donne... nessuna donna mi aveva mai attirato quanto Brandon. Di sicuro non la mia ex-moglie. L'ultima ragazza con cui ero uscito mi aveva lasciato soddisfatto, con qualche graffio sulla schiena, ma nemmeno quel week-end di sesso selvaggio mi aveva ridotto allo stato di demenza mentale in cui ero adesso.

Forse ero gay. O bisessuale. O... qualcosa del genere. Cazzo, a questo punto forse ero semplicemente *brandonsessuale*.

A parte i dubbi sulla sessualità, c'era un altro aspetto di questa cosa con Brandon che mi lasciava perplesso: il divorzio.

Avevo compilato i moduli quasi sei mesi prima. Sfuggire dal giogo di Stephanie era stato un sollievo, ma continuavo a paragonare ogni donna a lei. Le ragazze più lontane dalla sua immagine erano quelle che attiravano la mia attenzione; bastava un sorriso anche solo vagamente simile al suo per farmi venire l'impulso – impulso che spesso si tramutava in fatti – di scappare via a gambe levate.

Che questa attrazione per Brandon fosse solo un modo estremo per dimenticare la mia ex-moglie?

Almeno fisicamente, Brandon era agli antipodi di Stephanie: dal sesso fino al colore dei capelli, non potevo allontanarmi di più da lei.

Per quanto ne sapevo, anche il suo carattere era totalmente diverso; ma in realtà lo conoscevo a malapena, giusto tramite quelle quattro vanterie sul biliardo e il *rendez-vous* nel parcheggio. Sembrava spiritoso, brillante e chiaramente intelligente, almeno a giudicare dal modo di esprimersi e di giocare. Sicuro di sé, ma non in modo irritante, anzi: lo trovavo piuttosto attraente. Era come se dicesse al mondo: «Sono fatto così; se ti piace bene, sennò cazzi tuoi». Una sicurezza senza troppa arroganza, insomma.

Ma a parte questo, non sapevo nulla di lui. Certo non sembrava un manipolatore subdolo e diabolico come la mia ex-moglie.

Che mi sentissi attratto da Brandon per quello che *non* era?

Chiamarla attrazione, però, era un po' riduttivo. Mi sentivo attirato da lui come un'ape dal miele o una falena dal fuoco. Ero rimasto incantato dai suoi modi ancora prima di rivolgergli la parola, e non era solo grazie al suo carisma che avevo accettato di sfidarlo a quella partita. C'era qualcosa fra noi e, a giudicare dall'esito della partita e dal nervosismo con cui aveva fatto la prima mossa nel parcheggio, neanche lui era immune all'incantesimo.

Allora è questa la cosiddetta 'alchimia'.

Ammettiamo pure che stessi cercando una distrazione estrema da Stephanie: perché Brandon? Perché adesso?

Il tapis roulant suonò per segnalarmi che iniziava la fase di raffreddamento. Conclusi l'esercizio, asciugai l'attrezzo e mi diressi al piano di sopra, nella stanza dei pesi, per allenarmi col bilanciere.

Mentre mi mettevo i guanti e cominciavo a caricare i pesi, qualcuno mi toccò il braccio, facendomi trasalire. Alzai lo sguardo su Tony, uno dei miei clienti regolari.

«Ehi, scusa se ti ho spaventato,» disse.

«Non preoccuparti.» Mi sfilai un auricolare dall'orecchio. «Avevo la musica troppo alta. Posso aiutarti?»

«Odio disturbarti mentre ti alleni, ma...» si fermò.

«È il mio lavoro,» risposi, scrollando le spalle. «Cosa ti serve?»

«L'altra volta mi hai insegnato a fare le flessioni in verticale, però...» Si interruppe, scuotendo la testa. «Non ci riesco.» Arrossì un poco.

«È normale, è un esercizio difficile. Vieni, ti faccio vedere.»

«Finché uso il muro come sostegno, va tutto bene,» mi spiegò mentre raggiungevamo l'area apposita. «Ma appena mi stacco, cado.»

«Ci vuole esercizio,» risposi. «È una questione di equilibrio.» Incrociai le braccia. «Fammi vedere come ti riesce.»

Scosse di nuovo la testa, poi inspirò a fondo e si mise in verticale. Per un istante oscillò, ma si rimise dritto. Appena iniziò a flettere le braccia, però, perse l'equilibrio e dovette riappoggiare i piedi sul pavimento. «Vedi?»

Annuii. «Sì, è un problema di rilassamento.»

Aggrottò la fronte. «Davvero?»

«Sì. Appena inizi l'esercizio, ti concentri su braccia e spalle e rilassi l'addome e i glutei. Così perdi l'equilibrio. Finché c'è il muro te la cavi, ma senza non funziona. Ora sta' a guardare.» Poggiai le mani sul pavimento e mi misi verticale. Respirai adagio, per stabilizzarmi, dopodiché piegai le braccia, mantenendo i glutei e l'addome rigidi, finché col viso non toccai quasi il pavimento; poi tornai su. Ripetei il movimento tre volte prima di rimettere i piedi a terra e rialzarmi.

«Cazzo, a guardar te sembra così facile,» scherzò Tony.

«Se lo fai qualche centinaio di volte, sarà facile anche per te.» Risi. «Sul serio, devi tenere i muscoli rigidi, come quando sollevi dei pesi. Se ti rilassi, rischi di perdere l'equilibrio e farti male.» Indicai il pavimento. «Riprova.»

Per un attimo rimase fermo, e ne dedussi che stava assimilando le mie parole. Quando ripeté l'esercizio, stavolta riuscì a non cadere, alzandosi e riabbassandosi con relativa facilità. Era ancora un po' instabile, ma non perse l'equilibrio. Dopo qualche sollevamento si rialzò e rise. «Avevi proprio ragione. Grazie.»

«Ho sempre ragione.»

«Certo, come no,» disse, stringendomi la mano.

Mentre tornavo nella sala dei pesi, gli lanciai un: «La prossima volta ti faccio fare cinque set da venti, quindi ti conviene allenarti.»

«Che cosa?» strillò, nel panico.

Lo guardai e sorrisi. «Scherzavo. Ma tu allenati.» Mentre mi allontanavo, mi rimisi gli auricolari nelle orecchie e tornai a immergermi nel mio mondo. Curiosamente, mentre finivo di sistemare i pesi sul bilanciere per uno stacco da terra, mi ritrovai a pensare a Tony.

Per quanto ne sapevo in materia di gusti femminili, Tony era un uomo attraente. Era muscoloso e, anche sudato fradicio dopo gli esercizi in palestra, era comunque curato. Non c'era niente di particolarmente disgustoso in lui – almeno per quanto ne capissi.

Presi il bilanciere e cominciai la serie di stacchi.

Avevo diverse clienti in grado di fare le flessioni in verticale e, per quanto mi sforzassi di restare sempre professionale con tutti, durante quello specifico esercizio non potevo fare a meno di guardarle in modo decisamente *poco* professionale. La verticale era un esercizio potente, che coinvolgeva ogni singolo muscolo del torso; trovavo incredibilmente sexy una donna in possesso di tanta forza, resistenza ed equilibrio al tempo stesso.

A rigor di logica, viste le mie più recenti tendenze, guardare Tony svolgere quell'esercizio avrebbe dovuto suscitare in me una qualche minima reazione.

E invece niente.

Zero assoluto.

Rimisi il bilanciere al suo posto e mi alzai, immaginando Brandon a testa in giù, in posizione verticale. Sentii un brivido corrermi lungo la schiena.

Dopo la scorsa notte, non sapevo più se ero etero o gay. Non sapevo se questa storia avesse a che fare con la reazione contro la mia ex-moglie.

L'unica cosa di cui ero sicuro al cento per cento era che mi sentivo attratto – *molto* attratto da Brandon Stewart.

E che non volevo aspettare fino al torneo per rivederlo.

CAPITOLO
TRE

Non appena misi piede nel locale, venerdì sera, mi ritrovai a scrutare i tavoli da biliardo: tre erano occupati, il quarto vuoto. Niente folla, niente Brandon.

Sospirai e mi diressi al bancone. Probabilmente voleva riposarsi prima del torneo del giorno dopo. E probabilmente aveva una vita sociale, al contrario di me.

Mi sedetti e ordinai una Bud Light. Il barista di turno era un uomo, così non flirtai come facevo con le ragazze. *Già, mica ti piacciono gli uomini, eh?* Mi tornò in mente il bacio con Brandon e rabbrividii per il piacere.

«È libero?»

Mi voltai e vidi una brunetta semi-nuda che indicava lo sgabello accanto al mio. «Certo,» le risposi con un sorriso. «Prego.»

Ricambiò e si sedette. Le guardai il seno ballonzolare sotto il top scollato, e improvvisamente i jeans mi sembrarono di una taglia troppo stretti. Mi aggiustai sulla sedia. *Beh, a quanto pare non sono ancora gay al cento per cento.*

Ridacchiai e presi la birra.

«Che c'è?»

«Cosa?»

«Perché ridi?»

«Ah, niente...» Scossi la testa e bevetti un sorso di birra. «Niente.»

La ragazza piegò la testa da un lato, con un'espressione divertita. «Non ti ho mai visto prima.»

«Vengo ogni tanto,» risposi e le porsi la mano. «Dustin Walker.»

«Sophia D'Agostino,» disse, ricambiando la stretta. La guardai negli occhi e il suo sguardo mi parve seduttivo. Le accarezzai il dorso della mano col pollice.

Sorrise e si mise a sedere dritta sulla sedia. Le sorrisi a mia volta.

«Allora, posso offrirti qualcosa da bere?»

«Un vodka Martini,» rispose. «E grazie.»

Feci un cenno al barista e ordinai il cocktail.

Sentii delle voci dal tavolo da biliardo e, quando mi voltai a vedere che cosa stesse accadendo, il cuore mi si fermò nel petto.

Brandon.

Diversi clienti lo stavano salutando con fare scherzoso. Alcuni si impettirono e imbracciarono la stecca, come a dire che intendevano sfidarlo e sconfiggerlo. Brandon si limitò a sorridere e a tirare fuori la sua stecca.

Quel sorriso sexy e arrogante... Il ricordo del suo sapore bastò a mozzarmi il fiato.

Brandon mi lanciò un'occhiata; non sembrava stupito di vedermi, né irritato dalla donna al mio fianco. Mi fece un cenno quasi impercettibile col capo, come a dire: «Sì, sei proprio dove ti aspettavo.»

L'aria nella stanza si fece bollente. Mi buttai sulla birra, sperando che fosse ghiacciata, ma fu come bere acqua fresca.

«Non so perché la gente provi ancora a sfidarlo,» fece Sophia, tornando a voltarsi verso il bancone. «Si fa prima a lasciargli i soldi sulla fiducia.»

«Capita anche a lui di perdere.»

Rise amaramente. «Quando mai?»

«L'altra sera, con me.» Risi.

Sbatté le palpebre. «Sei riuscito a batterlo?»

Annuii e mi portai la bottiglia alle labbra. «Una volta, l'altro ieri.»

«Notevole,» commentò.

Feci spallucce. «Magari non era in forma.»

«Magari.» Distolse lo sguardo dal mio per posarlo su qualcosa dietro di me. Poi tornò a rivolgermi la sua attenzione.

«Succede anche ai migliori.» Guardai Brandon che, al momento, era sdraiato sul tavolo per un tiro difficile. Mi schiarii la voce. «Hai mai giocato contro di lui?»

La ragazza fece una smorfia. «Non sono così brava a biliardo.»

«Basta un po' di pratica,» ribattei.

Di nuovo, vidi il suo sguardo spostarsi su qualcosa alle mie spalle.

Approfittai della distrazione per lanciare un'occhiata a Brandon: mandò in buca la palla otto e si intascò altri cinquanta bigliettoni. Da dov'ero, mi dava le spalle, ma sapevo che aveva quel sorriso dipinto sul volto. Lo *sentivo*; era come se le sue espressioni facciali fossero legate al termostato. Perlomeno, al *mio* termostato.

Mi aggiustai sullo sgabello e tornai a concentrarmi su Sophia. Aprii la bocca per dire qualcosa, ma il barista ci interruppe.

«Per la signora,» disse, porgendole una Bud Light. «Dal signore al tavolo quattro.»

Mi mancò il fiato.

Sophia guardò la bottiglia con un misto di disgusto e divertimento. «Non bevo questa roba,» fece, portandosi alle labbra il bicchiere di Martini.

«La prendo io,» risposi. «Deve aver pensato che avessi ordinato tu la birra.»

«È tutta tua,» fece un gesto con la mano. «Ha visto la birra sul bancone, ma non ha visto te?»

Oh, ti assicuro che mi ha visto eccome. «Si sarà sbagliato.» Presi la bottiglia e guardai Brandon. Gli feci un saluto militare e bevetti un sorso.

Brandon si passò la lingua sulle labbra, sorrise e riprese a giocare.

Si è sbagliato, come no.

Chiacchierai un altro po' con Sophia, ma era chiaro che nessuno dei due faceva sul serio. La sua attenzione era rivolta a qualcosa – qualcuno, probabilmente – alle mie spalle, e la mia a qualcun altro al tavolo da biliardo. Sophia era una bella donna, però sarei stato un cretino a credere che le interessasse qualcosa di più che chiacchierare.

Finita la birra, feci: «Mi sa che devo andare. Domattina ho la sveglia presto.»

Sorrise e non parve neanche lontanamente offesa. Avevo l'impressione che si sarebbe buttata su quel qualcuno alle mie spalle da cui non riusciva a scollare lo sguardo.

Presi la giacca e guardai Brandon. Aveva appena finito la partita e stava raccattando i soldi. Mi guardò, quasi sapesse che lo stavo fissando proprio in quel momento, e inarcò le sopracciglia.

Il cuore prese a battermi forte nel petto. Deglutii e mi voltai verso Sophia. Non ci scambiammo neanche i numeri; pagai il suo drink, le diedi un bacio sulla guancia e mi avviai verso l'uscita.

Prima di uscire, rivolsi un ultimo sguardo a Brandon per capire le sue intenzioni. Il locale era pieno e c'era un sacco di gente che faceva casino intorno ai tavoli, per cui dovetti torcere il collo per riuscire a scorgerlo.

Brandon mi dava le spalle e stava riponendo la stecca nella custodia. Lo vidi prendere la giacca dalla sedia e poi lo persi nella folla. Probabilmente si era spostato verso il bancone.

Il cuore mi schizzò in gola. Era solo una coincidenza o aveva deciso di uscire proprio mentre uscivo anch'io?

Mi chiusi la porta alle spalle e mi diressi a passo lento verso l'automobile, con le orecchie tese per cogliere i suoi passi dietro di me.

Raggiunsi l'auto con una certa delusione. Mi guardai intorno per l'ennesima volta, ma non c'era nessuno.

Oh, beh, pace. Forse mi ero immaginato gli sguardi. E la birra. Che immaginazione potente, per far comparire dal nulla una bottiglia di birra. Forse Brandon aveva smesso di giocare, ma intendeva fermarsi a bere qualcosa.

Tirai fuori le chiavi dalla tasca e sbloccai la macchina a distanza. Quando superai il SUV parcheggiato accanto, mi fermai di colpo.

Brandon stava appoggiato alla portiera, le mani in tasca e quel sorriso devastante sul volto. «Ehi, chi si vede.»

Deglutii a fatica. «Ehi.» Guardai il locale alle mie spalle. «Come diavolo hai fatto ad arrivare prima di me?»

Rise. «So essere veloce quando c'è qualcosa che mi interessa.»

Mi sentii la bocca asciutta. Per un attimo ci guardammo in silenzio e fui tentato di appoggiare una mano all'auto per non cadere. Ora che finalmente eravamo a pochi passi, senza ostacoli a separarci, non riuscivo a muovermi.

Brandon cambiò posizione e si umettò le labbra. Poi sorrise. «È andata male con la tipa?»

«Eh.» Risi e finalmente riuscii a fare qualche passo verso di lui. «Non era il mio tipo.»

«Ah, no? Sembravi interessato.»

Ormai eravamo abbastanza vicini da toccarci. Mi fermai e inspirai a fondo il suo profumo maschile. «Non proprio. Non è scattata la scintilla.» Gli sfiorai le dita. «Specialmente dopo che uno stronzo le ha offerto da bere.»

Fece un largo sorriso e strinse le mie dita con le sue. «Che stronzo.» Con l'altra mano mi toccò il fianco.

«Già.» Gli accarezzai la schiena, attirandolo a me. Quando i nostri corpi entrarono in contatto, dovetti sforzarmi per continuare a respirare. «Sembrava quasi che volesse rompermi le uova nel paniere.»

«Magari è proprio così.» Mi accarezzò la mano col pollice. «Ma del resto, chi non proverebbe a rimorchiare una donna così bella?»

«Non so, non sembrava interessato alla donna.» Piegai la testa da un lato e gli baciai il mento.

Sospirò e mi infilò la mano sotto la maglietta. «Che razza di uomo snobberebbe una donna così?»

Le sue dita sulla pelle mi mozzarono il fiato in gola. «Un uomo che offre una bottiglia di birra a una donna che beve Martini?»

«Devo essermi sbagliato,» sussurrò.

Alzai il volto, portando le labbra a un soffio dalle sue. «Una svista può capitare a tutti.»

«Assolutamente. Spero di non averla spaventata.»

«Era solo un diversivo in attesa di qualcosa di meglio.»

Il suo alito era caldo sulle mie labbra. «E l'hai trovato, qualcosa di meglio?»

«Chissà.» E lo baciai. Era tutta la settimana che non riuscivo a togliermi quel bacio dalla testa, e lo scoprii persino migliore di quanto ricordassi. A ogni contatto con le sue labbra soffici, con la sua lingua insistente, sentivo lunghi brividi corrermi per la schiena e la pelle d'oca sulle braccia.

Mosse i fianchi contro i miei, strofinandosi contro il mio uccello eretto, e in quel momento seppi con assoluta certezza che quella sera i baci non mi sarebbero bastati. Non ero nemmeno sicuro di poter uscire dal parcheggio senza prima aver soddisfatto quel disperato, doloroso desiderio.

Mi baciò il collo e mi passò le mani sulla pelle della schiena. «Hai impegni stasera?»

Mi tremarono le ginocchia e lo strinsi più forte. «Se anche li avessi avuti, a questo punto li avrei cancellati.»

Rise, e il suo fiato mi solleticò il collo. «Casa mia è a dieci minuti da qui.»

«Non so se posso aspettare così tanto.»

«Hai ragione.» Mi baciò di nuovo, poi sussurrò: «Neanch'io.»

Prima ancora di mettere a fuoco cosa intendeva, sentii la sua mano infilarsi fra di noi e stringere il mio uccello attraverso i jeans. Gemetti e piegai la testa all'indietro. Mi baciò il collo mentre seguiva con le dita la cerniera dei jeans e graffiava il tessuto con le unghie.

«Dio,» ansimai.

Senza staccare le labbra dalla mia pelle, sussurrò: «È tutta la settimana che ti penso.» Mi strinse di nuovo l'uccello. «E ce l'ho duro da quando sono entrato nel bar, stasera, e ti ho visto.» Trovò la zip e si mise a tirarla giù. Sobbalzai. Quando mi prese il cazzo fra le dita, mi sembrò che il cuore dovesse scoppiarmi nel petto.

«Brandon...» cercai di non strozzarmi. «*Qui?*»

Si guardò intorno: il parcheggio era deserto. «Non c'è nessuno.» Mi baciò il mento, poi sussurrò, ancora più disperato; «Non ce la faccio ad aspettare altri dieci minuti...» Mi strofinò piano il membro, gentilmente. «Non ce la faccio proprio.»

«Oh, mio Dio,» mormorai, senza smettere di tremare.

Mi guardò negli occhi, passandosi la lingua sulle labbra. «Voglio farti un sacco di cose.» Prese a muovere la mano più veloce. «E prima di stanotte, lo farò.»

Fra la voce carica di promesse e le sue dita lunghe intorno all'uccello, mi mancava poco a venire. Provai a reggermi sulla portiera, ma Brandon mi baciò il braccio e per poco non collassai.

Rise e mi baciò ancora, senza smettere di strofinarmi il cazzo. «Voglio succhiarti l'uccello,» mormorò. «Voglio sentire che sapore hai.»

Appoggiai la fronte alla sua, il corpo percorso dai fremiti.

«Voglio sentire il tuo sapore quando vieni.» Strinse più forte. «Voglio farti un pompino. Ma non adesso.»

«Se continui così, vengo,» intimai, digrignando i denti, mentre cercavo disperatamente di respirare senza stramazzare al suolo.

«Lo so,» rispose.

Aggrottai la fronte, senza capire.

«Adesso,» sussurrò, chinandosi fino a portare le labbra sulle mie, «voglio *guardarti* mentre vieni.»

A quelle parole non riuscii più a trattenermi. Venni, soffocando a malapena un gemito. Brandon continuò a strofinarmi l'uccello e a parlare: «Oh, cazzo, voglio guardarti di nuovo.»

Lasciai cadere la testa sulla sua spalla e attesi che i brividi scemassero. Brandon mi baciò il collo, provocandomi di nuovo la pelle d'oca. Ci volle almeno un minuto perché l'universo smettesse di girarmi intorno; alla fine sollevai la testa e lo guardai. E per poco non caddi. In tutta la mia vita, non avevo mai letto un desiderio così atroce, così insaziabile, sul viso di nessuno. Mai.

Mi baciò piano, sfiorandomi appena il volto. «A casa mia. *Subito.*»

QUATTRO

Seguii Brandon fino al suo appartamento. Aveva detto dieci minuti, e l'orologio sul cruscotto lo confermava, però quando mi fermai nel parcheggio mi sembrava di aver guidato per ore.

Parcheggiai con mani tremanti. Sfilare la chiave fu come compiere un intervento chirurgico al cervello. Feci per uscire, ma rimasi bloccato dalla cintura. *Dio Santo, datti una calmata.*

Quando finalmente riuscii a liberarmi dall'auto, incrociai lo sguardo di Brandon. Gli vidi l'angolo della bocca incurvarsi in un sorriso, e il cuore mi schizzò nel petto. Col sangue che mi pulsava forte nelle tempie, bastò una mano sulla schiena per farmi quasi inciampare.

«Scusa,» mi sorrise nella penombra.

Ricambiai. «Che dire? Cado ai tuoi piedi.»

Si leccò le labbra e tirò fuori le chiavi di casa. «Forse dovresti sdraiarti.» Le infilò nella toppa.

Avevo le terminazioni nervose in fiamme. Sapevo cosa mi aspettava, lo sapevo quando avevo scelto di passare la notte a casa sua, ma sentirglielo dire ad alta voce mi turbò. Ero eccitato e terrorizzato al tempo stesso. Volevo essere lì, ma ero così confuso.

Lo seguii lungo il corridoio, sperando di rimanere in piedi.

Soltanto quando la porta della camera da letto si richiuse alle nostre spalle, mi abbandonai al panico. Il viaggio fino all'appartamento mi era parso infinito. Non vedevo l'ora di arrivare, di esserci finalmente, e ora che c'ero, non era solo l'eccitazione a farmi rimbalzare il cuore nel petto.

Brandon mi cinse il collo e mi baciò. Lo presi per i fianchi e lo attirai a me, ricacciando in gola la paura. Mi passò le dita nei capelli, e inspirai a fondo dal naso.

Mi accarezzò la schiena con le mani, fermandosi solo all'elastico dei pantaloni. Mi tirò su la maglia, esponendo la pelle all'aria fresca, e sussultai sotto le sue mani calde. Piegai all'indietro la testa e sentii subito le sue labbra sul collo.

Un attimo dopo mi sfilò la maglia e riprese a baciarmi, mentre con le mani mi esplorava il petto e la schiena. Tracciò con le dita i contorni di uno dei miei tatuaggi.

«Me lo sentivo che eri tatuato,» sussurrò. Mi prese il lobo dell'orecchio fra i denti e lo succhiò, facendomi annaspare.

«Come mai?» Deglutii.

«Intuito.» Girò la testa e mi leccò la spalla. Gli liberai il collo dai capelli e presi a baciarlo; quando gemette, rabbrividii con lui.

Vidi spuntare un segno nero dalla maglia che gli copriva la schiena. Lo percorsi con la lingua, poi commentai: «Anche tu, a quanto pare.»

Alzò la testa e mi diede un bacio. «Vuoi vedere?»

Il cuore mi rimbalzò nel petto. Avevo la bocca completamente asciutta, così mi limitai ad annuire.

Quando fece un passo indietro e si sfilò la maglia, rimanendo a torso nudo, rimasi a bocca aperta. Cos'era più sexy? I tatuaggi elaborati, coloratissimi, delle braccia o i muscoli del petto, perfettamente tesi e glabri? In altre circostanze, il mio lato professionale avrebbe preso il sopravvento e avrei ammirato l'impeccabile forma fisica; in quel momento, però, non ero abbastanza lucido: morivo dalla voglia di toccarlo e assaggiarlo dappertutto.

Si voltò, scostandosi i capelli per mostrarmi il tatuaggio intero, un dettagliato dragone che gli copriva quasi completamente la schiena e le spalle. Lo sfiorai con le dita, affascinato dalle curve del disegno, dai muscoli che copriva e dal calore che ne emanava. Gli passai le mani sulla schiena e sui fianchi, lo attirai a me e mi ritrovai a strofinargli l'uccello eretto contro il culo sodo.

Sussultammo entrambi, dopodiché lo sentii sciogliersi contro il mio corpo. La sua mano si strinse sulla mia nuca e si voltò per baciarmi. Il calore della sua pelle era una droga.

Gli permisi di staccarsi quel tanto che bastava perché riuscisse a baciarmi come si deve, con più passione. Nel frattempo gli carezzai i fianchi, la schiena, il viso, di nuovo la schiena; il contatto non mi bastava mai.

Smise di baciarmi e tremò, ansimante. Come in attesa, si passò la lingua sulle labbra e il suo volto divenne una maschera di desiderio – puro, disperato desiderio. Essere la causa di uno sguardo simile mi rese a mia volta terribilmente eccitato.

Brandon prese a slacciarmi la cintura e io lo imitai, scontrandomi con la fibbia riluttante.

Quando finalmente riuscii ad aprirla e ad arrivare alla cerniera, mi bloccai di colpo.

Brandon mi guardò preoccupato, la fronte appena aggrottata. «Che succede?»

Chinai lo sguardo.

Mi prese il viso fra le mani. «È la prima volta, vero?»

«Ehm…» Mi morsi il labbro. «La prima con…»

«Con un uomo?»

Mi sentii avvampare. Ridacchiai, nervoso, ed evitai il suo sguardo.

Mi prese per il mento e mi costrinse a incontrare i suoi occhi. Erano serissimi. «Sei d'accordo a continuare?»

«Assolutamente,» ansimai. Ero incerto sul da farsi, ma certo che andasse fatto.

Sorrise e mi attirò a sé in un bacio dolce. «Hai fatto bene a dirmelo.»

Avevo le guance in fiamme. «Così sai perché sono così imbranato?»

«No.» Sorrise, senza allontanare le labbra dalle mie, e sussurrò: «Perché così ce la metterò tutta per renderlo memorabile.» Mi schiuse la bocca con la lingua, e con le mani tornò ad attaccare la mia cintura.

Mi sforzai di non tremare e gli sbottonai i jeans. La patta era tesa sul cazzo turgido; ne accarezzai i contorni con le dita, mentre abbassavo la zip. Brandon non fiatò, ma mi incoraggiò con la bocca, i suoi baci più intensi a ogni mia mossa.

Gli infilai la mano nei pantaloni, e quando la strinsi intorno al suo uccello, esitante, Brandon gemette così forte da mozzarmi il fiato in gola. Lo strofinai piano, gentilmente; ero curioso, ma anche eccitato e affascinato. Brandon non perse tempo e, dopo un attimo, anche lui mi teneva il cazzo in mano e lo strofinava come nel parcheggio.

Si staccò di qualche millimetro dalle mie labbra e, dopo qualche respiro affannoso, deglutì e propose: «Perché non leviamo di mezzo tutti questi vestiti?»

Il desiderio prevalse su ogni titubanza; annuii, lo lasciai andare e soffocai il nervosismo. Ci spogliammo insieme, poi ci sdraiammo sul suo letto, baciandoci con dolcezza. Ci muovevamo con cautela, gentili, ma covavamo un desiderio ardente, febbricitante.

Non ci avevo mai fatto caso, ma rimasi colpito dalla sensualità così gentile. Non so cosa mi fossi aspettato, però mi stupì; tutta questa storia, in effetti, mi stupiva.

Ero steso sulla schiena quando Brandon sollevò la testa e mi chiese: «Nervoso?»

«No,» risposi. Lo vidi alzare un sopracciglio e risi. «Sì.»

Mi fece un sorriso. «Dimmelo se vuoi fermarti.»

«Fermarmi?» dissi, mentre lo baciavo. «*Scordatelo.*»

«Bene.» Mi baciò il collo, la clavicola, lo sterno. Capii perché alle donne piacesse tanto essere leccate sui capezzoli quando si avventò sul mio e il contatto mi fece rabbrividire di piacere. Si fermò per guardarmi, in cerca di conferme, e al mio sorriso passò all'altro lato.

Scese lungo l'addome, seguendo le cavità dei muscoli, e ne approfittai per infilargli le dita fra i capelli. Ogni punto bagnato dalla sua bocca – il torace, i fianchi, il solco fra la coscia e l'inguine – diventava una zona erogena.

Quando si soffermò sul fianco, accarezzandomi al contempo le gambe con le mani, mi irrigidii, trattenni il fiato e mi aggrappai al letto.

Si tirò su e mi guardò, scorrendo le dita lungo il mio uccello. Era un tocco leggerissimo, impalpabile, ma mi fece quasi venire.

«Oh, mio Dio,» sussurrai e chiusi gli occhi. Ogni contatto con le sue dita, per quanto delicato, mi faceva rabbrividire. Le reazioni alle sue azioni erano come amplificate. Quando toccò con la lingua la punta del mio uccello, tremai violentemente.

Non potevo respirare, non potevo muovermi: potevo solo arrendermi, e mi arresi. Lo sentii afferrare con la mano la base del mio uccello e lentamente, centimetro dopo centimetro, infilarselo in bocca, fino alla fine. Lo percorse con la lingua fino alla punta e poi se lo ricacciò in gola. Non era una fase, un passaggio prima del momento clou: succhiarmi l'uccello sembrava il suo scopo di vita.

Gli tirai piano i capelli, senza spingere o strattonare. Volevo solo toccarlo, percepire ogni suo minimo movimento, mentre mi succhiava il cazzo con un'intensità tale da sopraffarmi. Sentii gli occhi riempirsi di lacrime.

Dio, che voglia di ricambiare. Non avevo mai fatto sesso orale con un uomo, non sapevo nemmeno se ci sarei riuscito, ma volevo – *dovevo* – fargli provare quello che provavo io.

«Vieni qui,» bisbigliai.

Rallentò e si tirò su, senza smettere di strofinarmi. Non fece domande, ma si leccò le labbra e mi baciò. Lo strinsi forte, dopodiché, senza preavviso, lo spostai di lato e mi misi sopra di lui.

Mi guardò con un ghigno, affatto sorpreso. «Continui tu?»

Feci spallucce e gli baciai il collo. «Forse.» Aveva la gola leggermente ruvida, come se si fosse fatto la barba da poco; pungeva quel tanto che bastava a rendere leggermente aliena – *meravigliosamente* aliena – la sensazione. La pelle si fece via via più morbida, scendendo per il collo; raggiunsi la clavicola, poi il petto, e qui mi fermai a leccargli i capezzoli come lui aveva fatto con me. Lo guardai in cerca di conferme o istruzioni; era una cosa che avevo già fatto mille volte con le donne, ma chissà perché, temevo comunque di sbagliare. Brandon chiuse gli occhi e gemette, e a quel punto i miei dubbi evaporarono come nebbia al sole.

Scesi fino ai fianchi, al ventre: lo coprii di baci, soffermandomi qua e là per godere dei suoi gemiti e del sapore ella sua pelle. Ogni volta che si irrigidiva o rabbrividiva, ogni volta che sospirava, il mio uccello pulsava di desiderio. Più io eccitavo lui, più lui eccitava me. Quando arrivai a passargli la lingua sul bacino, diretto al suo cazzo, stavo quasi per venire.

Mi sforzai di mettere da parte i dubbi e le incertezze, e chiusi le labbra sulla punta del suo membro. Procedetti con cautela, esitante, attento a cogliere le sue reazioni. Proprio come quella del collo, pungente, anche la pelle del suo uccello mi intrigava profondamente. La esplorai a fondo, meravigliandomi del modo in cui sembrava diversa sulla lingua e sulla bocca. Le labbra percepivano i contorni, gli angoli più pronunciati; la lingua scopriva il contrasto, minuscolo, fra la punta morbida e il resto dell'organo, più liscio. Il pulsare delle vene sulla lingua mi fece venire l'acquolina in bocca; era come sentire in diretta il battito del cuore, la reazione immediata a ogni mio movimento.

Si issò su un gomito per guardarmi, le labbra dischiuse e gli occhi mezzi aperti. Mi passò le dita fra i capelli e mugolò: «Oh, cazzo, sei bravo…»

Sorrisi e gli passai la lingua lungo tutto l'uccello, drogato dal sapore e dal calore della

pelle. Accolsi la punta in bocca, poi un altro po',
andando su e giù. Non ero pronto a prenderlo fino
in gola, ma adoravo la sensazione del membro
nella bocca e ne volevo ancora.

«Sei sicuro di non averlo mai fatto prima?» La
voce di Brandon era poco più che un sussurro.

Leccai la punta del suo uccello, succhiando
via le piccole goccioline salate che la adornavano.
«Penso che me ne ricorderei.» Lo presi di nuovo in
bocca, mentre con la mano lo strofinavo come lui
aveva fatto con me.

Sentii le sua dita stringersi sul mio scalpo.
«Cazzo, allora impari in fretta.» Gemette, mosse i
fianchi e io sentii l'uccello pulsare sulla lingua.
«Dio, Dustin, mi farai venire.»

A quelle parole sussultò anche il mio cazzo, e
presi a strofinare Brandon più in fretta, cercando di
infilarmelo tutto in bocca. Il cuore mi batteva forte,
mi sentivo teso, come subito prima di un orgasmo;
più continuavo a succhiarlo, più mi avvicinavo a
venire. Fargli un pompino era eccitante tanto
quanto riceverlo.

Brandon gemette, «Oh, cazzo, di questo
passo...» Si irrigidì. «Aspetta, aspetta,» supplicò.

Mi fermai a guardarlo e mi passai la lingua
sulle labbra. «Cos'ho sbagliato?»

«Niente.» Stava ansimando e mi passò una
mano tremante nei capelli. «Voglio che me lo metti
dentro.»

Rimasi senza fiato. Deglutii a fatica.

«Ti prego,» sussurrò Brandon. «Ne ho bisogno.»

Non ricordavo più come fare a parlare; la sola idea di penetrarlo per poco non mi aveva fatto venire. Ci mettemmo in ginocchio e ci baciammo affamati. Non so chi dei due tremasse più dell'altro: eravamo entrambi ansimanti e nervosi.

Brandon si staccò da me e allungò il braccio verso il comodino. Prese i preservativi e una bottiglietta di lubrificante, poi mi guardò con un sopracciglio inarcato. «L'hai mai fatto?»

«Sì.» Mi schiarii la voce. «Ma non con un uomo.»

Rise e mi passò il preservativo. «Immaginavo.»

Lo scartai con denti e riuscii a infilarmelo relativamente in fretta, considerato il tremore alle mani. Brandon si versò un po' di liquido sulla mano e mi baciò, mentre me lo strofinava sull'uccello.

«Piano,» lo avvisai.

«Perché?» mi chiese con un ghigno.

«Se continui a toccarmi, mi farai venire.»

Mi lasciò andare così bruscamente da lasciarmi senza fiato. «Giammai,» rispose con un sorriso.

«Girati,» ringhiai, ridendo. Mi fece l'occhiolino e obbedì; gli poggiai le mani sui fianchi, e rimasi un istante a guardarlo. Da quest'angolatura ero abituato alle forme morbide, a clessidra, delle donne, ma Brandon era altrettanto sexy. La schiena e le spalle larghe si stringevano in una vita sottile, perfetta; i muscoli fremevano per lo sforzo di sostenerlo sulle braccia. Gli passai le dita sul tatuaggio e inspirai a fondo quando lo sentii curvare la schiena e tremare.

«Dio...» sussurrai.

Si girò per guardarmi. «Tutto okay?»

«Oh, sì,» risposi. «Mi godo il panorama.»

Rise piano, poi si avvicinò a me, strofinando il culo contro il mio uccello duro.

Gli tracciai dei cerchi languidi sulla schiena. «Che impazienza.»

«Puoi scommetterci.»

Lo stuzzicai con il membro, premendoglielo contro, e godetti nel vederlo sobbalzare. Lo penetrai appena con la punta, poi mi ritrassi. Ero a un passo dal perdere il controllo, tanto lo desideravo; ma non volevo ancora cedere, non volevo smettere di tormentarlo.

«Dio, Dustin.» Brandon stava praticamente piangendo. «Non ce la faccio più. Scopami.»

«Puoi giurarci.» Digrignai i denti per recuperare un briciolo di lucidità. Lo penetrai più a fondo, però poi mi ritrassi di nuovo. «Ma mi piace vederti in questo stato.» *Sapere che sei a un passo dal venire, come me.*

Tremò e si spinse verso di me, ma mi scansai per tenerlo fuori portata.

«Sei perfido.» Sembrava frustrato e divertito insieme.

«Mi piace prendermela comoda.»

Di colpo si schiacciò contro di me e mi ritrovai col cazzo dentro al suo corpo caldo. Ansimai, lo strinsi forte per i fianchi e mi sforzai di respirare.

Sentivo che Brandon avrebbe voluto replicare qualcosa, una risposta sarcastica alla mia ultima dichiarazione, ma a quel punto, come me, aveva perso la capacità di formare una frase coerente. «Dio,» disse solo. «Oh mio Dio…»

Mi ritrassi e poi glielo sbattei di nuovo dentro, godendomi la vista del mio uccello che spariva nel suo corpo. «Dio,» mormorai. Mi era sempre piaciuto guardare quando scopavo le donne in quella posizione, però stavolta… stavolta era diverso. E non perché si trattava di un uomo.

Perché si trattava di Brandon.

Era Brandon quello che stavo penetrando.

Gemetti, mi sporsi per baciargli la schiena e tracciargli con la lingua la spina dorsale, mentre il mio cazzo andava avanti e indietro nel suo corpo. Brandon mugolò e prese a muovere i fianchi a ritmo coi miei. Misi una mano sul letto, sopra la sua, e con l'altra gli cinsi la vita, fino a stringergli le dita intorno all'uccello duro. Rabbrividii.

«Oh, cazzo,» grugnì. Poi prese fiato, e ansimò: «Più forte.»

«Lo vuoi più forte?» Gli morsicai la spalla.

«Metticela tutta,» ringhiò, la voce colma di passione.

Non avevo mai desiderato nessuno così intensamente in vita mia. «Con piacere.» Mi tirai su, lo presi per i fianchi e *lo cavalcai*. Gli spinsi il cazzo dentro, cercando di non venire subito, ma ormai era questione di secondi; gli piantai le unghie nella carne e mi morsi la lingua per trattenermi. Non poteva finire; non ancora, non così in fretta.

«Oh mio Dio,» mormorò Brandon, sbattendo i fianchi contro i miei. «Dio, Dustin, hai un uccello incredibile.»

«Cazzo, Brandon...» ansimai. «Dio, vengo...»

«Anch'io, anch...» Sentii il suo corpo irrigidirsi, e Brandon tirò indietro la testa. «Oh... *cazzo*...»

Non ce la facevo più. Glielo sbattei dentro più forte che potevo, godendo dei suoi tremiti e dei suoi gemiti, finché non fui completamente dentro di lui e lo tenni fermo per i fianchi mentre venivo. «Oh mio Dio, Brandon...»

Per un attimo rimanemmo immobili. Ero così sopraffatto che non capivo più niente. Riuscivo a malapena a respirare.

Alla fine, aggrappandomi a lui per non cadere, riuscii ad uscire dal suo corpo. Mi liberai del preservativo e ci buttammo insieme sul letto, fianco a fianco, a guardarci negli occhi.

«Faccio fatica a credere che non fossi mai stato con un uomo.» Mi baciò dolcemente.

Risi. «Io faccio fatica a credere di *essere stato* con un uomo.»

Brandon mi fece un sorriso. «Spero che ti si possa convincere a ripetere l'esperienza.»

«Penso che mi si possa convincere.» Chiusi le labbra, e accarezzai con le dita i contorni del suo tatuaggio. «Ne deduco che questa non sia la tua prima volta con un uomo.»

«No, infatti.» Si fermò e rise. «Ma sono stato anche con le donne.»

«Oh?»

«Eh, già,» rispose. «Uno dei vantaggi di essere bisessuale.»

«Hai il doppio di possibilità.»

Rise, sarcastico. «Ho il doppio di rogne da sopportare per avere *mezza* possibilità.» Assunse un'espressione divertita. «Però era da un bel pezzo che non mi capitava di sverginare qualcuno.»

Ridacchiai. «Non credo ci siano tanti verginelli vicini ai trent'anni.»

«Oh, non immagini quanti,» rispose. «Tanti uomini se ne rendono conto anche oltre i trenta. Una volta sono uscito con un tizio che si era accorto di essere gay – e bada bene, *gay*, non bisex – sulla soglia dei quaranta.»

«Dev'essere stato uno shock.»

«Eh, sì.»

Tacqui, e per un attimo mi concentrai sulle mie dita e sul suo tatuaggio. Poi rialzai lo sguardo. «Come hai fatto a capire che ero... come facevi a saperlo?»

«Vuoi dire, quella sera nel parcheggio?»

«Sì.»

Fece spallucce. «Non lo sapevo. Ti ho visto, mi piacevi, ci ho provato.» Fece una pausa. «Mi sei piaciuto appena ti ho visto, ma ci ho messo un po' a valutare se avevo speranze. È rischioso provarci con gli etero, a volte reagiscono male.»

Feci una smorfia. «Lo immagino.» Gli passai le dita fra i capelli. «Cosa mi ha tradito?»

Mi rivolse un sorriso. Sulle prime mi parve il solito sorriso arrogante, ma il suo sguardo aveva un che di nostalgico. Alla fine rispose: «Quando dovevi imbucare la palla otto. Ti tremavano le mani e continuavi a leccarti le labbra.»

«Ho tremato per tutta la partita.»

Il sorriso divenne un ghigno. *Eccolo qui.* «Avevi la vittoria in pugno,» continuò. «Era un tiro facile, potevi farlo a occhi chiusi.» Si umettò le labbra. «Non ho mai visto nessuno così nervoso all'idea di vincere.»

Risi. «Mi sentivo sotto osservazione e non capivo il perché.»

«Hai ragione.» Si sporse per baciarmi. «Lo eri.»

«Quindi lo sapevi, quando mi hai seguito nel parcheggio…»

«Non sapevo cosa sarebbe accaduto.» Il sorriso divenne quasi timido. «Speravo.»

Gli toccai il viso e lo baciai a lungo, con dolcezza. «Spero di non averti deluso.»

«No.» Mi passò una mano fra i capelli. «Non sono *affatto* deluso.»

CINQUE

Quando entrai nel locale, la sera successiva, la folla era ammassata ai tavoli da biliardo. Riconobbi a malapena alcuni volti dalla sera che avevo incontrato Brandon, ma loro, a quanto parve, si ricordavano bene di me.

«Ehi! È arrivato lo sfidante!» fece un tipo col berretto al contrario.

«Oh, evviva!» gridò una bionda, quasi certamente la ragazza che aveva giocato con Brandon subito prima di me. «Forse per una volta vincerà qualcun altro.»

«Vedremo.» Risi, facendomi strada fra la folla per firmare il foglio di iscrizione. Scrissi il mio nome in stampatello, firmai per 'presa visione delle regole ecc. ecc.', e feci scorrere la lista. C'erano già una dozzina di giocatori iscritti, e il secondo dell'elenco era Brandon. Il mio cuore ebbe un sussulto quando lessi il suo nome. Scoppiai a ridere: nella colonna del nome, la calligrafia era impeccabile, la firma invece era poco più che una B e una S seguite da scarabocchi. Il genere di firma senza fronzoli, della serie 'sì, sì, va bene, ho letto le regole, non rompete le palle'. Impeccabile da un lato, strafottente dall'altro: tipico di Brandon.

«Mi sa che avrei dovuto lasciarti il secondo posto.»

Sobbalzai. Mi voltai e gli rivolsi un sorriso. «Non saprei, il tuo nome ci sta a pennello.»

Ed ecco quel sorriso arrogante. «Ti piace stare sopra, eh?»

Gli feci l'occhiolino. «Sempre.»

Mi mise una mano sulla spalla: un gesto perfettamente eterosessuale, se non fosse stato per la carezza del pollice sul braccio. «Che vinca il migliore.»

«Non mi lascerai vincere di nuovo, vero?»

Rise sotto i baffi. «Dustin, non ti ho *mai* lasciato vincere. Di tanto in tanto mi capita di perdere, ma non mi arrendo mai. Non *lascio* vincere la gente.»

«Non hai mai rinunciato a una partita? Per nessun motivo?»

«Ti prego. Combatterei fino all'ultimo, anche se ci fosse in gioco mia madre.»

«Che stronzo figlio di puttana.»

«Sono fatto così. Dai, andiamo a farci una birra prima del torneo.»

Qualche minuto dopo, la musica del juke box si interruppe di colpo e il proprietario prese il microfono dall'angolo karaoke. «Ultima chiamata per chi vuole iscriversi al torneo.» Lanciò un'occhiata verso di noi. «Che anche quest'anno si chiamerà 'facciamoci massacrare da Brandon Stewart'.»

Mi morsi la lingua così forte da farla quasi sanguinare.

«Dai, Joe, non vinco sempre io,» gridò Brandon prima di sorseggiare un altro po' di birra.

«Come no,» rispose il proprietario. «In effetti quella volta, l'estate scorsa...»

«Ehi,» fece qualcuno. «Guardate che l'altra sera qualcuno l'ha battuto. Tutto è possibile.»

«Sì, ma dov'è adesso questo qualcuno?» chiese Joe. «Quei pochi che sanno batterlo non ci sono mai quando servono.»

«È qui!» fece Brandon, indicandomi.

L'intera stanza si girò a guardarmi. Avvampai.

«Bene,» Joe annuì, soddisfatto. «Forse assisteremo a una sfida interessante.»

Alzai la birra e confermai, «Cercherò di non umiliarlo troppo.»

Joe rise, poi riprese: «Avete letto le regole. Ricordatevi che valgono anche le buche non dichiarate, eccetto che per Brandon.»

«Ehi! Che diavolo!» fece Brandon.

«Cerco solo di dare agli altri una chance. E adesso chiudi il becco o ti faccio giocare con i piedi.»

«Bastardo,» mormorò Brandon, prima di bere un altro sorso. Ci scambiammo uno sguardo e scoppiammo a ridere.

Joe proseguì: «È un torneo a doppia eliminazione. Perdi due volte e sei fuori. Per le prime partite utilizziamo tutti i tavoli e la finale si fa al tavolo uno. Chiunque riesca a battere Brandon, anche per una partita sola, ha la birra gratis. Domande?» Silenzio. «Allora cominciamo.»

Diedi una gomitata a Brandon. «Birra gratis? Ce la metterò tutta per farti a pezzi.»

«Accomodati,» rispose.

Il torneo ebbe inizio e ci spostammo ai tavoli assegnati. La mia prima partita era lontano da Brandon, il che, probabilmente, fu un bene. Sarebbe stato già abbastanza difficile giocare contro di lui; non ci tenevo a distrarmi anche durante le altre partite.

Le prime due le vinsi facilmente. Il mio primo avversario era uno studente universitario che probabilmente avrebbe giocato meglio, se non fosse stato ubriaco. Giocare a biliardo con una mano costantemente appoggiata al tavolo per non cadere non era proprio il massimo. Il secondo se la cavò meglio, finché un tiro splendido – ma rischiosissimo – non mandò in buca la palla otto.

La terza avversaria mi diede del filo da torcere. Oltre a essere nettamente più brava degli altri due, giocava con la camicia mezza aperta, e la lasciava cadere in avanti – troppo in avanti – ogni volta che si sporgeva per tirare. Riuscii a batterla per un soffio.

Brandon giocò contro di lei al turno successivo. Mi chiesi se avrebbe faticato anche lui a sconfiggerla. Ovviamente no, e si concesse pure qualche sbirciata nella scollatura mentre la ragazza tirava.

Perdemmo entrambi una partita: Brandon contro lo studente universitario, che evidentemente si era fatto passare la sbronza, e io contro Brandon, ma vincemmo entrambi le semifinali. Mentre lui studiava il suo avversario, io sudai sette camicie contro un tizio che sembrava un troglodita ma giocava da professionista. Ce la feci per un soffio e scoprii che Brandon, intanto, aveva già concluso e stava sorseggiando una birra, tranquillissimo, mentre chiacchierava con altri giocatori.

Prima della finale, mi prese in disparte per dirmi: «Lo sai che non è niente di personale, vero?»

«Non lo è stato neanche per me, quella volta.»

Mi fece un largo sorriso e abbassò la voce. «Finito qui, ti va di fare un gioco io e te?»

Sorrisi, fingendo che l'idea di toccarlo non mi facesse tremare le ginocchia. «Casa mia o casa tua?»

«Scegli tu.» Bevve un sorso di birra e poi aggiunse, la voce appena udibile: «Basta che ci siano un letto, tu e niente vestiti fra i piedi.»

Con quello tornò ai tavoli, lasciandomi ad annaspare e a desiderare una birra ghiacciata. Ne bevvi un sorso, cercando disperatamente – e senza successo – di pensare a qualcosa che non fosse la notte scorsa o quella che mi aspettava.

«Siamo giunti alla finale,» annunciò Joe, riportandomi al presente. «E abbiamo un volto nuovo, Dustin Walker, contro quel figlio di puttana che non perde mai di Brandon Stewart.» Si guardò intorno in cerca del mio sguardo. «Sarà una passeggiata, Dustin.»

Annuii e sollevai la bottiglia. «Certo.» *Specialmente ora che quel bastardo mi ha fatto ricordare... Oh, Brandon, sei proprio un figlio di puttana.* Lo guardai mentre passava il gesso sulla stecca, e i nostri sguardi si incrociarono.

Sorrise e mi fece l'occhiolino. Sbuffai e bevetti un sorso di birra; era stato già abbastanza difficile sconfiggerlo la sera del nostro primo incontro. Mi aspettava la partita più lunga della storia.

Presi la stecca, mi diressi al tavolo e l'arbitro mi passò il triangolo. Mi preparai per il primo tiro e intimai a Brandon: «Spero che tu non stia architettando piani per distrarmi.»

«No, non penso che ti distrarrò.» Si sporse dalla parte opposta del tavolo, le labbra incurvate in quello splendido sorriso strafottente. «Sei *già* distratto.»

Mi lasciai sfuggire un sospiro a labbra schiuse.

Rise e posizionò la battente sul tavolo. «Che vinca il migliore.»

«Sei perfido.» Risi e presi il triangolo.

«Già lo sapevi.» Si sporse sul tavolo.

«Giorno dopo giorno...» risposi, sforzandomi di non fissare quelle lunghe dita tese sulla stecca. «Scopro quanto a fondo arriva la tua perfidia.»

Mi fece l'occhiolino, ma rimase zitto. Un attimo dopo tirò e sparpagliò le bilie. Ne sentii due andare in buca, ma ne vidi una sola.

«Dodici e quattro,» annunciò l'arbitro.

«Mh, piene o rigate?» fece Brandon, il mento fra le mani e un'espressione pensosa sul viso.

Sorrise e allineò la stecca. «Vada per le piene.» Mi guardò e aggiunse: «Darà più soddisfazione imbucare la otto.»

Mi grattai gli occhi col dito medio. Brandon rise e disse, solo con le labbra: «Più tardi.»

Mandò in buca la bilia sette e la uno; al terzo tiro imprecò quando la palla era ancora in movimento. Si era accorto subito di aver sbagliato. Ci scambiammo un'occhiata mentre mi cedeva il suo posto al tavolo. Non disse nulla, non fece nulla, si limitò a fissarmi con un espressione totalmente neutra, senza malizia, senza sottintesi, ma bastò a farmi tremare le mani. *È questo il tuo diabolico piano, Stewart?*

Ero deciso a vincere quella partita.

Fortunatamente i tentativi di Brandon di distrarmi giocarono a mio vantaggio: sforzandomi per non pensare a lui, mi focalizzai sul gioco. Ne mandai in buca tre prima di sbagliare. Proseguimmo così, alternandoci alla pari, finché non rimasero a entrambi due bilie.

Brandon mandò in buca le sue senza difficoltà, poi mi rivolse quel sorriso arrogante e disse: «Dustin, perché non decidi tu dove farmi imbucare la palla otto? Almeno partecipi un po'.»

«Volentieri,» risposi, cercando di guardarlo male, ma scoppiai a ridere. «Buca laterale.»

Inarcò un sopracciglio. «Facile.» La bilia era nel centro, comoda per entrambi i lati. Si chinò per colpirla.

«Aspetta, aspetta, aspetta,» lo bloccai. «Intendevo... di quell'altro tavolo.» Indicai il tavolo vicino.

La folla scoppiò in una fragorosa risata. Joe commentò: «In effetti, trattandosi di Brandon, sono tentato di farglielo fare davvero.»

«Andate tutti a 'fanculo,» rise Brandon, prima di tornare a puntare la bilia con la stecca. «Palla otto, buca laterale.»

Digrignai i denti. Avevo perso, ma almeno ci avevo provato.

La stecca colpì la palla e Brandon imprecò: «Merda!» L'ottava bilia rotolò sul panno e mancò di un soffio la buca, rimbalzando a centro tavola.

La folla gioì, eccitata all'idea di veder perdere il vincitore perenne di tutti i tornei.

Brandon scosse la testa, mi sorrise e indicò il tavolo. «Tocca a te.»

«Vai tranquillo, Dustin,» gracchiò Joe dal microfono. «Se adesso perdi, ti facciamo il culo.»

«Grazie, ora sì che sono tranquillo.» Risi, alzando gli occhi al cielo. Studiai il tavolo, ignorando gli sguardi dei presenti che sembravano trafiggermi la schiena. Pensai a una strategia. La bilia undici era messa bene, vicino alla buca, ma la nove era posizionata male. Beh, tanto valeva levarmi subito dai piedi il tiro più difficile.

Mi misi in posizione, colpii e guardai con soddisfazione – e sollievo – la nove infilarsi nella buca.

«Bel tiro,» mi disse Brandon. «Ma ora voglio vederti.» Guardai il tavolo e sobbalzai. Avevo completamente sbagliato i calcoli: ora la bilia undici e la otto erano entrambe a un passo dal cadere in buca. La undici era leggermente davanti: se solo avessi sfiorato la otto, quest'ultima sarebbe caduta dentro costandomi la partita.

Sospirai, passandomi una mano fra i capelli. «Cazzo.»

«Falla tirare a Brandon,» suggerì qualche furbone fra la folla.

«Neanche per sogno,» rispose Brandon. «Io lì non ci metto le mani.»

Lo guardai sorpreso, ma stava fissando il tavolo. Scosse la testa e fece una smorfia. Quando il suo sguardo incrociò il mio, la sua espressione diceva chiaramente 'non ti invidio'. Non capii se si trattasse di un altro tentativo di distrarmi o se davvero non avrebbe saputo come uscirne. Se era la prima, ci stava riuscendo benissimo.

«Va beh,» sospirai. «Tanto non ho scelta.» Calcolai diverse traiettorie prima di tentare il tutto per tutto. Era un errore da principianti colpire troppo forte una palla in bilico, facendola rimbalzare via invece che cadere in buca. In questo caso, era la mia unica speranza: colpire forte e sperare che entrambe – o almeno la otto – schizzassero lontano dalla buca.

Funzionò. Entrambe le bilie rotolarono via; purtroppo, però, la battente ci cadde dentro.

Brandon fischiò. «Bel tiro.»

Recuperai la bilia bianca e gliela passai, guardandolo in cagnesco. Avevo sacrificato il mio turno – e le speranze di vincere – ma almeno la partita era ancora in corso.

«Dico sul serio,» fece Brandon, poggiandomi una mano sulla spalla mentre mi superava, diretto al tavolo. «Sei stato bravo.»

«Grazie,» gli dissi ricambiando il sorriso.

Joe mi diede una gomitata. «Bella partita.»

«Non è ancora finita,» risposi, facendo spallucce. In quella, sentii il suono netto della stecca che colpiva la palla e, subito dopo, della bilia otto che cadeva in buca. Mi fermai. «Okay, *adesso* è finita.»

La folla esultò e si congratulò con entrambi e, un attimo dopo, mi ritrovai il braccio di Brandon intorno alle spalle. «Complimenti.»

«Anche a te.»

Poi aggiunse sottovoce, di modo che potessi a malapena sentirlo in tutto quel casino: «Sto morendo dalla voglia di farlo. Ce ne andiamo di qui?»

Appena toccammo il letto, ci incollammo come sanguisughe. Volevo succhiargli l'uccello, volevo che succhiasse il mio, ma ero completamente perso nel sapore dolce della sua bocca. Non baciavo qualcuno così dai tempi del liceo, e il gesto diventava più eccitante ogni secondo che passava.

Quando Brandon si staccò da me, era totalmente senza fiato. «Scopami. Voglio che mi scopi.»

«Anch'io, ma non voglio smettere di baciarti,» risposi con voce tremante.

«Neanche io,» sussurrò e mi prese il viso fra le mani. «Ma se non mi prendi adesso...» Lasciò morire la frase in un sospiro, mentre strusciava il cazzo duro contro il mio. «Dio, Dustin, ho bisogno di te.»

Non avevo speranze di resistere; non di fronte a una fame così intensa.

Ci tirammo su e mi staccai da lui giusto il tempo di prendere il lubrificante e un preservativo. Riprendemmo a baciarci mentre me lo infilavo; volevo penetrarlo, volevo scoparlo finché non fossimo venuti entrambi, però niente mi eccitava quanto baciarlo.

Fece per girarsi, ma lo presi per la spalla. «Fermo,» lo baciai dolcemente. «Voglio guardarti in faccia.» Mi sporsi per prendere un cuscino. «Mettitelo sotto.»

«Ce l'hai un po' di esperienza, eh?» sorrise e si sedette sopra il cuscino.

Gli feci l'occhiolino. «Giusto un po'.» Mi baciò, dopodiché si stese sul letto. Lo guardai stringermi le gambe intorno alla vita, premere il culo contro il mio cazzo duro. Cercai il suo sguardo: aveva un'espressione rapita, di estasi. Lo penetrai adagio, poco per volta, per dargli il tempo di rilassarsi, ma appena si rilassò, mi spinsi più a fondo.

«Oh cazzo, che meraviglia,» mormorò.

«A chi lo dici,» risposi, tenendogli ferme le gambe mentre gli accarezzavo l'addome. «Adoro guardarti così.»

Chiuse gli occhi e si leccò le labbra. Mi venne l'acquolina in bocca: sentivo di nuovo il bisogno di baciarlo. Mi sporsi in avanti, gli misi una mano sulla nuca e gli presi le labbra. Brandon mi abbracciò, muovendo avanti e indietro i fianchi mentre lo scopavo. Accelerai il ritmo e lo sentii sciogliersi intorno a me. Più lo baciavo, più mi veniva voglia di penetrarlo, e ogni volta che ero dentro di lui, dovevo baciarlo.

«Dio Santo,» gemette, senza staccare le labbra. «Oh, mio Dio... Dustin... Più forte. Così...»

Mi tirai su e gli tenni fermi i fianchi, sbattendoglielo dentro più forte che potevo. Inarcò la schiena e notai i nervi del collo tendersi mentre mi supplicava di continuare. Lo accontentai.

Tenendolo per una gamba per non perdere l'equilibrio, lasciai andare i fianchi e gli strinsi le dita intorno all'uccello.

«Oh, cazzo!» gridò. «Non fermarti, Cristo, non... fermarti...»

Provai a scoparlo mentre continuavo a toccarlo, ma mi accorsi che non riuscivo a mantenere il ritmo. A malapena respiravo e non potevo pensare ad altro che a quanto fosse incredibile stare dentro di lui, a quanto sexy Brandon sembrasse in quel momento. Venni percorso da un brivido e inspirai a fondo, perdendo completamente il ritmo. Ero sopraffatto, dimentico del mondo, ma non volevo fermarmi finché non fosse venuto.

«Dustin.» Sembrava che battesse i denti. «Dustin, guardami.»

Non mi ero neanche accorto di aver chiuso gli occhi. Li riaprii e lo guardai, e il desiderio nel suo sguardo era così evidente da farmi quasi venire.

«Cazzo, mi manca poco,» gemetti.

«Vieni,» bisbigliò, «Vieni e continua a scoparmi.»

«Voglio che venga prima tu,» risposi, a denti stretti.

«E io voglio vederti perdere il controllo,» fece, quasi mugolando. «Lasciati andare, Dustin.»

Quelle parole mi convinsero. Lo strinsi per i fianchi e lo scopai più forte che potevo, senza trattenermi, e quando sentii una tensione alle palle e il fiato venirmi meno…

«Oh… *Dio*!» Glielo sbattei dentro e venni, tremando dalla testa ai piedi in un orgasmo a dir poco stupefacente. «Oddio, oh mio Dio…» Ero tanto scosso che mi venne quasi da piangere.

«Sei una visione da brivido quando vieni,» gemette Brandon.

«Anche tu,» ringhiai. «E stasera non ho ancora avuto il piacere di assistervi.» Scivolai fuori dal suo corpo e mi spostai sul letto per chinarmi e divorare il suo uccello.

«Oh Cristo,» mormorò. «Oddio, sì, così…» Mi sembrò di sentire il suo cazzo inspessirsi, indurirsi, e capii che gli mancava poco. Lo strofinai più veloce che potevo, leccandolo e succhiandolo come se fosse la cosa più buona che avessi mai assaggiato; e francamente *lo era*.

Proprio quando pensavo di aver raggiunto il paradiso, sentii il suo cazzo pulsare sulla lingua. Una volta. Due volte. Se non avessi appena avuto un orgasmo, quella sola sensazione sarebbe bastata a mandarmi in orbita.

«Sto...» annaspò. «Oh cazzo, cazzo, Dustin, sto...» Lanciò un grido e un attimo dopo sentii il suo membro pulsare un'ultima volta prima che la lingua mi si coprisse di un liquido denso e salato.

Fino a quel momento, non mi ero mai domandato come sarebbe stato sentirlo venire nella mia bocca, o a come avrei reagito; quando accadde, mi persi nel suo sapore, nei suoi gemiti e nella meraviglia dell'atto stesso.

Di lì a poco rialzai gli occhi, pulendomi un angolo della bocca. Brandon teneva una mano sugli occhi, come per ripararsi dal sole, le labbra socchiuse e il petto che gli si alzava e abbassava rapido, disperato.

Mi tirai su, mi disfeci del preservativo e mi buttai sul letto accanto a lui.

Si leccò le labbra, ma non spostò la mano; degluti e mi chiese: «Sei proprio sicuro di non aver mai fatto un pompino prima d'ora?»

Risi e gli passai le dita sul petto, facendolo rabbrividire. «Penso che me ne ricorderei, di un cazzo in bocca.»

Finalmente spostò la mano per guardarmi; giuro su Dio che aveva le lacrime agli occhi. In un'altra occasione mi sarei preoccupato, ma ricordavo come anch'io avevo pianto la prima volta. Probabilmente era normale, anche se mi risultava difficile credere di avere quell'effetto su di lui. Mi sorrise. «Sei incredibile.»

«Non saprei. Mi sento piuttosto imbranato.» Lo baciai con dolcezza. «Devo impratichirmi.»

«Ti prego. Sono stato con uomini molto più esperti, bravi neanche la metà di te.» Fece una pausa. «Però, se vuoi far pratica, io sono disponibile.»

«Davvero? Lo faresti, per me?»

«Lasciarmi scopare e succhiare l'uccello finché non avrai perfezionato la tecnica?» Alzò gli occhi al cielo e fece un sospiro esagerato. «Se proprio devo.»

«Sei troppo buono.»

«Lo faccio per il bene dell'umanità.»

«Non mi importa perché lo fai. L'importante è…»

Alzò le sopracciglia. «Cosa?»

Lo baciai e sussurrai piano: «Che continui.»

CAPITOLO
SEI

Mia moglie non era mai stata una grande amante del contatto fisico – non con me, perlomeno – e probabilmente sarebbe stata più felice se avessimo dormito in letti separati. Se in qualche modo ci avvicinavamo, nel sonno, appena si svegliava si premurava di tirarmi una bella gomitata per allontanarmi.

Nci primi mesi dopo la fine del matrimonio, ero uscito con diverse donne: alcune avventure di una notte, altre storie più serie. Una delle prime novità in cui mi ero imbattuto era il cosiddetto 'mattino dopo'. Nello specifico, la sensazione di svegliarmi con qualcuno fra le braccia, il calore di un corpo contro il mio. Ne ero rimasto subito estasiato e avevo preso l'abitudine di crogiolarmi nell'istante, ogni volta che ne avevo l'occasione, con tutte le donne successive.

E niente, tuttavia, era anche lontanamente paragonabile alla sensazione che provai quella mattina, svegliandomi immerso nel calore di Brandon.

Gli tenevo un braccio intorno ai fianchi, la mano nella sua; sentivo i suoi capelli freschi sul viso e la sua schiena calda contro il petto. Ad ogni respiro il naso mi si riempiva del suo profumo, maschile e familiare, unito a quello squisito del sudore e del sesso.

Non registrai nemmeno che si trattava di un uomo invece che di una donna. Era tutto perfetto.

Mi strusciai sul suo collo e gli baciai la spalla, sorridendo quando lo sentii rispondere con un gemito e un brivido. Mi strinse la mano, e gliela accarezzai col pollice. Per un attimo, appena si mosse, rimasi deluso e credetti che volesse allontanarsi da me. Mi aspettavo il solito *'spostati'* seguito da gomitata, ma mi sbagliavo. Brandon mi venne invece più vicino e mi baciò la mano.

«Buongiorno,» sussurrai, toccandogli la spalla con le labbra.

«Buongiorno.» Il calore del suo fiato sulle dita mi fece restare senza fiato.

Si sdraiò sulla schiena e mi sorrise. Mi tirai su su un gomito e mi appoggiai la testa sulla mano; gli sfiorai il volto, accarezzando con le dita la pelle ruvida del mattino. Lui fece lo stesso, e mi chinai per baciarlo piano.

Mi guardò, e gli scappò da ridere.

Piegai la testa di lato. «Che c'è?»

Scosse la testa. «Stavo pensando.»

«A cosa?»

«Niente, è divertente…» Mi toccò il mento. «È la seconda volta che andiamo a letto insieme, e non so niente di te a parte il tuo nome.»

Ridacchiai e mi guardai intorno. «Beh, sai dove abito.»

«Sì, e tu sai dove abito io,» rispose. «So anche che auto guidi.»

«Non lo dirai a nessuno, vero?»

«Sarà il nostro segreto,» bisbigliò sottovoce.

«Bene.» Gli accarezzai la guance, poi lasciai cadere la mano sul suo petto. «Allora, cosa vuoi sapere?»

Fece spallucce. «Qualunque cosa. Voglio conoscerti.»

«Non mi hai *googlato* per vedere se ero un maniaco sessuale?»

«Non mi è neanche venuto in mente.» Mi fece l'occhiolino. «Non sei un maniaco sessuale.» Mi passò le dita sulla clavicola e si umettò le labbra. «Sono io che ci ho provato con te.»

«Quindi io sarei la vittima?»

«La *mia* vittima.» Mi sfiorò le labbra con le sue, poi si lasciò cadere sul cuscino. «Cominciamo dall'inizio. Che lavoro fai?»

«Personal trainer.»

Rimase a bocca aperta e mi guardò prima le braccia, poi il torace. «Questo spiega tutto.»

«È ovvio che frequenti regolarmente uno dei miei colleghi,» risposi, passandogli le mani sui muscoli dell'addome, splendidamente definiti.

«Potrei licenziarlo.» Mi fece l'occhiolino.

«Accetto sempre nuovi clienti.» Ricambiai l'occhiolino. «Okay, e tu?»

«Non mi crederai.»

«Giocatore di biliardo professionista?»

Sbuffò. «Dai, non sono *così* bravo.»

«Beh, non sembri un cecchino o una spia russa.»

«No, ho smesso.» Fece spallucce.

«Regista di film porno?»

Rise. «Se lo fossi, ti scritturerei subito.»

«Maiale.» Mi fermai per baciarlo. «Dai, dimmelo.»

«Faccio il biochimico.»

Strabuzzai gli occhi. «Sul serio?»

«Sul serio.»

«E cosa fai esattamente? Non sei uno di quelli che progettano armi batteriologiche, vero?»

«Solo nel tempo libero, ma lo considero più un hobby.» Rise. «Insegno in varie università. La paga non è buona come quella da ricercatore, ma...» Alzò le spalle. «Mi piace come lavoro.»

«Non l'avrei mai indovinato.»

«Nessuno indovina mai.» Sorrise. «Mi sa che non ho l'aria da topo di laboratorio. L'ultimo tizio con cui sono uscito non mi ha creduto finché non gli ho fatto vedere la laurea.»

«Che laurea hai, esattamente? Specialistica?»

«Dottorato.»

«Hai un *dottorato*?»

Annuì. «Mi sembrava figo indebitarmi fino al collo in cambio di qualche lettera extra da aggiungere al nome.»

«Oh, su quello hai ragione. È una cosa figa.» Feci un largo sorriso. «*Dottor* Brandon. Cazzo, è proprio sexy.»

«Non chiamarmi 'dottore' o potrei non rispondere delle mie azioni.»

«Dottore in calore.»

Scoppiò a ridere. «Okay, questa non l'avevo mai sentita.» Mi prese la mano e se la portò al petto. Mi guardò in silenzio, fece per aprir bocca, ma poi cambiò idea.

«Che c'è?» chiesi.

«Niente,» rispose. «Non voglio scendere troppo nel personale.»

«Brandon, siamo a letto, nudi, e abbiamo passato la notte scorsa a fare sesso,» obiettai. «Non credo che tu possa scendere *troppo* nel personale.»

«Okay, su questo hai ragione.»

«Vai, allora. Sono tutt'orecchi.»

Fece una pausa. «Spero di no, con tutti gli *organi* interessanti che hai.»

Alzai gli occhi al cielo.

Brandon rise, poi tornò serio. «Okay, se dici che posso andare sul personale...» Si fermò, come in attesa. «Quanto sei stato sposato?»

Mi colse alla sprovvista. «Come sai che ero sposato?»

Rise e mi prese la mano, accarezzandomi l'anulare. «Quando sei nervoso, ti tormenti questo dito. È una cosa che fanno solo gli uomini sposati o divorziati.» Fece una pausa. «Non sei più sposato, vero?»

«No, grazie a Dio. Beh, in effetti il divorzio è ancora in corso, ma ormai è finita.» Mi guardai la mano e risi. «Ricordami di non sfidarti a poker.»

Fece spallucce. «Sono un buon osservatore.»

«Me ne sono accorto.»

«Com'è stato?»

«Cosa?»

«Il matrimonio.» Esitò. «Se non sono indiscreto…»

«Niente affatto.» Sospirai. «In realtà, era finito ancora prima di cominciare.»

«Davvero?»

Annuii. «Peccato che ci abbia messo dieci anni a capirlo.»

«Dieci anni?» Distolse lo sguardo e aggrottò la fronte; intuii che stava facendo i calcoli.

«Mi sono sposato a diciott'anni.»

«Ah, okay,» fece. «Cominciavo a chiedermi come facevi a sembrare così giovane.»

Risi e lo baciai in punta di labbra. «Sei un vero gentleman.»

Rise. «Allora?» Inarcò le sopracciglia. «Non è per farmi gli affari tuoi, sono solo curioso.»

«Beh, suppongo che tu abbia diritto a sapere qualcosa di me, ora che abbiamo fatto sesso *due* volte.»

«Qualcosa lo so già.» Mi passò un dito sul capezzolo, mozzandomi il fiato in gola. Poi mi prese la mano che tenevo ancora sul suo petto. «Continua.»

«Bastardo.» Mi schiarii la voce. «Era una troia. Giuro. Mi trattava di merda.»

«Perché l'hai sposata?»

Avvampai. «Perché ho lasciato che decidessero i miei.»

Fece una smorfia. «Ahia.»

«Mi hanno convinto anche a fare il militare.» Scrollai le spalle.

«Aspetta,» mi interruppe. «Hai fatto... *tu* hai fatto il militare?»

Annuii.

«Che reparto?»

«Marine.»

«Dammi un attimo» Mi fece cenno col dito di aspettare e chiuse gli occhi.

«Eh? Perché?»

Mi intimò di stare zitto, poi fece un lungo sospiro e riaprì gli occhi. Disse con un sorriso: «Dovevo provare a immaginarti.»

«Ma se vuoi, ho delle fo-»

«Sì, le voglio.»

«Uniforme da combattimento o da parata?»

«Tutte e due.»

Ridemmo entrambi. «Sì,» proseguii. «Ho fatto quattro anni nell'esercito e dieci con lei.»

Il sorriso svanì dal suo volto. «Com'è finita?»

Tornai a tormentarmi l'anulare senza neanche rendermene conto. Brandon ovviamente se ne accorse e mi strinse la mano.

«Se non ti va di...»

«Mi tradiva.»

Strabuzzò gli occhi. «Quale donna sana di mente ti tradirebbe?»

Alzai gli occhi al cielo e risi, arrossendo. «Non lo so, ma lei l'ha fatto.» Deglutii, cercando di scacciare l'amarezza. «Non so quante volte, ma era da un po' che lo sospettavo.»

«L'ha ammesso lei?»

Scossi la testa, trattenendo le emozioni che mi risalivano per la gola. Ero felice di essermi liberato di quel giogo, ma il ricordo faceva ancora male. «L'ho beccata,» confessai infine, la voce ridotta a un sussurro.

«Oh, Cristo.» Brandon mi accarezzò la mano col pollice. «Dev'essere stato…» Scosse la testa, lasciando incompiuta la frase.

«Sì, non è stato bello.» Inconsciamente mi misi a tracciare dei cerchi sul suo petto. «Temevo che mi tradisse e notavo che passava un sacco di tempo su internet. Così mi sono fatto un account fasullo, l'ho cercata su vari siti e ho risposto a un suo annuncio.»

«Wow, aveva messo un annuncio?»

«Già.» Alzai gli occhi al cielo. «Donna single in cerca di avventura. Il solito.»

«Che faccia tosta. E che stronza.»

«A me lo dici? Comunque, anche dopo aver letto l'annuncio, non ero ancora sicuro al cento per cento che mi tradisse davvero, e così ho risposto. Ci siamo scritti via email per un po'… un *bel* po', in effetti. Non lo so, forse non volevo guardare in faccia la realtà. Continuavo a ripetermi che mi servivano prove concrete… forse speravo, sentendola via email, di capire che cosa non funzionasse fra noi. Che cosa avessi sbagliato con lei. E a dirla tutta…» Tacqui e mi toccai di nuovo l'anulare.

Brandon mi strinse la mano. «Cosa?»

Inspirai a fondo. «In un certo senso, mi piaceva flirtare con lei. Anche se lei non sapeva

che ero io, e anche se sapevo che era sbagliato...»
Mi interruppi e deglutii a fatica. «Lo so che è una
cosa patetica.»

«È comprensibile,» rispose. «Dopo tutti
quegli anni insieme, probabilmente anch'io avrei
fatto la stessa cosa.» Per un attimo, tacemmo
entrambi. Poi Brandon aggiunse: «E alla fine le hai
detto la verità?»

«Non proprio.» Chiusi un attimo gli occhi.
«Voleva che ci incontrassimo, così...»

«Cristo, Dustin.»

«Ci siamo dati appuntamento in un albergo.
Le ho detto di vestirsi sexy.» Risi amaramente.
«Quando mi ha aperto la porta... non avevo mai
visto nessuno con una faccia così scioccata.»

«Non riesco neanche a immaginarlo.»

«La cosa peggiore è che sono arrivato in
anticipo e ho visto un altro uomo uscire dalla sua
stanza.»

Brandon strabuzzò gli occhi. «Non ci credo.»

«È così.»

«Cazzo. So cosa si prova a essere traditi, ma
così...» Scosse la testa.

«Sì, ho avuto giorni migliori. Ma almeno ho
trovato il coraggio di andarmene.» Lo lasciai
andare per grattarmi la schiena, poi tornai a
stringergli la mano. «E questo è quanto. A te com'è
successo?»

«Quando mi hanno tradito?»

«Sì.»

Alzò gli occhi al cielo e sospirò, «Quale volta?»

«Ahi.»

Fece spallucce. «Capita. Quando ero più giovane, mi è successo un paio di volte. L'ultima, però...» Per un attimo assunse un'espressione distante.

Gli passai il pollice sulla mano. «Raccontami.»

«Una mia ex stava divorziando – una brutta storia – e le serviva un posto dove stare. Le ho offerto di venire da me; eravamo rimasti amici, quindi non ci vedevo niente di strano.» Schioccò la lingua e strinse le labbra. «Un giorno arrivo a casa prima e la trovo a letto col mio ragazzo.»

Rimasi sbalordito. «Non è possibile.»

Annuì. «Giuro su Dio. Credo che stiano ancora insieme.»

«Cazzo, è una cosa atroce.»

«A me lo dici?» Sospirò. «In realtà probabilmente avremmo rotto comunque. Stavo per laurearmi, ero impegnato con la tesi... non è che mi stessi dannando per tenere insieme il rapporto.»

«Questo non giustifica il tradimento.»

«No, certo che no,» concordò.

Il gomito con cui mi reggevo la testa si stava addormentando, così mi sdraiai sulla schiena. Brandon mi seguì, poggiando il mento sul mio petto.

Gli passai le dita fra i capelli. «Tutti della stessa pasta, i nostri ex.»

«Sul serio.» Rimase un attimo zitto. «Questo casino con la tua ex-moglie è successo da poco, se ho capito bene?»

«Sei mesi fa.»

Strinse le labbra. «Quindi è corretto dire che ti stai ancora leccando le ferite.»

«Decisamente.» Ci misi un secondo a capire dove volesse andare a parare, e subito mi sentii colpevole di non averglielo detto prima. Gli accarezzai il viso e ammisi: «Sono ancora in convalescenza, ma con lei ho chiuso.»

«Lo immagino.»

«Lo so che avrei dovuto dirtelo prima, ma…»

«Dustin, non mi devi spiegazioni. Fino a ieri ero solo l'avventura di una notte.»

Il cuore mi balzò nel petto. «E adesso?»

Sorrise. «L'avventura di due notti.»

Risi e mi sollevai per baciarlo. «Non mi dispiacerebbe estenderla a tre.»

Si avvicinò, mi baciò e si strusciò contro di me, per farmi sapere che era disponibile. «Un'altra notte come questa e mi serviranno cure mediche.»

«Potremmo giocare al dottore.»

Rise e infilò la mano sotto la coperta per stuzzicarmi i fianchi. «Oppure potremmo vedere quanto a lungo riusciamo a scopare prima di svenire.»

Stavo per rispondergli a tono, ma mi strinse le dita intorno all'uccello e dimenticai la risposta.

Stavo facendo stretching prima di uscire a correre, quando il cellulare squillò dal bancone della cucina, dove lo avevo lasciato. Mi sentii in colpa e mi ripromisi di leggere il messaggio appena finito l'esercizio. *Okay, ancora uno. L'ultimo, promesso.*

Sapevo già che era di Brandon. Il peso sullo stomaco cresceva ogni volta che il telefono mi ricordava del messaggio non letto. Non è che non volessi parlargli. Al contrario: ogni volta che leggevo il suo nome sullo schermo, il cuore mi balzava in petto.

E quello, in effetti, era il problema.

Morivo dalla voglia di stare con lui. Non ero mai stato così preso da nessuno prima d'ora. Il fatto che fosse un uomo – il primo uomo con cui avessi un rapporto di tipo sessuale – complicava la faccenda. Lo desideravo – tantissimo – ma non ero sicuro di *desiderare* questo desiderio.

Lo scambio di messaggi si era fatto meno frequente rispetto all'inizio – il che era dovuto a fasi come queste, in cui tergiversavo anche solo per aprire il cellulare. Brandon aveva proposto di vederci, un paio di volte, ma dopo le mie risposte elusive aveva sempre lasciato cadere l'argomento.

E io ero un idiota. Volevo stare con lui, ovvio; allora perché rifiutavo?

Sospirai, rassegnato, e aprii il cellulare, cercando di capire se quello che provavo fosse più eccitazione o più nervosismo.

Il messaggio era innocuo, la risposta all'SMS ancora più innocuo che gli avevo spedito la sera prima. Ormai eravamo al punto in cui ci scrivevamo solo per restare in contatto, ma non avevamo più niente da dirci. In apparenza almeno; in realtà gli argomenti non mancavano, solo che non li affrontavamo. Ci giravamo intorno, come se ciascuno dei due aspettasse che fosse l'altro a prendere in mano le redini del discorso.

Ero quasi sicuro che toccasse a me rompere il ghiaccio, e che Brandon volesse lasciarmi spazio. Ogni messaggio mi dava l'occasione di restare fermo o andare avanti. *Tocca a te*, diceva.

Io non avevo né il coraggio di affrontare un discorso serio, né la forza di interrompere il contatto; anche stavolta risposi in modo generico e superficiale.

Ero tentato di portarmi dietro il telefono durante la corsa, ma alla fine lo lasciai dov'era. Se fosse squillato mentre correvo, probabilmente sarei inciampato e sfracellato a terra.

Uscii, come ogni mattina, per il giro del lago, e dai primi passi mi ritrovai subito a pensare a Brandon. Ormai avevo smesso di dirottare altrove i miei pensieri, tanto era inutile. Bastava una distrazione minima – e a volte neanche quella – per tornare a vedere il suo volto, sentire la sua voce e ricordarmi di lui.

Questa cliente ha bisogno di allenarsi sull'addome, dovrò insegnarle questi esercizi. Chissà cosa sta facendo Brandon.

Devo pagare l'avvocato. Sai che novità? Cristo, dove avrà imparato Brandon a baciare così?

Oggi devo fare la spesa e pagare le bollette. E vedere Brandon.

Ogni volta che proponeva di vederci, mi ritraevo nel guscio. Non aveva senso evitarlo quando anch'io desideravo incontrarlo, ma l'entità stessa del mio desiderio mi terrorizzava. Non avevo mai provato un'intimità del genere, un'alchimia così intensa. Con nessuno.

Brandon sembrava non farsi problemi per la mia situazione di *divorzio in progress*, e non aveva insistito perché prendessi degli impegni seri; ero io a volere di più. Però non ero pronto per un'altra storia. Oppure sì?

E poi non volevo ammettere del tutto di essere gay. Dei miei amici, ero quello più aperto, e rimproveravo spesso mio fratello per la sua omofobia; però non avevo mai immaginato, quando prendevo le parti dei gay e bisessuali, di dover difendere me stesso. Non sapevo bene se l'immagine che avevo di me stesso necessitava di un cambio di status.

Ero chiaramente attratto da Brandon, ma quest'attrazione – attrazione *verso un uomo* – mi aveva colto a dir poco alla sprovvista. E poi, alla mia età, non era strano farsi domande sulla propria sessualità? Un conto era essere confusi a quindici anni, un altro era andare in crisi a trenta.

In sostanza, non era Brandon che stavo evitando: era me stesso.

Una voce mi strappò alle riflessioni, e intravidi qualcuno con la coda dell'occhio. «Buongiorno Dustin.»

«Ciao Sharon, ciao Bill.» Sorrisi educato. Erano vecchi amici di famiglia che abitavano in uno dei condomini sul lago. Ci incrociavamo puntualmente tutte le mattine.

«Proprio te cercavo,» fece Sharon. «Giusto ieri parlavo con tua madre di questa splendida ragazza che lavora per Bill.»

Avvertii una fitta al fianco, ma non lo diedi a vedere.

Sharon proseguì, «Ti piacerebbe, è una ragazza dolcissima.»

«Apprezzo il pensiero,» risposi. *Più o meno quanto apprezzerei l'estrazione di un molare senza anestesia.* «È solo che... non mi sento di uscire con nessuno.»

«Ah, no? Ma tua madre ha detto...»

«Lo so, lo so.» Cercai di non sbuffare, di rimanere cortese. «Mia madre non ha cattive intenzioni. È solo che non sono ancora pronto.» *A meno che non si tratti di Brandon. Oh, quanto paghereste per sapere?*

«Oh, Dustin, che peccato,» rispose. «Ma sei sicuro? Potrei darti il suo numero...» Sharon era sinceramente dispiaciuta, ma la sua insistenza mi diede ugualmente fastidio. Ero stanco di tutta questa gente che voleva presentarmi la figlia, la nipote, la cugina, la figlia della nipote della cugina.

«Dai, Sharon, lascialo in pace,» fece Bill, alzando gli occhi al cielo. *Grazie a Dio ho qualcuno dalla mia parte.* «Che ne sai,» le diede una gomitata giocosa. «Magari esce già con qualcuno, ma vuole tenercelo segreto.» *'Fanculo tutti e due.*

Non potevo prendermela con loro, per cui mi limitai a sorridere. «No, non ho nessuna ragazza.»

«Beh, fammi sapere se cambi idea,» concluse Sharon.

«Certo,» risposi a denti stretti. Per fortuna eravamo arrivati al loro appartamento; ci salutammo e proseguii la corsa da solo. E subito tornai a pensare a Brandon.

Quando rientrai a casa, resistetti alla tentazione di aprire subito il cellulare. Presi una bottiglia d'acqua per dissetarmi, ma tesi le orecchie per cogliere il suono che mi avvisava di un nuovo messaggio.

Niente.

Mi appoggiai al bancone e bevetti un lungo sorso, lo sguardo incollato al telefono.

Silenzio.

Continuai a fissare il cellulare per l'intera giornata. Quei maledetti messaggi mi avevano tormentato per giorni.

E adesso il silenzio rischiava di uccidermi.

CAPITOLO
SETTE

Mentre andavo al lavoro, venerdì mattina, mi chiamò mia madre. Brontolai e accesi il bluetooth. «Ciao mamma.»

«Ciao tesoro,» rispose lei, con finta allegria. Aveva una nota triste nella voce che mi spinse a digrignare i denti. *Sentiamo, cos'è che ti rende infelice stavolta? Il divorzio? I nipotini che vorresti tanto avere e che il tuo figlio scriteriato non si decide a darti? Il colore della mia cazzo di macchina?*

«Che c'è?»

«Niente, volevo solo sapere come stai. Sono preoccupata per te.»

Alzai gli occhi al cielo. *Sto come stavo le ultime diciassette volte che hai chiamato, con l'unica differenza che adesso ho fatto sesso con uomo.* «Sto bene, mamma.»

«D'accordo. Ascolta, ti ricordi di Frances, la mia vicina di casa?»

«Certo che mi ricordo.» *E scommetto che ha una figlia single, o un'amica, una collega...*

«Sua nipote viene in città questo week-end, ed è tanto una brava ragazza. Frances e io pensavamo che...»

«Mamma, ti prego.» Strinsi i denti e artigliai il volante. «Non voglio uscire con nessuno.»

«Ma Dustin, non puoi...»

Sì che posso, mamma. Scossi la testa e ignorai le sue lamentele: le conoscevo a memoria. Entrai nel parcheggio della palestra, spensi il motore e mi diressi verso l'ingresso. Continuava a parlare. Ogni tanto facevo dei versi, tipo 'sì' e 'a-ha', per farle credere che stavo attento, ma in realtà non ascoltavo una parola. Arrivai in ufficio e timbrai il cartellino.

«Mamma, adesso devo andare,» la interruppi.

«Ma Dustin, dico davvero...»

«Mamma, sono al lavoro, ho dei clienti che mi aspettano. Scusa, ma non ho proprio tempo.»

Sospirò nel solito modo melodrammatico, ma ormai le sue sceneggiate non mi facevano più alcun effetto. «Va bene, allora ti lascio andare.»

«Ci sentiamo più tardi.»

«Posso dire a Frances che vuoi conoscere sua nipote?»

Chiusi gli occhi, trattenendo un sospiro irritato. «Mamma, ti prego. Preferirei di no.»

«Ma...»

«Adesso devo andare. Ti voglio bene.»

«Anch'io, tesoro,» si arrese. «Ciao.»

«Ciao mamma.»

Riattaccai e imprecai sottovoce, mentre mi sfilavo il bluetooth.

«Era di nuovo mammina?» Kate, mia collega e amica, comparve sulla soglia con le braccia conserte e un'espressione a metà fra il divertito e il dispiaciuto.

Alzai gli occhi al cielo. «Chi altri?»

«Quella donna non ti lascerà mai in pace finché non ti accasi, giusto?»

«Ahimè, giustissimo.» Mi fermai e tamburellai le dita sull'agenda. «Il lato positivo è che non ha rotto le palle col divorzio.»

Kate fece una smorfia. «Mamma mia, immagino la seccatura.»

«No, credimi, non immagini affatto.» Presi la borsa.

«Non so come fai a sopportarla.»

«Anni di esercizio,» risposi ridendo. «Se anche cominciassi a uscire con qualcuno, romperebbe perché non è come Stephanie.»

«Non hai speranze.»

«No.»

«Hai incontrato qualcuno?»

«Oh, più o meno. Sono uscito qualche volta.»

«Hai una faccia che dice il contrario.»

Era inutile cercare di mentire a Kate: sapeva leggermi meglio di chiunque altro. Beh, *quasi* chiunque altro. Deglutii e annuii. «Sì, beh. Diciamo che...» Fissai il pavimento e mi passai una mano fra i capelli. «Non lo so. Non so bene cosa stia capitando.»

«L'hai appena incontrata, giusto?»

Alzai la testa di colpo e per un pelo non corressi la parola 'incontratA'. «Sì, certo. L'ho appena incontrata.» Era strano riferirsi così a Brandon; non solo perché mentivo sul suo sesso, ma anche perché, di colpo, l'idea di andare a letto con una donna mi sembrava assurda e improponibile. Esattamente come, fino a non molto tempo prima, sarebbe stato il pensiero di andare con un uomo.

«Tutto okay?»

Rivolsi lo sguardo a Kate. «Sì, sto bene.»

«Dio santo, come ha fatto a ridurti così, questa ragazza?» Rise, e mi tirò una gomitata. «Torna sulla terra.»

Risi, ma il mio buonumore era scomparso.

«Cosa c'è?»

Inspirai a fondo. «Ho paura di aver rovinato tutto.»

«Cosa te lo fa pensare?»

«Non lo so, l'ho trattata male.» Scossi la testa, sospirando. «Mi sembrava di correre troppo, così mi sono tirato indietro. Ora non...» Mi corressi in tempo. «Non *le* parlo da un paio di giorni, e...»

«Prova a chiamarla,» rispose, come se fosse stata la soluzione più ovvia, che solo uno scemo poteva non cogliere. Probabilmente era proprio così.

Sospirai. «Ormai, dubito che vorrà parlarmi.»

Kate fece spallucce. «Sono solo due giorni. Vale la pena tentare.»

«Non lo so. Ho paura di farmi coinvolgere troppo,» Mi zittii. «Sai, non è passato molto da...»

«Ascolta, Dustin,» mi disse. «Non lasciarti sfuggire la donna giusta solo perché ha avuto la sfortuna di conoscerti durante il divorzio. Le relazioni nate in questa fase di solito non durano molto, ma...» Fece spallucce. «A volte capita di conoscere la persona giusta al momento sbagliato.»

«Mi sa che hai ragione.» Feci per uscire, poi mi fermai. «Hai mai desiderato di poter dare un'occhiata in avanti, al futuro, e vedere se fra sei mesi, o un anno, starai ancora insieme a quella persona? Scoprire se ne vale la pena?»

«Neanche per sogno,» rispose senza esitare.

«Davvero?»

«Davvero. Se avessi saputo in anticipo come sarebbero finite certe mie relazioni, non le avrei neanche cominciate.» Si appoggiò alla scrivania. «E mi sarei persa alcuni dei momenti migliori della mia vita.»

Fissai il pavimento per qualche istante, rimuginando sulle sue parole. «Hai ragione. Non ci avevo mai pensato.»

«Lo sai, sono una filosofa,» disse. «Adesso va' a cambiarti. C'è un cliente che ti aspetta.»

Dopo una settimana, non erano più i dubbi sulla relazione con Brandon a tenermi sveglio, quanto piuttosto il desiderio di vederlo. Non ci eravamo più parlati dal mio ultimo, insignificante messaggio; non mi aveva risposto, e io non avevo provato a riscrivergli. Una settimana prima, la vicinanza mi aveva terrorizzato; ora la distanza mi stava uccidendo.

Parcheggiai accanto al bar, tormentandomi un labbro. Per un attimo fui tentato di andarmene; non sapevo se sarei riuscito a vederlo, specialmente dopo tutti questi giorni di silenzio. *No, no, devo restare e provarci.*

Scesi dall'auto e vidi la sua ferma lì vicino. L'ansia mi azzannò lo stomaco. Immaginai tutte le sue possibili reazioni: forse si sarebbe arrabbiato o mi avrebbe ignorato; magari avrebbe capito, mi avrebbe perdonato... o magari mi avrebbe dato dello stronzo.

In ogni caso, dovevo tentare.

Inspirai a fondo, entrai nel locale e guardai immediatamente verso i tavoli da biliardo.

Ed eccolo lì.

Steso sul tavolo, di profilo, si voltò a guardarmi e inarcò un sopracciglio. Il cuore mi balzò in petto, ma un secondo dopo sentii il sangue gelarmi nelle vene. Non era solo al tavolo; accanto a lui c'era una bella bionda, a cui stava insegnando a tirare. Il modo in cui le teneva le mani sulla schiena mi ricordò quei pochi passi fuori dal suo appartamento la prima volta che avevamo fatto sesso.

Per un attimo, non capii se ero più geloso o eccitato.

A giudicare dalla sensazione allo stomaco e all'uccello, probabilmente tutt'e due le cose. Per quanto atroce fosse vederlo comportarsi così con qualcun altro, c'era un che di sexy nei loro corpi vicini.

Andai al bancone e ordinai una coca invece della solita birra. Non mi serviva alcol, bastava qualcosa di freddo. Qualcosa per tenermi impegnata la bocca. Tanto valeva spendere meno.

Li osservai di soppiatto dal bancone, passandomi in bocca un cubetto di ghiaccio.

Mi davano la schiena: la ragazza guardava Brandon intensamente mentre lui le indicava il tavolo. La mano che le teneva sulla schiena era tranquilla, rilassata, per niente riluttante. Quando lei si sporse per tirare, la maglietta le si sollevò, rivelando l'incipit di un tatuaggio dai colori delicati.

Brandon lo percorse con le dita. La ragazza gli rivolse uno sguardo e un sorriso radioso, che lui ricambiò.

E poi Brandon guardò me. Proprio me. Vidi gli angoli della sua bocca incurvarsi appena, le dita della sua mano infilarsi sotto la maglietta della ragazza.

Questa fece un salto, sbagliò il tiro e gli lanciò un'occhiataccia giocosa. Brandon rise, alzò le mani e fece uno sguardo stupito, innocente. La ragazza rise a sua volta. Quando lui le palpò il culo, lei ridacchiò e gli cinse la vita con un braccio.

Poi lo baciò, in punta di labbra, e improvvisamente il ghiaccio che tenevo in bocca non bastò più a raffreddarmi. Bevvi un altro sorso di coca, senza neanche sentirne il sapore. Presi in bocca un altro cubetto di ghiaccio, ma non servì a niente, se non a tenermi la lingua impegnata.

Non avevo alcun diritto di essere geloso – Brandon non era di mia proprietà, specialmente non dopo averlo trattato così negli ultimi giorni – eppure mi sentivo così lo stesso.

Ed eccitarmi. Era la sua presenza a eccitarmi, ma c'era un che di erotico nel vederlo insieme alla bionda. Ogni volta che la sfiorava, il mio corpo reagiva come se fossi stato al posto suo. Brandon le passava le dita sulla spina dorsale, e a me veniva la pelle d'oca. Le spostava i capelli dietro la schiena, e io sentivo la nuca solleticare al ricordo delle sue dita fra i capelli.

Quando la ragazza si chinò per tirare, Brandon le si stese sopra. E mi guardò. Fece quel suo solito sorriso diabolico e mosse i fianchi contro di lei. Bastò a farle sbagliare tiro e a farmi quasi cadere dalla sedia.

Si leccò le labbra, poi tornò a concentrarsi su di lei. Mi premetti il cubetto di ghiaccio contro il palato, ma non servì a nulla. Entrando nel locale, mi ero preparato psicologicamente a essere allontanato o respinto. Mi aspettavo di soffrire, non di vederlo con qualcun altro, non di ritrovarmi eccitato e geloso e *come cazzo faccio a respirare, in questo stato?*

Lo desideravo immensamente, ma era fuori dalla mia portata. Lo sapevo io e lo sapeva lui. E ci teneva a sottolinearlo.

Finirono la partita – o lezione, che fosse – e Brandon prese la giacca. Mandai in frantumi il ghiaccio sotto i denti e mi lasciai sommergere dalla delusione e dalla gelosia. Lo guardai mentre riponeva la stecca nella sua custodia.

In un certo senso me l'aspettavo, però fu comunque una visione straziante. Brandon cinse la vita alla ragazza e uscì dal locale con lei.

Mi voltai verso il bancone un secondo prima che la porta si chiudesse alle sue spalle. *Beh, volevi vederlo? L'hai visto. È andato via con una donna. 'Fanculo.* Mi sfregai gli occhi con le dita e sospirai; poi mi appoggiai allo schienale della sedia e mi guardai intorno. Ormai ero qui e morivo dalla voglia di fare sesso; tanto valeva cercare qualcuno nelle mie condizioni.

Notai una bionda dalle gambe lunghe vicino al juke box. Mi guardò e sorrise, portandosi la birra alle labbra con un gesto provocante.

Sapevo che era bella, sexy e probabilmente disponibile, ma il mio corpo si rifiutava di reagire. Sentivo il sangue pulsarmi nelle tempie e avevo il cazzo duro, però lei non c'entrava niente. Il mio cervello mi spingeva all'azione, ma il corpo non voleva saperne.

Scorsi una rossa china sul tavolo da biliardo, il seno in bella vista oltre la scollatura. Mi fece l'occhiolino.

Niente.

Passando in rassegna la stanza, mi fermai a rimirare un paio di spalle larghe sotto una t-shirt aderente: appartenevano a un uomo grande, tatuato e muscoloso, con una vita stretta che sarebbe stato un piacere tenere fra le mani.

Ancora niente.

Vaffanculo. Manco fosse entrata la donna – o l'uomo – più sexy della terra, con su scritto in fronte 'scopami, Dustin', avrei provato qualcosa. L'unica persona che volevo se n'era andata con una bellissima e *fortunatissima* bionda.

Pescai un altro cubetto dal bicchiere, pagai e uscii dal locale, immaginando di avere in bocca la lingua di Brandon.

Attraversai veloce il parcheggio, cercando di ignorare i ricordi legati a quello stesso luogo. Fissai il pavimento, le mani in tasca, e mi maledissi per la settimana passata a ignorarlo. Quante volte mi era capitato che le donne facessero lo stesso con me? Dopo tre giorni di silenzio, ne deducevo che non volessero più avere a che fare con me e le dimenticavo. Brandon aveva fatto lo stesso.

«Coglione,» mormorai, estraendo le chiavi di tasca.

«Suvvia, non essere così duro con te stesso.»

Mi fermai di botto e sentii le suole delle scarpe stridere sull'asfalto. Quasi mi strozzai col ghiaccio.

Brandon mi sorrise: era appoggiato alla macchina, le mani in tasca, la posizione rilassata.

«Cosa...» aggrottai la fronte. «Credevo che...»

Mi venne vicino e sentii l'aria lasciarmi i polmoni. Si fermò a un passo da me.

Deglutii. «Credevo che fossi tornato a casa con lei.»

Scosse la testa e fece spallucce. «Troppo ubriaca per i miei gusti. Le ho chiamato un taxi e l'ho spedita a casa.» Si fermò, scrutandomi in un modo che mi rammollì le ginocchia. «Le donne le preferisco sobrie.»

Mi sentii la bocca asciutta. «E gli uomini, come li preferisci?»

«Sobri ed eccitati.»

Rabbrividii. «Come sapevi che sarei uscito?»

«Prima o poi dovevi uscire.»

«Eri pronto ad aspettarmi tutta la notte?»

«Se necessario.» Mi mise una mano sul fianco. Era il primo contatto fisico dopo una settimana e, improvvisamente, il ghiaccio in bocca mi sembrò insufficiente. «Ma sapevo che non avrei aspettato a lungo.»

«Perché?»

Si passò lentamente la lingua sulle labbra. «Avevi una faccia... Quando sono uscito dal bar, sapevo che avresti fatto altrettanto.»

«Perché? Pensavi che ti avrei seguito?»

«No,» disse, come se fosse la cosa più semplice del mondo. «Ma non avevi ragioni per restare.»

Aveva colto nel segno. Risi. «Sei un bastardo.»

Mi passò le dita sulla schiena e mi attirò a sé, chinando la testa e avvicinandosi alle mie labbra, fino a farmi sentire il fiato sulla pelle. «Non ci ho azzeccato?»

«Sì.» Lo baciai, ancora incredulo di averlo fra le mani. Il sapore familiare del bacio, la freschezza dei capelli sotto le mie dita, il calore del suo corpo contro il mio... era tutto reale, ma non riuscivo a crederci.

Interruppe il bacio e mi guardò, tenendomi il viso fra le mani, come se non potesse saziarmi di me, allo stesso modo in cui io non potevo saziarmi di lui. Mi sentii in colpa e distolsi lo sguardo. Dovevo essere arrossito.

«Che c'è?» mi chiese.

Inspirai. «Senti, non volevo ignorarti. È che...»

«È tutto a posto.»

«Davvero, non è che non volessi parlarti. Ero solo...»

«Sopraffatto?»

Lo guardai e annuii. «Esatto.»

Sorrise; non il sorriso arrogante. Era dolce, stavolta, comprensivo. «Non preoccuparti, davvero.» Mi passò un dito sulla guancia. «Non sei il primo a cui capita qualcosa del genere.»

«Già,» risposi. «Ma mi è sembrato di evitarti. Non volevo fare lo stronzo.»

«Ti capisco. Sul serio.» Mi mise la mano sulla schiena, un gesto di conforto che non mancò di eccitarmi. «Senti, non ce l'ho con te. Ho capito che ti serviva spazio, per questo non ho insistito.» Fece spallucce. «Quando avessi cambiato idea, sapevi dove trovarmi.»

«E quando mi hai visto entrare al bar, stasera, sapevi che ero qui per te?»

Sorrise timidamente, ma aveva una scintilla negli occhi, un che di... «L'ho intuito.»

Lo abbracciai e ammisi: «Avevi ragione.» Lo baciai. Non avevo parole per spiegargli che non ero scioccato dal fatto che fosse un uomo. Era *lui* a scioccarmi. Ma non dovevo dirglielo per forza; non ora, almeno. Lo guardai. «Se non fossi venuto, saresti andato via con quella bionda?»

Sorrise e mi fece l'occhiolino. «Era solo un diversivo in attesa di qualcosa di meglio.» Ridemmo entrambi, poi lui tornò serio. «Sono felice che tu sia venuto.»

«Anch'io.»

Si schiarì la voce ed evitò il mio sguardo. «Ascolta, questa... questa cosa... se ti sembra che stiamo correndo troppo...» Mi guardò, leccandosi le labbra, più per nervosismo che per seduzione. «Dimmelo.»

Sospirai e mi passai una mano sul collo, guardando l'auto, il pavimento, i lampioni, qualsiasi cosa ma non lui. «Che cosa...» Le parole mi morirono in gola. «Che cos'è, questa cosa?»

«Non lo so. Non lo so proprio.»

Mi morsi un labbro. Il cuore mi batteva forte.

Mi carezzò la schiena con le mani. «Qualunque cosa sia,» disse. «Vuoi che la finiamo qui?»

Lo guardai negli occhi e lo attirai a me per un bacio. «Assolutamente no.»

Si rilassò: sentii i suoi muscoli sciogliersi man mano che ci baciavamo, come se quel contatto lo stesse convincendo della mia sincerità. Scostò appena le labbra per chiedermi: «Dimmi cosa vuoi fare.»

Appoggiai la fronte alla sua e gli carezzai piano i capelli. «Voglio...» La voce mi morì in gola.

Brandon mi fissò, le sopracciglia inarcate, in attesa della risposta.

Lo baciai piano. «Voglio scoparti di nuovo.»

Rabbrividì e si fece più vicino a me; lo strinsi e inspirai a fondo il suo sapore, il suo profumo.

Mi interruppe, sfiorandomi il viso con mani tremanti. «Andiamo via di qui,» sussurrò. Il suo uccello era duro, eretto contro il mio.

«Non ancora.»

Rimase sorpreso. «Non ancora?»

Lo spinsi contro la macchina. «Ti voglio troppo.» Infilai una mano fra i nostri corpi. «Ma non posso andare.»

Boccheggiò quando gli toccai l'uccello attraverso i jeans. Deglutì a fatica e ansimò: «Cazzo, Dustin, ti voglio, voglio che...» Gli presi la cerniera e lo sentii sobbalzare.

La aprii piano, seguendo con le dita la curva del suo membro. «Prima di andare, voglio vedere una cosa.»

«Che cosa?» gemette, quasi in lacrime. Gli presi il cazzo in mano e lo strofinai piano, proprio come lui aveva fatto con me, secoli prima, in quel parcheggio.

«Voglio...» Mi fermai, sopraffatto dalla sensazione tattile.

Brandon mugolò, piegò la testa all'indietro, e subito sentii il bisogno di baciargli il collo. Gli leccai la gola fino al mento e poi conclusi: «Voglio vederti mentre vieni.»

Si aggrappò alle mie spalle, conficcandomi le unghie nella carne, mentre continuavo a toccarlo. Più forte, più veloce... prese a muovere i fianchi a ritmo, scopando la mia mano.

Alzai il viso e lo guardai, col cazzo che pulsava dal dolore; l'espressione sul suo viso era di puro godimento. Strinse le palpebre e contrasse le labbra, poi chinò in avanti la testa, come per guardare le mie mani, ma senza aprire gli occhi.

Sentii il suo membro pulsare fra le dita. «Cazzo, oh, cazzo,» ansimò. «Così... Sì...» gemette. «Sì, così... *oh, cazzo.*» Tirò la testa indietro, spalancò gli occhi e si irrigidì, di colpo. Mi lasciai sfuggire un gemito quando il suo sperma caldo mi schizzò sul polso e sul braccio. Lo desideravo immensamente. Volevo sentire il suo corpo nudo contro il mio, volevo penetrarlo. Ero così eccitato che sarei venuto al primo contatto, ma non me ne importava.

Mi prese il volto fra le mani e mi baciò con passione. «Andiamocene,» disse con voce instabile, e mi baciò di nuovo.

«Casa tua?»

«Andiamo.»

OTTO

Non appena la porta si chiuse alle nostre spalle, ci ritrovammo l'uno nelle braccia dell'altro, a baciarci freneticamente cercando al contempo di spogliarci. Percorremmo il corridoio spingendoci e inciampando più volte sulla scia di vestiti.

Quando mi strinse l'uccello con le dita, le ginocchia mi vennero meno e mi aggrappai al mobile più vicino. Brandon si guardò intorno e fece, con un ghigno: «Perché non qui?»

Mi voltai e mi accorsi che mi ero aggrappato a un tavolo da biliardo; Brandon approfittò della distrazione per spingermici contro. Prima ancora di rendermene conto, si era inginocchiato e mi aveva preso l'uccello in bocca. *Tutto* in bocca.

Mi aggrappai al tavolo con l'altra mano, cercando di mantenermi in equilibrio. «Oh, mio Dio,» gemetti. Ero già eccitatissimo prima ancora di mettere piede in casa, figuriamoci adesso con la sua bocca addosso. Ogni suo gesto era perfetto, cazzo. Sapeva dove passare la lingua, dove stringere le labbra, dove succhiare e quando prendermelo fino in gola, tanto da farmi perdere l'equilibrio. Appena si mise anche a toccarmi con la mano, non riuscii più a trattenermi.

«Oddio, oddio, sto...» Ma le parole divennero versi sconnessi, finché non gridai e venni. Brandon continuò a succhiarmelo, scopandomi con la bocca, finché non trovai la forza e le parole per supplicarlo di smettere.

Si alzò in piedi. Io tremavo e ansimavo. Lo vidi pulirsi con la mano l'angolo della bocca, e lo afferrai per un bacio profondo. Il sapore dolce e salato del mio sperma sulla sua lingua mi fece vacillare.

«Andiamo in camera da letto,» mi sussurrò.

Annuii, leccandomi le labbra mentre assaporavo il suo bacio, che sapeva di me. Lo seguii in camera, dove ci sfilammo gli ultimi vestiti prima di buttarci a letto.

Mi sdraiai sulla schiena e lo tirai su di me, abbracciandolo; restammo a baciarci così, semplicemente, per un'infinità. Una parte di me non riusciva ancora a credere di essere di nuovo con lui. Quando l'avevo visto uscire dal locale con quella bionda, ero stato certo di averlo perduto; e invece eccolo qua. *Eccoci qua.*

Si tirò su e premette l'uccello contro il mio. Il pensiero di succhiarglielo, come lui aveva fatto con me, mi fece venire l'acquolina in bocca; lo presi per i fianchi e alzai la testa per baciarlo.

«Voglio succhiarti l'uccello,» sussurrai. Avrebbe dovuto sembrarmi strano, surreale, dire certe cose, e forse con un altro uomo non ci sarei riuscito, ma con Brandon era perfettamente normale. L'idea di non volerglielo succhiare, al contrario, era assurda.

«Ah, sì?» mi chiese, sciogliendo il sorriso in un altro bacio.

«Sì. Subito.» Mi leccai le labbra, avevo le mani che tremavano. «*Ti prego.*»

«Adoro vederti in questo stato.» Piegò la testa e mi baciò il collo. «Così eccitato da tremare.»

«E poi sono io quello perfido.»

«Lo sei.» Mi succhiò l'orecchio e aggiunse: «E lo sono anch'io.» Mi baciò nel collo, tracciando un lento cerchio con la lingua che mi fece venire i brividi.

«Stenditi o ti stendo io,» ruggii.

Rise, mordicchiandomi il collo. «Ti sfido.»

«Mi sfidi?»

«Già. Se ci tieni tanto...» Si spostò per baciarmi il collo dall'altro lato e sentii i suoi muscoli fremere sotto le dita. «Provvedi.»

«Non vorrei farti male.»

Ridacchiò, e il suo fiato sulla gola mi fece rabbrividire. «Provaci.»

Gli lasciai andare i fianchi, sospirai e dissi, rassegnato: «Non posso. Davvero, non voglio farti del male.»

Aggrottò la fronte, scrutandomi per capire se dicevo sul serio.

«Davvero.» Evitai il suo sguardo. «Non lo sopporterei.»

Rise, ma si rilassò. «Dustin, non mi farai del male. Non mi dispiace un po' di corpo a corpo di tanto in tanto.»

«Lo so, ma...» Lo presi per le spalle e lo capovolsi, ritrovandomi sopra di lui. In un attimo era sulla schiena, le mani immobilizzate sopra la testa, gli occhi spalancati.

«Che...»

Risi e mi chinai per baciarlo, ma all'ultimo mi tirai indietro. «Non dovresti abbassare la guardia.»

Piegò il collo per baciarmi, ma non glielo permisi.

«Sono pur sempre un Marine,» gli baciai il mento. «Non dimenticarlo.»

«Oh, credimi,» ringhiò, mentre si dimenava. «Non l'ho dimenticato.»

«Bene.» Lo baciai, poi passai al collo e al petto. Avevo l'acquolina in bocca all'idea del pompino, ma volevo prendermela comoda. Assaporai ogni centimetro del suo corpo, passando la lingua su un capezzolo, poi sull'altro, infine sui solchi dell'addome, finché non lo vidi tremare. Gli baciai l'anca e gli accarezzai il ventre, guardandolo inarcare la schiena al minimo tocco.

Passai l'inguine, leccando la pelle più vicina al suo uccello, ma senza sfiorarlo, e poi di nuovo, dall'altra parte. Appena accarezzai col collo il suo membro turgido, Brandon prese a muovere i fianchi verso di me. Sorrisi soddisfatto.

Lui si tirò su sui gomiti per guardarmi e, quando feci di nuovo scorrere la lingua vicino al suo uccello, sempre senza toccarlo, sospirò frustrato.

«Dio, ti piace tormentarmi,» disse.

«E a te piace essere tormentato.»

Gemette come se lo avessi toccato di nuovo, ma non mi ero mosso. Poi capii che era il mio fiato sulla pelle. Soffiai e lo guardai piegare all'indietro la testa, mentre i muscoli fremevano all'unisono.

Alitai sulla base del suo uccello, senza staccargli gli occhi di dosso, dopodiché risalii verso la punta. La sua espressione – labbra schiuse, occhi spalancati – mi fece venire la pelle d'oca. Mi era sempre piaciuto guardare un'altra persona eccitarsi a ogni mia azione, ma con Brandon ogni brivido, sospiro, ogni minuscolo fremito valeva quanto il Sacro Graal. L'unica cosa al mondo più eccitante di guardarlo in quello stato era vederlo contorcersi in preda all'orgasmo.

Il solo ricordo del suo viso nel parcheggio, quando era venuto, mi fece correre un brivido lungo la schiena. Volevo rivederlo, volevo rivivere quella sensazione.

Gli passai la lingua sulla punta dell'uccello, poi scesi più in basso e lo sentii afferrarmi i capelli. *Sì, sono sulla buona strada.* Passai la lingua su tutta la lunghezza del cazzo e lo strinsi fra le labbra, come lui aveva fatto a me. Non ero ancora un esperto in quell'arte, ma se sbagliai qualcosa, Brandon non lo diede a vedere.

Mi tirai su, afferrai il suo uccello con la mano e lo presi in bocca più piano che potevo, assaporandolo e memorizzando ogni linea, ogni contorno. Non riuscivo ancora a inghiottirlo fino in fondo. Facevo del mio meglio, ma non ero ancora pronto.

Sentii una tensione familiare all'inguine. Cristo, non era passato molto dal pompino contro il tavolo da biliardo, ma ero di nuovo eccitato. *Nessuno* mi aveva mai eccitato così.

Gli passai la lingua lungo il cazzo e poi sulla punta. Mi alzai per baciarlo, ma prima che ne avessi il tempo Brandon si tirò su e mi prese con passione le labbra. Cademmo insieme sul letto, i corpi e le lingue uniti in un abbraccio sensuale.

Morivo dalla voglia di scoparlo, ma non riuscivo a smettere di baciarlo. I suoi baci mi facevano impazzire; ad ogni contatto con le sue labbra, con la sua lingua, il desiderio di penetrarlo si amplificava e diventava sempre più difficile staccarsi, anche soltanto per prendere un preservativo.

Riuscii ad allungarmi verso il comodino senza interrompere il bacio, e frugai alla cieca alla ricerca del lubrificante e dei profilattici. Alla fine li trovai, nonostante le mani tremanti. Ma ancora non riuscivo a smettere di baciarlo.

Brandon si staccò di qualche millimetro e ansimò: «Scopami.»

Aprii il preservativo coi denti e gemetti quando Brandon mi baciò il collo, passandomi le mani sulla schiena. Un bacio particolarmente languido dietro l'orecchio mi fece venire la pelle d'oca, e dovetti chiudere gli occhi.

«Dio, voglio che mi scopi,» fece lui, ansimante.

Cercai di rispondere qualcosa, ma avevo dimenticato come parlare. Mi prese l'orecchio fra le labbra. Cercai di spingerlo via, ma appena sentii il suo fiato sulla pelle, non resistetti e lo baciai di nuovo.

Mi ressi su un braccio e con l'altra mano mi infilai il preservativo. Esitai a staccarmi dalle sue labbra, ma alla fine il bisogno di scoparlo vinse su tutto, e finalmente riuscimmo a cambiare posizione. Brandon si mise a quattro zampe e io aprii il lubrificante.

Per quanto mi innervosisse l'idea di fare sesso con un uomo, non era nulla in confronto alla brama di penetrarlo che mi colpì appena accostai l'uccello al suo ano. Mi girava persino la testa, tanto lo desideravo. Avevo passato ore e ore e ore a domandarmi se fosse giusto o meno, ma l'unica ingiustizia era aver aspettato tanto per ripetere l'esperienza. Lo tenni fermo per i fianchi e lo penetrai adagio.

«Oh mio Dio, è stupendo,» gemette Brandon, spingendosi contro di me. Scivolai più a fondo nel suo corpo.

Volevo rispondere qualcosa, ma di fronte allo spettacolo delle sue spalle larghe, del tatuaggio e dei suoi muscoli frementi, non riuscii più a spiccicare una parola. Mi misi a spingere sul serio, invece, e lo sentii sussurrare il mio nome, insieme a preghiere affinché continuassi.

Si mise su un braccio solo e con l'altra mano portò la mia sul suo uccello. Mi tenni in equilibrio sull'altra mentre prendevo a strofinarglielo, senza smettere di spingere.

«Cristo,» mormorò.

«Ti piace?» sussurrai, baciandogli la spalla e facendolo rabbrividire.

«Dio, sì,» rispose. «Cazzo, non fermarti…»

«Tranquillo, non mi fermo,» grugnii, scopandolo più forte, toccandolo più veloce. Ogni volta che rabbrividiva o ansimava o mormorava qualcosa di incomprensibile, ogni volta che gli vedevo scivolare fra i muscoli una goccia di sudore, la mia eccitazione raggiungeva vette mai toccate prima.

«Oh mio Dio,» ansimò. Inarcò la schiena e strinse il mio cazzo come in una morsa, facendomi quasi venire con lui. «Oddio, Dustin…» lo scopai più forte, motivato dai suoi gemiti.

Si girò un poco per stringermi il collo e baciarmi. Appena sentii il sapore delle sue labbra, seppi che non sarei più riuscito a trattenermi; l'orgasmo mi travolse come un fiume in piena, e mi staccai dalla sua bocca scosso dai brividi. Brandon continuò a scoparmi, muovendosi sotto di me. Provai a mantenere il contatto con le sue labbra e a respirare al tempo stesso, ma non potei far altro che arrendermi. Era un orgasmo così intenso da sembrare impossibile.

Alla fine, ancora tremante, chiusi gli occhi e appoggiai la fronte sulla sua spalla. «Oh mio Dio,» sussurrai.

«È stato stupendo.»

«A chi lo dici…» Mi staccai piano, per disfarmi del preservativo, e mi lasciai andare sul letto con lui.

«Dovremmo lavarci,» osservò, «Ma sono troppo debole per reggermi in piedi.»

«Idem. Aspettiamo un po'.»

«Okay. Ma ci verrà voglia di rifarlo.»

«Occhio a quello che dici. Potresti ritrovarti a non camminare più, domani.»

«È una promessa?»

«Te lo dico fra qualche minuto.»

L'indomani mattina, nessuno dei due aveva particolarmente fretta di spostarsi, così passammo ore a letto a chiacchierare.

A un certo punto Brandon mi passò le dita sul ventre e chiese: «Come mai hai scelto di fare il personal trainer?»

Feci spallucce, mentre giocherellavo coi suoi capelli. «Sono un fanatico della palestra. Ho pensato che così avrei potuto passarci tanto tempo.»

«Non perché ti piace guardare la gente che fa esercizio?»

«Beh, quello ha avuto il suo peso.» Risi. «Credimi, mi è capitato spesso di incantarmi su fisici particolarmente pregevoli.»

«Ah sì? Ti avrei detto più professionale.» Mi fece l'occhiolino.

«Ti prego,» risposi. «Magari è un mio feticcio, ma trovo che sia sexy guardare qualcuno che si allena.»

«Davvero? Spiegami.»

Avvampai. «Penserai che è stupido, ma...» Mi schiarii la voce. «Pensaci: quando ti alleni sei sudato, accaldato, ansimante...»

«Proprio come quando fai sesso.»

«Proprio come quando fai *sesso selvaggio*.»

Sbatté le palpebre. «Mi sa che ho scelto il lavoro sbagliato.»

Risi. «Una volta mi sono allenato con una ragazza con cui stavo uscendo. Dio, è stato...» Scossi la testa. «Menomale che eravamo a casa mia e non in palestra.»

Schiuse le labbra. «Oh, davvero?»

Dovevo essere rosso come un peperone. «Sicuramente non avremmo dovuto metterci a flirtare mentre faceva sollevamenti, ma... era così sexy. Quando si è accorta di come la guardavo...» Risi. «Abbiamo deciso di cambiare esercizio.»

Brandon rise. «Cazzo, sembra una cosa eccitante.»

«Non hai idea. L'ho scopata lì, sul pavimento, e poi nella doccia.»

«Sto pensando di cambiare personal trainer.» Mi passò le dita sul petto.

Risi e gli mordicchiai una spalla. «Non sopravviverei a una sessione di esercizi con te.»

«Oh, certo che sopravviveresti,» rispose. «Sono sicuro che saresti professionale.»

«Sopravvaluti la mia capacità di usare il cervello in certe situazioni.»

Mi baciò e rise. «Credimi, ti capisco.»

«Oh?»

«Una volta mi sono preso una cotta per uno studente.»

«E?»

«E...» continuò, «Seguiva le mie lezioni. Grazie a Dio non ha mai capito che volevo saltargli addosso, ma deve aver pensato che fossi un impedito balbuziente. Non è facile tenere una lezione sulla sintesi delle proteine quando non pensi ad altro che al ragazzo sexy in prima fila.»

«Facciamo due mestieri pericolosi, eh?»

«Puoi dirlo forte.» Vidi una scintilla nel suo sguardo. «Allora, quando posso venire ad allenarmi da te?»

«Non ci provare.» Risi.

Si chinò su di me e mi baciò sotto il mento. «Altrimenti?»

Lo presi per le spalle e lo sbattei sul letto. «Altrimenti ti rimetto in riga.»

Sorrise. «Giusto, sei sempre un Marine. Come ho potuto dimenticarlo?»

Lo lasciai andare e mi misi su un fianco, la testa sulla mano. «Continua così e farò in modo che lo ricordi per sempre.»

Mi fece l'occhiolino. «Prometti?»

«Hai proprio un debole per i Marine, eh?»

«Certo che sì.» Mi guardò in modo diabolico. «Ho speranze di convincerti a rimettere l'uniforme?»

«Hai speranze di convincermi a toglierla.»

«Pfff, e dove starebbe l'attrattiva?» Ridacchiò. «Ti avviso subito: ho un debole per gli uomini in tuta mimetica. Specialmente i pantaloni.»

«Sul serio?»

«Sì. Non so perché e non me ne importa. Sono sexy da morire. Anche se...» Si fermò e si morse il labbro.

«Cosa?»

Scosse la testa. «No, rideresti.»

«Vediamo.»

Arrossì un poco. «E se ti dicessi che ho un debole per le piastrine?»

Sbattei le palpebre. «Sul serio?»

«Sì. È tipo un'ossessione, in effetti.» Rise. «Immagina un tot di piastrine su un petto...» Si fermò. «Beh, su un petto come il tuo. È irresistibile, non posso farci niente.»

«Devo segnarmelo.»

«Ti prego, segnatelo.» Tracciò con le dita uno dei miei tatuaggi. «E i tatuaggi. Dio, li adoro.»

«Tu?» feci, con finto stupore. «E io che pensavo disapprovassi.»

«Oh, eccome se disapprovo. Mi eccitano troppo.»

Risi. «Hai qualche altra ossessione in quella testolina?»

«Nah, è tutto. Tatuaggi, tute mimetiche, piastrine.»

«Quindi se mi facessi tatuare sul petto delle piastrine mimetiche...»

«Potrei farti del male.»

«Me lo ricorderò.»

Rise. «Già che parliamo di fantasie...» Improvvisamente si fece serio, quasi intimidito. «Senti, è un po' che voglio chiedertelo, ma...»

«Che cosa?»

«So che per te è un'esperienza nuova, non sei mai stato con un uomo, eccetera, e quindi non voglio insistere, ma...» Si fermò, scrutandomi, quasi si aspettasse una reazione da parte mia. «Hai mai pensato di...» Chinò per un attimo lo sguardo, poi tornò a fissarmi. «Cambiare posizione?»

Piegai la testa, confuso. «Cambiare...? Vuoi dire... *ah*.» Deglutii, sentendomi improvvisamente la bocca asciutta. «Non... Non ci ho mai...»

Brandon rise e mi accarezzò un braccio. «Sta' tranquillo, non c'è problema se non ti va. Se cambi idea, dillo.»

«Vorresti stare sopra anche tu, di tanto in tanto?»

«No, non è quello che intendevo,» disse. «Mi piace dare e ricevere. Ma sinceramente...» Si tirò su sulle braccia e mi si avvicinò, baciandomi appena. «Vorrei farti provare quello che provo io quando mi scopi.»

Deglutii. «Sul serio?»

«Dustin, è una cosa pazzesca,» disse. «Davvero. È indescrivibile.» Mi baciò di nuovo, stavolta soffermandosi di più sulle mie labbra. «Voglio farti provare quello che provo io.»

Il cuore mi batté forte nel petto. Ero curioso, dovevo ammetterlo, ma non mi sentivo ancora pronto a fare quel passo. «Se cambio idea, sarai il primo a saperlo.»

«Grazie.» Mi baciò con dolcezza e mi spinse sulla schiena. «Fino ad allora...» Mi carezzò i fianchi e sentii il suo cazzo duro premere contro la gamba.

«Di nuovo?» risi, senza staccarmi dalle sue labbra.

«Non ti va?»

Lo abbracciai. «Non ho detto questo.»

NOVE

Il più grande dei miei fratelli, Rick, si sposava di lì a una settimana, così venerdì sera lo portai fuori per la festa d'addio al celibato. Lì ci aspettavano Tristan, nostro fratello minore, e altri amici.

«Pronto a mettere il guinzaglio?» fece Tristan mentre entravamo nello strip club.

«Ehi, è la mia ultima notte da uomo libero,» rise Rick. «Stasera, per favore, non parliamo della mia condanna a morte.»

«Almeno tu hai l'età per bere alla tua festa d'addio al celibato,» osservai.

«Oh, ti prego,» Tristan alzò gli occhi al cielo. «Come se tu non avessi bevuto alla tua festa.»

«Non ho detto che non ho bevuto, solo che non avrei potuto.»

«Non ti sei lasciato scoraggiare dalla legge,» ribatté Rick, spingendomi contro il tavolo.

«L'importante è che non lo sapesse la mamma,» commentai. Scoppiammo a ridere e raggiungemmo gli altri seduti vicini al palco. C'erano un paio di tipi che non avevo mai visto, ma in compenso conoscevo Troy e Steve dal liceo e Dan era un amico di famiglia da tempi immemorabili. Per la maggior parte, erano tutte facce note.

E nonostante questo – anzi, forse proprio per questo – quella sera mi sentii davvero, davvero fuori luogo. Non mi vergognavo di Brandon, ma mi sembrava di nascondere un segreto orribile; il fatto che Dan e Tristan fossero omofobi di certo non mi aiutava. Temevo quasi che, se mi fossero venuti troppo vicino, mi avrebbero letto la scritta 'sono gay' in fronte.

«Lo spettacolo comincia fra una mezz'oretta,» osservò Tristan, guardando l'orologio. «Chi si fa una partita a biliardo?»

«Io,» risposi. Mi serviva una distrazione. Ci dirigemmo verso i tavoli, ma appena presi in mano il triangolo mi pentii subito di aver accettato. Giocare a biliardo non mi avrebbe certo aiutato a non pensare a Brandon: il biliardo, ormai, *era* Brandon. Lo avevo conosciuto così, appoggiato al tavolo di panno verde, con quelle dita lunghe strette intorno alla stecca.

A un altro tavolo qualcuno mandò in buca una palla, e il rumore inconfondibile mi riportò alla prima partita che avevo giocato con lui. Gli sguardi, la tensione, l'aria carica di elettricità... al solo ricordo mi veniva ancora la pelle d'oca.

«Ehilà? Dustin?» Tristan mi passò una mano davanti agli occhi. «Sei fra noi?»

«Sì, sì, scusami.» Sollevai il triangolo dal tavolo e mi voltai per prendere la bottiglia.

«Sicuro?» Si chinò per colpire, ma poi invece alzò le sopracciglia e mi rivolse uno sguardo preoccupato.

«Tranquillo, sto bene,» feci, fermandomi a sorseggiare la birra. «È stata una settimana lunga.»

«A chi lo dici.» Tirò e disperse le palle, senza mandarne in buca nessuna. Scosse la testa, indispettito. «Tocca a te.»

Bevvi un lungo sorso, fingendo che il mio cervello non avesse sostituito la voce di mio fratello col tono arrogante di Brandon quando diceva 'tocca a te'. *Dai, lui non è qui. Concentrati.*

Mentre stavo tirando, Dan si avvicinò al tavolo con la birra in mano. «Come va, Dustin?» mi chiese. «Non ti vedo da… lo sai…» Fece una smorfia, come se non riuscisse a dire la parola.

«Dal divorzio?» completai la frase. Era irritante il modo in cui tutti evitavano il termine, come fosse velenoso; non ero certo il primo al mondo a divorziare e dubitavo che sarei stato l'ultimo. Gli amici e la famiglia non si facevano problemi a cercare di accoppiarmi con chiunque ritenessero papabile, ma evitavano come la peste *quella parola.*

«Sì, dal divorzio,» rispose Dan e subito bevette un sorso di birra, come a voler cancellare il sapore di quelle tre sillabe sulla lingua.

«Sto bene.» Aggrottai la fronte e mi concentrai per mandare la bilia quattro in buca.

Tristan fece, rivolto a Dan: «Dovresti vedere nostra madre. Sta cercando di accoppiarlo con qualunque ragazza le passi accanto.»

«Nessuna di tuo gusto?» chiese Dan, con un ghigno.

«Qualcuna,» risposi ridendo. La bilia cadde in buca. «Tristan, a te le rigate.»

Mio fratello annuì e lisciò col pollice il collo della bottiglia. «Beh, almeno finché rompe le scatole a te, non può tormentare me e Olivia con la storia del nipotino.»

«Oh, cazzo, ce l'ha ancora con quella storia?» Portai lo sguardo su mio fratello.

Questi alzò gli occhi al cielo e annuì. «Da quando è nato Wesley, si è fatta meno insistente.» Nostra sorella, la più giovane dei quattro, aveva un figlio di tre mesi: il primo, coccolatissimo nipotino.

«Magari adesso comincerà a rompere anche a Rick e Lisa,» dissi. «Ora che non potrà più tormentarli col matrimonio.»

«Cristo, vostra madre ha bisogno di un hobby,» fece Dan.

«Decisamente,» rispondemmo io e Tristan all'unisono.

Sbagliai tiro e mi spostai per lasciare il tavolo a Tristan.

«Lo sai cos'altro fa impazzire mamma?» dissi, mentre Tristan studiava la battente. «Come se non le bastassero i suoi figli, adesso ce l'ha anche con Nathan e Tonya.»

«Nathan e Tonya?» chiese Dan. «Perché?»

Le nostre famiglie erano cresciute insieme. Conoscevamo tutti Tonya da quando eravamo piccoli, per cui mi stupii che Dan non sapesse.

«Non lo sai?» feci. «Anche loro divorziano.» Mi portai la bottiglia alle labbra e aggiunsi: «Dev'essere qualcosa nell'aria.»

«Sì, beh, con loro ha ragione,» commentò Tristan con disprezzo. Mandò in buca la dodici e si fermò a studiare il tavolo. Improvvisamente mi sentii male. Alzai un sopracciglio, fingendo noncuranza.

«Perché? Che è successo?» chiese Dan.

«Nathan l'ha lasciata *per un uomo*,» rispose Tristan, le labbra deformate in una smorfia di disgusto.

Deglutii a fatica. «Cosa? Non lo sapevo.»

«Già,» rispose mio fratello. «Mamma l'ha saputo dai genitori di Tonya. Quello stronzo si è svegliato una mattina e ha deciso di confessarle che era un finocchio.» Trasalii, ma non dissi niente. Tristan era sempre stato intollerante verso l'omosessualità, e la cosa mi irritava ogni volta, ma adesso ero molto più coinvolto.

«Chi cazzo lascerebbe una donna così per un uomo?» chiese Dan. «Cristo, che coglione. Beh, ci ha presi bene per il culo, tutto questo tempo.»

«Magari non lo sapeva e se n'è accorto dopo averla sposata,» azzardai, e mi pentii subito di aver aperto bocca.

Tristan rise, acido. «Stronzate. Come fai a non sapere di essere un frocio?»

«Avrebbe dovuto accorgersene, se non gli piacevano le donne come agli uomini normali,» aggiunse Dan, arricciando il naso e bevendo un sorso di birra.

«E gli piaceva prenderlo in culo,» disse Tristan. «Che schifo.»

Digrignai i denti e mi sforzai di rimanere calmo. Odiavo sentire certi discorsi, ma temevo che se avessi reagito con troppa veemenza avrebbero capito cose di me che non ero pronto a rivelare.

Mi schiarii la voce. «Beh, l'importante è che mamma abbia altri da tormentare e che mi lasci in pace.» *Sempre finché non scoprirà di Brandon.*

Tristan scoppiò a ridere proprio durante il tiro e la bilia quattordici mancò la buca. Imprecò. «Sei sempre nei suoi pensieri, Dustin.» Mi mise una mano sulla spalla mentre mi avvicinavo al tavolo. «E finché ci sei tu, non ci sarò io.»

«Vaffanculo,» risi.

«Nah, a quello ci pensa Nathan,» rispose. Tristan e Dan scoppiarono a ridere, e a me si gelò il sangue nelle vene. Finsi di concentrarmi sul tiro. Era ovvio che non sapevano, o non sarebbero stati così gentili con me; eppure non riuscivo a scrollarmi di dosso l'ansia, la paura di fare una mossa falsa.

Troy si avvicinò al tavolo. «Ehi, lo show comincia.»

«Donne nude! Urrà!» fece Dan, agitando la birra.

«È da un po' che non ne vedevi, eh?» ridacchiò Tristan, tirandogli una gomitata.

«Stronzo,» rispose Dan.

Riposi la stecca e li seguii al tavolo.

Quando iniziò lo spettacolo, spostammo le sedie intorno al palco. Ero agitato. Da quando uscivo con Brandon, non avevo neanche più guardato una donna: mi sarebbero ancora piaciute? In caso contrario, i miei amici lo avrebbero notato?

Le luci si spensero e salì sul palco una bionda su tacchi vertiginosi.

Appena iniziò a ballare – con un completino rosso, reggiseno e perizoma, che lasciava intravedere più di quanto coprisse – rimasi ipnotizzato come tutti gli altri uomini nella sala. Cercai nelle tasche il portafoglio e mi sistemai i pantaloni. Avevo già una bella erezione.

Questo risponde alla domanda.

Uscito dallo strip club, mi sentivo arrapato come un cane in calore e distante dai miei amici e fratelli quanto non ero mai stato. Avevano ordinato per me un sacco di lap dance – quasi quante quelle per Rick – e ogni volta mi ero chiesto se non sospettassero qualcosa, se non fossero alla ricerca di un qualche segnale sul mio segreto. Razionalmente sapevo che non potevano sapere di Brandon, ma la logica valeva ben poco contro la paranoia.

Fu solo il giorno dopo, tuttavia, che presi coscienza di questa tensione.

Avevo appuntamento con Brandon in un ristorante vicino all'università e, appena lo vidi, il mio umore mutò radicalmente. La sua sola presenza mi dava un senso di pace, mi rendeva possibile il respiro, mi placava qualcosa dentro. Impossibile non notare, al confronto, quanto fossi stato nervoso allo strip club la sera prima.

Non che Brandon non suscitasse in me un certo *nervosismo* – ma di tutt'altro tipo. Nessuna *lap dance* valeva quanto il desiderio e la promessa che leggevo nel suo sguardo.

«Scusa il ritardo,» disse appena arrivato, porgendomi una mano sul tavolo. In pubblico mantenevamo i contatti fisici a livello platonico: Brandon sapeva che non mi sentivo ancora del tutto a mio agio, e inoltre eravamo troppo vicini a dove lui lavorava.

«Tranquillo, sono arrivato in anticipo.» Sorrisi e gli presi la mano.

La tenne nella sua e mi fissò, un secondo più a lungo di quanto imponesse il protocollo, poi ammiccò e prese posto di fronte a me. Dopo aver ordinato e aver fatto qualche chiacchiera, mi chiese: «Allora, com'era l'addio al celibato?»

«Piacevole, se ti piacciono cose indecenti come bere e guardare donne nude dimenarsi su un palco.»

«Le adoro.»

Alzai il bicchiere. «Allora ti saresti divertito.»

«Ne deduco che sia andato bene?»

Sorrisi. «Benissimo.» *A parte quegli stronzi omofobi dei miei amici.*

«In che locale eravate?»

«Quello sulla Main, si chiama...» Mi fermai e tamburellai le dita. «Cazzo, come si chiama?» Feci un gesto nell'aria. «Dai, quello con l'insegna gigante a forma di gatto.»

«*Cressida*?»

Schioccai le dita. «Bravo, *Cressida*.»

Si sporse sul tavolo e appoggiò la testa sul palmo della mano. «Com'è? Non ci sono mai stato?»

Feci spallucce. «Non male. L'alcol costa, ma le ballerine sono incluse nel prezzo.»

Annuì soddisfatto. «Beh, l'importante sono le ballerine.» Bevette un po' d'acqua. «Sono fighe?»

«Alcune sì,» risposi. «C'era questa mora... Dio. Si muoveva come un gatto.»

Sospirò. «Dovrei farci un giro.»

«Fidati, se c'è lei vale ampiamente il prezzo del biglietto.»

«E le altre?»

«Alcune erano sexy, altre così così.» Risi. «Ce n'era una che mi ha fatto venire in mente te.»

Alzò le sopracciglia. «Davvero?»

«Aveva delle piastrine al collo.»

«Oh, che spettacolo.»

«Le ha date a mio fratello,» proseguii. «Volevo chiedergli se potevo tenerle io, ma non sapevo bene come spiegarglielo.»

Brandon schioccò la lingua e si finse offeso. «Oh, dai, erano *piastrine*. Valevano ben un po' di imbarazzo con tuo fratello, no?»

«Scusa.» Feci spallucce.

Sbuffò e posò il bicchiere. «Ho capito. Niente piastrine per il povero Brandon.»

Risi. «Sopravviverai.»

«Lo penso anch'io.»

Arrivarono le ordinazioni e durante la cena la conversazione divagò su altri argomenti. Per tutto il tempo, però, non riuscii a staccargli gli occhi di dosso; il modo in cui muoveva le labbra o si scostava i capelli dal volto o aggrottava le sopracciglia o mi ascolta rapito... morivo dalla voglia di toccarlo, anche solo per un attimo.

A un certo punto appoggiò la mano sul tavolo e prese ad accarezzare il bicchiere col pollice. Rimasi ipnotizzato dal gesto e dovetti impiegare tutte le forze per impedirmi di prendergli la mano. Avrei fatto qualunque cosa per un qualsiasi contatto fisico.

«Che c'è?» mi chiese.

Mi accorsi che gli stavo fissando le dita. Da quanto ero rimasto imbambolato? Mi umettai le labbra e risposi: «Hai assistito anche tu a qualche lap dance, vero?»

«Oh, una o due. Forse.» Alzò le mani, come per difendersi. «Ma mi hanno costretto. Non volevo farlo.» Fece un gesto con le mani, per rassicurarmi. «E ho tenuto gli occhi chiusi.»

Risi. «Sì, come no.»

Mi fece l'occhiolino. «Sì, diciamo che mi è capitato di assistere, qualche volta.»

«Qualche volta?»

«Qualche...» Tossì per coprire la parola 'dozzina'. Poi mi guardò con un ghigno diabolico. «Perché chiedi?»

Intrecciai le mani sul tavolo, ignorando il calore che proveniva dalle sue. Mi sporsi e dissi, a bassa voce: «Hai presente quella frustrazione? Quel desiderio di scopare lì, subito, che però non puoi soddisfare?»

Annuì, sollevando il bicchiere. «Ho presente.» Prese in bocca un cubetto di ghiaccio e ci giocò con la lingua, succhiandolo. Mi sentii bollente.

Riuscii a proseguire solo dopo un sospiro. «Hai presente quando il fatto di non poter toccare rende il tutto ancora più eccitante?»

Spezzò il ghiaccio coi denti e annuì lentamente. «L'attrazione per il proibito.»

Spostai lo sguardo sulla sua mano sul tavolo, poi lo riportai su di lui. Smise di masticare il ghiaccio. Si guardò la mano, poi guardò me.

Deglutì a fatica e gli vidi il pomo d'Adamo alzarsi e abbassarsi; poi sorrise e mi si avvicinò. «Ma sappiamo entrambi...» fece, con un sussurro. «Che più tardi avrai tutto quello che desideri.»

«Lo so,» risposi. «E questo lo rende ancora più difficile.»

Brandon spinse con un calcio la porta alle nostre spalle. Non si era nemmeno chiusa che già ce lo sbattevo contro e lo baciavo con passione, infilandogli le mani nei capelli. Rispose al bacio con lo stesso fervore, e mi attirò a sé, premendo il cazzo eretto contro il mio.

«Come faccio a stare tante ore senza toccarti?» sussurrò mentre gli baciavo il collo.

«Non lo so, cazzo,» risposi contro la sua pelle. Rabbrividì, e a me venne la pelle d'oca. Gli presi il lobo dell'orecchio in bocca e mormorai: «Un altro minuto e mi sarei sciolto.»

Mi prese il viso fra le mani per baciarmi di nuovo. Un attimo prima che le nostre labbra si sfiorassero, ringhiò: «Allora hai molto più autocontrollo di me. Io mi sono sciolto da un pezzo.»

Il bacio, disperato, mi fece pulsare l'uccello in modo quasi doloroso e per poco non caddi a terra. Brandon ansimava, tremava, mi afferrava le spalle, i vestiti, la nuca, tutto quello che riusciva a toccare. «Cristo, Dustin, è tutta la sera che aspetto questo momento.» Aveva la voce instabile come le mani.

Gli baciai il collo. «Andiamo a letto?»

«Sì.»

Ci sfilammo le scarpe e le giacche e li lasciammo a terra vicino al divano. Appena arrivati in camera da letto, ci divincolammo per sfilarci i vestiti, litigando con cerniere, bottoni e quant'altro. Probabilmente perdemmo solo qualche secondo, ma sembrò un'eternità.

Lo tirai giù, sopra di me, senza scollare la bocca dalla sua. C'erano una serie di cose che volevo fargli, che volevo fare al suo cazzo, già bello duro, ma non riuscivo a saziarmi della sua bocca. Gli infilai le mani nei capelli e la esplorai, godendo ad ogni contatto con la sua lingua.

Mi strinse le gambe intorno ai fianchi e strusciò il suo uccello contro il mio. Poi si staccò da me quanto bastava per dirmi: «Scopami, Dustin.»

«Con piacere.»

«Stai fermo,» fece, allungandosi verso il comodino. «Fermo così come sei.» Strappò la carta del preservativo e a me si ghiacciò il sangue nelle vene.

«Aspetta...»

Brandon si immobilizzò. «Cosa?»

Guardai il profilattico. «Non vorrai...»

Seguì il mio sguardo e sembrò rilassarsi. «Ma no. Ho detto 'scopami', e dicevo sul serio.» Mi mise il preservativo e prese il lubrificante. «Non voglio insistere per scambiarci di ruolo.»

Deglutii. «Non mi sento pronto.»

Si sedette su di me e si chinò a baciarmi. «Fidati di me, Dustin,» sussurrò. «Non affretterei mai i tempi. E di sicuro non mi approfitterei di te in un momento di debolezza.»

«Grazie,» risposi, scorrendogli le dita nei capelli mentre lo baciavo.

«Ma quando sarai pronto...» Staccò a malapena le labbra e si issò sul mio uccello. «E non un momento prima...» Chiuse gli occhi e gemette mentre il mio cazzo lo penetrava. «Basta che lo dici.»

Cercai di parlare, ma Brandon prese a muoversi avanti e indietro, su e giù, con il mio cazzo che scivolava dentro e fuori, e dimenticai cosa volevo dirgli. Gli misi le mani sui fianchi e presi a muovermi con lui. Perso nelle sensazioni così intense, strinsi la presa e senza farlo apposta interruppi il suo ritmo.

Mi prese i polsi, con dolcezza, e me li bloccò sopra la testa. «Sta' fermo e goditela,» disse, mentre si faceva scopare con un ritmo lento e regolare. Senza lasciarmi andare le mani, si chinò per baciarmi. «Dimmi cosa provi.»

Alzai i fianchi e mi unii alla cavalcata. Provai a inspirai a fondo, ma non servì a nulla. Provai una seconda volta.

«Dimmelo,» bisbigliò Brandon, «Dimmi cosa provi.»

«Oh mio Dio...» Cercai di liberarmi per toccarlo – non sapevo bene dove, però avevo bisogno di sentire la sua pelle sotto le dita – ma Brandon mi trattenne, costringendomi alla resa. «Cristo,» gemetti. «È incredibile.»

Piegò la testa per sussurrarmi all'orecchio, il fiato febbricitante contro la mia pelle, «Questa posizione è perfetta, Dustin.»

Inarcai la schiena e mi si mozzò il fiato in gola. Si muoveva troppo lentamente per farmi venire – e sospettavo che lo facesse apposta – ma era comunque una sensazione potente e, ogni volta che prendeva il mio cazzo fino in fondo, mi mancava il respiro. Avrei voluto continuare tutta la notte, però se non fossi venuto a breve, sarei diventato matto. Era troppo piacevole per fermarsi e troppo intenso per continuare senza l'orgasmo che bramavo disperatamente.

Gli sfuggì un gemito dalle labbra e ne sentii la vibrazione sul collo. Anche lui stava perdendo il controllo. Vidi un brivido percorrergli il corpo e la presa sui miei polsi si fece più debole. Ne approfittai per divincolarmi, lo abbracciai e lo tenni fermo mentre spingevo in alto. Volevo scoparlo, forte e subito.

Tirò indietro la testa e grugnì, regolando il ritmo col mio. I nostri movimenti si fecero più rapidi e le voci più alte, ma al tempo stesso era tutto rallentato. Prese a cavalcarmi più forte, io alzai i fianchi per saziarlo e il tempo sembrò congelarsi. Ogni istante racchiudeva secoli di godimento sfrenato. Gli passai le dita sulla sua schiena, soffermandomi una vita su ogni solco, su ogni singolo muscolo. La goccia di sudore che aveva sulla fronte sembrava cristallizzata.

Mi avvicinavo all'orgasmo con la stessa lentezza, lo sentivo montarmi dentro, implacabile, finché il bisogno di venire non si fece dolore: raggiunse vette inimmaginabili, solcò i cieli più alti, sempre fuori portata, sempre al di sotto della superficie. Poi udii il mio nome, udii Brandon gemere e irrigidirsi, e subito dopo sentii un liquido caldo schizzarmi sul petto. Un solo battito e il tempo tornò a scorrere come prima. La tensione, che fino a quel momento mi aveva posseduto, andò in frantumi di colpo. Se non mi sollevai dal letto, durante quell'orgasmo indomabile, fu solo perché Brandon era ancora sopra di me. Sentii grida, imprecazioni, gemiti, ma ormai non riuscivo più a distinguere la sua voce dalla mia.

Infine calò il silenzio. Solo i nostri respiri, rapidi e irregolari, e il sangue che mi pulsava nelle tempie. Era un silenzio intenso, carico di elettricità.

«Oh mio Dio,» sussurrò Brandon, sollevando il viso per baciarmi.

«Concordo,» risposi, ancora senza fiato.

Alzò i fianchi per farmi uscire dal suo corpo, ma non provò nemmeno a cambiare posizione. Restammo abbracciati, a baciarci pigramente.

«Ecco...» fece, dopo un attimo, «cosa succede quando rimango troppo a lungo senza poterti toccare.»

Gli accarezzai i capelli, ravviandogli le ciocche dietro l'orecchio. «Allora dovremmo farlo più spesso.»

«Se fossi in te, ci penserei due volte.»

Gli misi una mano sul collo e lo attirai giù per un altro bacio. «Perché no?» sussurrai.

«Perché la prossima volta uno di noi due potrebbe farsi male.»

«Sembra divertente.»

«Intendevo che *tu* potresti farti male.»

«Non vedo l'ora.»

Rise e mi baciò. «Dustin Dustin Dustin, che posso fare con te?»

«Quello che fai di solito,» Gli passai un dito sulla spina dorsale e sorrisi quando lo vidi chiudere gli occhi e rabbrividire. «Sano esercizio fisico senza vestiti addosso.»

«Mi piace.»

CAPITOLO
DIECI

Mi svegliai di colpo, nel cuore della notte, e scoprii che nel sonno ci eravamo allontanati. Istintivamente seguii il calore del suo corpo, lo trovai e lo cinsi con un braccio. E per un attimo mi colse il panico. Mi avrebbe spinto via con una gomitata? Ma Brandon si limitò a tastarmi, dopodiché intrecciò le dita con le mie.

Tirai un sospiro di sollievo e riappoggiai la testa sul cuscino per riaddormentarmi. Sentivo sul volto la freschezza dei suoi capelli bagnati; non doveva essere passato molto da quando ci eravamo fatti la doccia insieme. E prima della doccia, avevamo fatto sesso in modo così appassionato...

Nel dormiveglia sognai di essere ancora lì: Brandon sopra di me, i suoi capelli sudati fra le mani, il mio cazzo duro dentro di lui, e poi l'orgasmo immenso e la sua voce strozzata che gridava il mio nome.

Prima ancora di rendermene conto, il mio corpo si era risvegliato del tutto e il mio uccello era tornato duro come la pietra. Feci per scostarmi, ma Brandon mi strinse il braccio; subito pensai che stesse dormendo e che si trattasse di un movimento involontario, ma quando si portò la mia mano alle labbra, capii che doveva essersi svegliato.

Gli baciai la spalla e premetti il cazzo contro il suo culo sodo. Brandon mormorò qualcosa e ricambiò la spinta, leccandomi la punta delle dita.

Biascicai, la voce impastata dal sonno: «Non ti ho svegliato, vero?»

Mi prese la mano e se la portò sul cazzo, decisamente eretto. «Mi sto lamentando?»

Presi a strofinarglielo piano, poi gli baciai la base del collo, continuando a spingere il mio uccello contro il suo culo. «Suppongo che mi perdonerai.»

«Dipende da te,» rispose.

Gli baciai il collo. «Non mi basti mai.»

«Puoi avermi tutte le volte che vuoi.» Mi allontanò la mano il tempo di rigirarsi per guardarmi in faccia. Poi la prese e la rimise sul suo uccello, portando a sua volta la sua mano sul mio.

«Attento a quel che desideri,» feci, accarezzandolo lentamente. «Potresti ritrovarti a passare tutte le notti sveglio.»

«Me la caverò,» cercò le mie labbra con le sue. «Dio, adoro le tue mani.»

Espirai. «Anche le tue non sono male.»

Appoggiò la fronte alla mia e bisbigliò: «Continua…» Le parole gli vennero meno. «Più forte.» Mossi la mano più in fretta e venni ricompensato con un sospiro caldo, affannato, sulle labbra e con un brivido che portò il suo corpo più vicino al mio. Mi baciò di nuovo e prese a strofinarmi il cazzo più velocemente.

«Oh mio Dio,» ansimai. «È...» Aumentò la stretta e le parole mi rimasero in gola. «Porca puttana, è perfetto.»

Non so per quanto tempo restammo a baciarci e a toccarci nell'oscurità. Il tempo, con Brandon, era irrilevante. Non mi era mai successo di smarrirmi così; con lui, mi capitava tutte.le.volte. *Cazzo*.

All'improvviso staccò la bocca dalla mia, affannato, e lo sentii irrigidirsi mentre il suo uccello mi pulsava nella mano. «Oh, Dio...»

Glielo strofinai più in fretta e lui fece altrettanto. Chiusi gli occhi, continuando a baciarlo, anche se, di tanto in tanto, dovevo stringere le labbra per mantenere il controllo.

Il ritmo dei suoi movimenti si fece irregolare, segnalandomi quanto fosse vicino al limite, finché non inarcò la schiena e si spinse contro di me. «Cazzo, vengo, ven...»

Lo baciai sul collo e sentii la pelle vibrare sotto le mie labbra. «Vieni,» sussurrai. «Vieni, Brandon.» Il mio corpo fremeva in previsione non del mio orgasmo, ma del suo. Ogni sua reazione – il respiro affannoso, il corpo tremante, il membro che pulsava contro le mie dita – mi eccitava.

Peccato solo che le luci fossero spente: avrei pagato per vedere la sua espressione. Compensai con i ricordi: nella mia testa vidi i suoi occhi stringersi e le labbra schiudersi, il rosso della pelle e il blu delle iridi spalancate al momento dell'orgasmo.

«Sto...» Si irrigidì, e annaspò. «Cazzo... Oh, cazzo...»

Non appena il suo sperma mi schizzò sul petto e sul ventre, non riuscii più a trattenermi. Inspirai e mossi i fianchi a ritmo con la sua mano finché un brivido non mi raddrizzò la spina dorsale e gemetti: «Oh, Dio, vengo...»

Mentre aspettavo che i tremiti scemassero, appoggiai la fronte alla sua e lasciai che i nostri aliti si mescolassero, mentre l'orgasmo si spegneva.

«Scusa se ti ho svegliato,» mormorai.

«Ti perdono,» rispose, ansimante.

«Dovremmo farci un'altra doccia,» osservai, accarezzandogli con gentilezza i capelli. «Che ne pensi?»

«Finiremo di nuovo per metterci le mani addosso.»

«Lo prendo per un sì.»

Appoggiato al bancone del bagno, osservavo Brandon intento a radersi. Mi guardai allo specchio e mi passai una mano sul mento. «Anch'io ne avrei bisogno.»

«Non so,» rispose, lanciandomi un'occhiata prima di tornare a concentrarsi sul rasoio. «Ti sta bene un po' di barba.»

«Fra poco sembrerò Babbo Natale,» ribattei, facendo scricchiolare le unghie sulla pelle rasposa.

Rise e sciacquò la lama, poi mi guardò riflesso nello specchio. «Beh, se vuoi ho un rasoio nuovo.» Senza aspettare risposta, frugò nel cassetto e mi porse il set nuovo di zecca, comprensivo di crema da barba.

Me la spalmai sul volto e scrutai il rasoio. «Cazzo, non ne uso uno da quando facevo il militare.»

«Hai quello elettrico?»

«Sì. Non mi sembrava saggio lasciare oggetti taglienti in casa con quella isterica di mia moglie in giro.» Lo vidi strabuzzare gli occhi. «Scherzo. Era una stronza, ma non fino a questo punto.»

«Dio, lo spero bene.»

«Altrimenti sarei morto da un pezzo.»

Sorrise e si passò le dita sulle guance, in cerca delle imperfezioni. «Litigavate spesso?»

«Beh, diciamo che gli ultimi tre o quattro anni non ero più molto propenso a sopportare i suoi deliri.» Scartai il rasoio. «Se mi recido un'arteria, chiami tu l'ambulanza?»

Si sciacquò la faccia e prese un asciugamano. «Te la recido io, l'arteria, se macchi di sangue il mio bagno.»

«Sei simpatico come la sabbia nelle mutande.»

Rise, poi si interruppe. «Ehi, volendo... io sono abituato al rasoio manuale...» Incrociai il suo sguardo nello specchio. Brandon inarcò un sopracciglio.

Ci misi un attimo a capire cosa intendeva. Mi voltai per guardarlo in faccia.

Fece spallucce. «Cioè, capisco se non vuoi che ti venga vicino con una lama, però...» Lo interruppi porgendogli il rasoio. Me lo sfilò dolcemente dalle dita e fece un largo sorriso. «E poi è più facile radere qualcun altro.»

«Per forza, non devi metterti in pose strane allo specchio.»

«No, non per quello...» Mi mise una mano dietro la testa e aggrottò la fronte mentre avvicinava l'attrezzo al mio viso. «È che se sanguini, non sono io a sentire dolore.»

Strabuzzai gli occhi e mi irrigidii.

Brandon mi passò la lama sulla pelle e un sorriso gli si dipinse sul volto. «Sto scherzando.»

Il rasoio mi raschiava gli zigomi; non ero più abituato a quella sensazione. L'idea che qualcuno mi passasse una lama – nuova di zecca, per giunta – sulla faccia avrebbe dovuto terrorizzarmi, e invece non me ne importava niente. Era sempre così, con Brandon: reagivo in modo opposto alla logica.

«Girati,» fece, indicando la mia destra. Obbedii e lo vidi aggrottare la fronte mentre faceva scorrere l'attrezzo sotto le basette. «Hai mai pensato di farti crescere un pizzetto?»

«Ce l'avevo,» risposi. «La principessa lo detestava.»

Sbuffò. «Immagino che la tua opinione non contasse?»

«No.»

Mi passò un dito lungo il mento per accertarsi che fosse liscio. «Ti donerebbe.»

«Potrei farmelo ricrescere, prima o poi.»

«Posso farti gli occhioni da cucciolo per convincerti?» sbatté le ciglia.

«Penso che ci vorrà qualcosa di più, per convincermi,» risposi ammiccando. Scoppiammo a ridere.

«Sono disposto a trattare,» ammise. «Alza la testa.» Obbedii e Brandon mi sollevò il mento con la mano libera. «Sei il primo che si lascia radere da me.»

Sentii la lama scorrermi sul collo e mi sforzai di non deglutire. Volevo evitare di muovermi, per quanto fosse possibile. «Ne deduco che non sono il primo a cui offri i tuoi servigi.»

«La maggior parte degli uomini non apprezza l'idea che qualcuno gli punti una lama al collo.»

«Beh, se la metti così…»

Rise. «Ti sembrerà strano, ma ho sempre voluto provare.»

Lo guardai, per quanto potessi, senza chinare il mento. «Davvero?»

Annuì. «Te l'ho detto, è strano, ma…» Fece spallucce. «Non so, c'è qualcosa di…» Si voltò per sciacquare la lama.

«Intimo?»

Si fermò. «Sì, esatto.» Mi toccò il viso e riprese a far scorrere il rasoio. «Non ti dà fastidio, vero?»

«No,» risposi. «No, affatto. Però, a essere sincero, non credo che lo avrei lasciato fare a chiunque.»

Sorrise, ma non disse nulla.

Non è l'unica cosa che lascerei fare a te e non a chiunque. Dovetti deglutire.

«Che c'è?» mi chiese.

«Eh?»

«A cosa stai pensando?»

Mi guardai allo specchio: come temevo, ero arrossito. «Niente…» Lo guardai passare il rasoio sotto l'acqua un'ultima volta, poi scossi la testa. «Niente.»

Mi passò un asciugamano. «Davvero?»

Misi le mani a coppa per risciacquarmi il viso, poi mi alzai e mi asciugai. «Pensavo che questa non è la prima cosa che lascio fare a te e che non lascerei fare a nessun altro.»

Sorrise. «Sì, eh?»

Gli misi le mani sui fianchi e mi chinai per baciarlo. «E alcune di queste cose non sono niente male.»

Mi passò le dita sulla pelle liscia e fresca di rasatura. «*Niente male?*»

Gli accarezzai la schiena, ripassando per la centesima volta i contorni del suo tatuaggio. «Okay, sono incredibili. E in effetti…» Chinai la testa per baciargli il collo. «Non mi dispiacerebbe rifarle.»

«Non ti dispiacerebbe?» rise. «Provaci ancora e sarai più fortunato.»

Lo spinsi contro il muro, schiacciandolo, e ghignai quando gemette e ansimò contro le mie labbra. Ringhiai: «Posso sempre trascinarti a letto e scoparti, se preferisci.»

«Meglio.» Mi baciò e abbracciò, poi tornò a guardarmi, e strinse le labbra per non ridere. «Ma mi sa che sei tutto fumo e niente arrosto.»

Risi. «Tutto fumo e niente arrosto?»

«È quello che ho detto.»

Gli mordicchiai una spalla e gli piantai le unghie nei fianchi. «Lei mi sta sfidando, Dottor Stewart.»

Fece un sospiro esagerato. «Abbaia ma non morde.» Mi grattò la schiena con le dita.

«Vieni qua,» ringhiai e lo baciai, trascinandolo fuori dal bagno, diretto in camera da letto. «Abbaio ma non mordo? Lo sai che non è vero.»

Mi tirò giù sul letto insieme a sé, e disse: «Dimostralo.»

Obbedii.

«Come sta Lisa?» mi chiese Rick appena entrai nella stanza. Stava cercando di sistemarsi il farfallino.

«Come una sposa: nervosa, stressata, impaziente di farla finita.» Faceva più caldo che nel resto della chiesa, per cui mi tolsi la giacca. «Ma se la caverà.»

Rick annuì e tornò a voltarsi verso lo specchio, sempre alle prese col farfallino. «Non la biasimo.» Mi guardò riflesso. «È bella?»

«Rick, devo dirtelo io se la tua donna è bella?»

«Oh, 'fanculo. Dimmelo e basta.»

Feci una smorfia. «Non so se vuoi saperlo.»

«Cosa?» Si girò con gli occhi spalancati.

«Dico sul serio.» Alzai le mani, scossi la testa e feci una smorfia. «È solo che…»

Rick impallidì. «Dustin…»

La sua espressione terrorizzata mi fece scappare da ridere. «È bellissima.»

«Stronzo.» Rise e tornò a guardarsi allo specchio, sistemandosi i fiori all'occhiello. «Dimmi che la mamma sta stressando qualcun altro.»

«Per ora sì,» risposi. «Ma non le sfuggirai per sempre.»

«Merda,» imprecò. «Mi manca solo lei, oggi.»

«A chi lo dici,» borbottai. «Almeno con te non può più insistere perché ti accasi.» Misi il piede su una sedia per pulire la scarpa dalla polvere. Se l'esercito mi aveva insegnato qualcosa, era l'ossessione per i vestiti in ordine.

«Cristo, non ha perso tempo a rimetterti sul mercato, eh?»

Gli rivolsi un'occhiataccia, poi tornai ad allacciarmi la scarpa. «Non un secondo.»

«Ma sono passati… quanto, sei mesi?»

Alzai le mani e scossi la testa. «Rick, è il tuo matrimonio. Non parliamo di certe cose.»

Fece spallucce, si sistemò la giacca e rise. «Non so, almeno mi distraggo dal mio matrimonio.» Di colpo si fece serio. «Scusami, non volevo…»

«Tranquillo. È solo che non mi sembra appropriato parlare di divorzi a un matrimonio.»

«Non hai tutti i torti.» Si guardò allo specchio. «Che resti fra noi…» esitò.

Alzai un sopracciglio. «Cosa?»

Si girò e mi mise una mano sulla spalla. «Ascolta, lo so che il resto della famiglia ti rompe un sacco con questa storia, ma… io sono fiero di quello che hai fatto.»

«Quello che…» Piegai la testa. «Cos'ho fatto?»

Mi fece l'occhiolino. «Ti sei liberato di quella megera psicotica.»

Rimasi a bocca aperta, poi scoppiai a ridere. «Dio, almeno tu l'hai capito. Sono quasi certo che mamma mi abbia cancellato dal testamento.»

Rick alzò gli occhi al cielo e scosse la testa. «Le passerà.»

«Sì,» risposi amaramente. «Appena trovo qualcuno che prenda il posto di Stephanie.»

Si voltò a prendere le scarpe dal tavolo. «Prima o poi la troverai. Anche se…» Si fermò e scosse la testa.

«Cosa?»

Si mise a sedere, togliendo una scarpa dalla scatola, e disse: «Francamente, fra Stephanie e la mamma, non mi stupirei se decidessi che ne hai le palle piene delle donne.»

Mi si ghiacciò il sangue nelle vene e cercai di deglutire. Senza successo.

Mi guardò e sghignazzò. «Rilassati, stavo solo scherzando.»

Mi contorsi, a disagio, e mi schiarii la voce. «Lo so.» Provai a ridere, ma suonò forzato. «Stavo solo immaginando la faccia di mamma se scoprisse che sono io il figlio gay e non tu.»

«Ehi!»

Mi tirò una scarpa da ginnastica, che scansai senza problemi. «Ehi, niente violenza! È un matrimonio, non un incontro di wrestling.»

Si fermò e piegò la testa da un lato. «Secondo te possiamo convincere le damigelle a fare un incontro di wrestling?»

«Anche se ci riuscissimo, tu non potresti godertelo.»

«Perché no?»

«Perché saresti un uomo sposato, mentre io – il fratello scapolo – sarei in prima fila...» Mi arrivò addosso un'altra scarpa. «Vuoi davvero spiegare a mamma o a Lisa perché in tutte le foto del matrimonio hai un occhio nero?»

«Ovvio che no,» disse e si infilò la scarpa elegante con una smorfia. «Sei tu quello bombardato dalle scarpe.»

Presi una scarpa da tennis e la usai per minacciarlo. «Sì, ma adesso posso ritirartele.»

«Non ci prova...»

147

Si aprì la porta ed entrambi ci girammo. Fece capolino Paul, il padre della sposa. «Il fotografo ha bisogno di voi fra cinque minuti.»

«Ci sono quasi,» rispose Rick, la voce colma di nervosismo.

«Arriviamo fra un attimo,» confermai.

Paul sorrise e sparì.

Rick si alzò in piedi e si sistemò la giacca, irrequieto. «Okay, mi sa che è ora che andiamo a fare i gentiluomini.»

Avevo ancora la sua scarpa in mano. Annuii e presi la giacca. «Sì, è ora di fare gli adulti coscienziosi.» Mi avvicinai alla porta. «A proposito, Rick…»

Alzò le sopracciglia. «Mh?»

«Guardati le spalle.»

La scarpa gli mancò la spalla per un soffio. La guardò cadere, poi mi rivolse un'occhiata minacciosa. «Sei morto.»

«Omicidio?» Allungai la mano verso la maniglia. «Sarebbero due condanne a morte in un giorno solo.»

Rise, scosse la testa e insieme raggiungemmo gli altri per il primo giro di foto. Il secondo, con la sposa e i suoi parenti, era in programma per dopo la cerimonia. *Cristo, questa giornata non finirà mai.*

Mentre il fotografo ci spiegava come disporci e quali pose assumere, provai invano a scrollarmi di dosso il peso che mi attanagliava lo stomaco. Continuavo a sentire la voce di mio fratello: *Francamente, fra Stephanie e la mamma, non mi stupirei se decidessi che ne hai le palle piene delle donne.*

Non era per quello che uscivo con Brandon, vero?

Avevo avuto dei dubbi fin dal principio, ma sentire Rick dire una cosa del genere mi aveva davvero turbato. Ero abituato ad avere a che fare donne dominanti, possessive, ma sapevo che al mondo non erano tutte così. E di sicuro non lo erano le ragazze che avevo frequentato dopo Stephanie. O Kate, o Kari. Chissà per quale miracolo, crescendo mia sorella era diventata l'esatto opposto di nostra madre. In effetti probabilmente erano loro – mia madre e Stephanie – l'eccezione, non viceversa.

Eppure, entrambe avevano avuto un ruolo decisivo nella mia vita. Che fosse a causa loro se all'improvviso mi sentivo attratto da un uomo?

«Dusty?»

Mi girai. Kari, mia sorella, mi guardava perplessa. «Stai bene?»

«Sto bene,» risposi. «Ero sovrappensiero.»

Da preoccupata, la sua espressione divenne comprensiva. Mi rivolse un mezzo sorriso. «Sicuro che te la senti? Voglio dire…» Si guardò intorno, verso gli invitati e le decorazioni del matrimonio.

Cercai di sembrare normale. «Me la caverò.» *Sono troppo impegnato a chiedermi se sono gay per lasciarmi intristire dal matrimonio.*

«Sicuro?»

«Al cento per cento.»

La cerimonia stava iniziando e Kari prese posto vicino a mia madre, mentre io raggiunsi il fondo della chiesa, dove mi aspettavano gli altri testimoni.

Partì la processione. I testimoni dello sposo e della sposa avanzarono a coppie e anch'io offrii il braccio alla damigella d'onore; percorremmo la navata lentamente e ci fermammo subito dietro mio fratello.

Quando la musica cambiò, e tutti si alzarono per guardare Lisa e suo padre che entravano nella chiesa, venni assalito dai ricordi. Rividi le porte aprirsi e Stephanie che avanzava verso di me. Deglutii a fatica, cercando di scacciare le emozioni. A prescindere dall'inferno che era stato il mio matrimonio, in quell'istante, all'altare, l'avevo amata davvero. In un certo senso, per quanto assurdo fosse, l'amavo ancora.

Intanto avevo preso a tormentarmi l'anulare. Lisa si avvicinava all'altare: bellissima nell'abito bianco, il velo che le copriva il viso, l'affetto per Rick trasparente nel suo sguardo. Mio fratello tirò su col naso e si asciugò gli occhi. Lo invidiai.

La prese per mano e rimasero uno di fronte all'altra davanti al pastore, a tormentarsi le mani, nervosi, e a scambiarsi sorrisi pieni di lacrime. Non potevo vedere il viso di Rick, ma notai il modo in cui strofinava col pollice la mano di lei, come a volersi accertare continuamente che fosse tutto reale.

Se esisteva una coppia di veri innamorati, sicuri di aver trovato la propria dolce metà, certi che sposarsi fosse la scelta giusta, al di là di ogni ragionevole dubbio, erano loro. Dieci anni prima, al mio matrimonio, non avevo posseduto quella certezza. Ero stato solo un ragazzino spaventato, ignaro di quanto mi aspettasse. In qualche modo, avevo sempre saputo che il matrimonio non sarebbe durato. Quanto avrei pagato per avere quello che Rick e Lisa provavano in questo momento.

Quando realizzai che, in realtà, mi era capitato di provare quella stessa, identica certezza, mi sentii venir meno.

Per quanti dubbi e riscrve avessi, il momento più perfetto della mia vita era stato quando mi ero svegliato con Brandon fra le braccia.

Finalmente la cerimonia si concluse. Riuscii a convincere le gambe a portarmi fino in fondo alla navata per stringere la mano agli invitati. Anche quella parte, grazie al cielo, finì. Il fotografo chiamò gli sposi per le foto più romantiche ed ebbi così il tempo di sparire per qualche minuto, prima di tornare a sfoggiare un sorriso smagliante per l'obbiettivo.

Mi imbucai nella stanza dove ero stato prima con Rick, con la scusa più o meno credibile di aver dimenticato qualcosa.

Lo spazio era stretto e faceva un caldo boia; mi sfilai la giacca, la stesi sul tavolo e mi lasciai cadere su una sedia, la testa fra le mani e i gomiti sulle ginocchia, a strofinarmi gli occhi. Sospirai e ripercorsi nella testa ogni passaggio della cerimonia. Non sapevo quale scoperta mi scioccasse di più: il fatto che non avessi ancora dimenticato del tutto Stephanie o che tenessi così tanto a Brandon.

Anche se inizialmente la mia attrazione per lui fosse stata un modo per non pensare alla mia ex, prima di lui avevo incontrato un sacco di candidate valide, e nessuna mi aveva mai fatto quell'effetto. Possibile che fosse davvero una forma di ripicca? Che senso avrebbe avuto? Sarebbe stato come disintossicarsi da una droga passando a un'altra più potente.

«Cristo,» borbottai, sfregandomi di nuovo gli occhi.

Sentii bussare. «Dusty?» Era Kari.

«È aperto.»

Entrò e si chiuse la porta alle spalle. «Il fotografo ha quasi finito con Rick e Lisa. Mamma ci vuole tutti in prima linea.»

Alzai gli occhi al cielo e presi la giacca.

«Sei sicuro di star bene, Dusty?»

Mi passai un dito sull'anulare. Non avevo abbastanza energie per sorridere e fingere che fosse tutto a posto. «Sopravviverò.»

«Lo prendo per un no.»

Evitai il suo sguardo e mi pulii le scarpe dalla polvere inesistente. «Cosa vuoi che ti dica?» Non ero arrabbiato con lei; al massimo, ero esasperato. Esausto.

«Voglio solo sapere se stai bene. Sono preoccupata.»

Feci spallucce, poco convinto, e mi buttai la giacca sulle spalle. «Sono passati solo pochi mesi. Mi ci vorrà del tempo.»

«Lo so, non riesco neanche a immaginare cosa debba essere per te.» Incrociò le braccia e piegò la testa di lato. «Perché hai accettato di fargli da testimone? Sapevi che non sarebbe stato facile.»

Chiusi i bottoni e spiegai: «Rick è stato il mio testimone, gli avevo promesso di ricambiargli il favore. E poi non è che potessi stare a casa.»

«Questo è vero. Però...»

«Andiamo, il fotografo ci starà aspettando.»

«Vuoi dire *la mamma* ci starà aspettando,» ribatté mentre uscivamo in corridoio.

«Esatto,» gemetti, stringendo i pugni e sforzandomi di non cercare per la millesima volta quel dannato anello.

Kari mi guardò di sottecchi, ma non disse niente. Mi avvisò, invece: «Credo la mamma abbia un tot di fanciulle in serbo per te.»

Gemetti. «Ti prego, dimmi che è uno scherzo.»

«Eh no.»

«Dio Santo, non si arrende mai,» sbottai. «Credi che mi lascerebbe in pace se le dicessi che esco con qualcuno?»

Kari si fermò di colpo e per poco non andai a sbatterle contro. «Esci con qualcuno?»

La rigirai e la spinsi perché continuasse a camminare. «No, ma potrei sempre fingere.»

«E poi dovresti sorbirti le lagne sul perché non hai portato questa donna misteriosa al matrimonio.»

«Fantastico. Non ho speranze, eh?»

«Mi sa proprio di no,» rispose. «Al ricevimento proverò a distrarla col bambino, ma non ti prometto niente.»

«Ah, il diversivo del nipotino,» risi. «Funziona sempre. Ti adoro.»

«Sarà meglio.» Mi lanciò un'occhiata metà scherzosa e metà minacciosa. Uscimmo dalla chiesa per raggiungere il cortile dove gli altri erano già in posa per il servizio. «Sacrifico la sanità mentale di mio figlio per aiutarti.»

Nel corso della sessione fotografica, mia madre pretese tutta una serie di foto particolari. Sposo e sposa con le damigelle. Sposo e sposa con i testimoni. Sposa e sposo con la famiglia di lei. Mi chiesi se i genitori di Lisa non fossero irritati dai suoi modi autoritari, specialmente visto che avevano pagato loro il matrimonio, ma forse erano persone troppo educate per lamentarsene.

«Ora voglio una foto con i miei bambini,» cinguettò mia madre.

«Senza Lisa?» Rick strabuzzò gli occhi.

«Oh, è solo *una* foto,» rispose mamma.

«Non potevamo farla prima?» chiese Rick a denti stretti, «Prima che arrivasse Lisa?»

Nostra madre fece un gesto con le mani. «La luce adesso è migliore.»

«Non c'è problema,» fece Lisa, sollevandosi la gonna e spostandosi. «Non mi dispiace qualche minuto lontano dall'obbiettivo.» Rise, in modo un po' forzato. Solo mia madre poteva essere così sfacciata da chiedere a una sposa di farsi da parte al proprio matrimonio.

Il fotografo ci mise in linea, con me e Tristan a lato – eravamo i più alti – e Rick e Kari al centro. Un istante prima che scattasse, Kari mi diede una gomitata nel petto. Allo scatto successivo, la spinsi contro Rick. Poi fu il turno di Tristan, che diede uno scappellotto a Rick. La gente intorno a noi presc a sghignazzare per lo show: stavamo dando sfoggio di autentico affetto fraterno. Continuammo a stuzzicarci fino a rovinare ogni scatto, col fotografo a un passo dallo scoppiare a ridere.

«La piantate?» esplose alla fine mia madre.

«Stavolta ha resistito un buon minuto e mezzo,» osservai, abbastanza forte da farmi sentire da tutti i fratelli, mentre riassumevamo una posa normale.

«È un nuovo record,» bisbigliò Kari. Tristan sbuffò e Rick sghignazzò. Mi morsi la lingua per non ridere.

«Okay, fatto,» disse il fotografo.

«Nonostante le loro pagliacciate,» sottolineò mia madre. «Adesso con le consorti.»

Mi passò il buonumore. Ero stato il primo a sposarmi e ora toccava a me fare il fratello single nella foto 'con le mogli'.

«Dustin, ti dispiace toglierti per questa foto?» fece mia madre, seppellendo qualsiasi briciola di buonumore mi fosse rimasta. Mi fece cenno di spostarmi a lato e mi sentii rimestare lo stomaco. Non credevo sarebbe arrivata a tanto.

«Mamma!» gridò Kari mentre suo marito la raggiungeva.

«Oh, dai, è solo una foto,» replicò mamma.

«Ma…»

Feci cenno a Kari di lasciar perdere. Raggiunsi Lisa, le sorrisi e ricordai: «Tesoro, questa ti tocca.»

Mi guardò comprensiva. «È stato cattivo da parte di tua madre.»

Feci spallucce. «Poteva andarmi peggio.» Lontano dall'obbiettivo, mentre guardavo i miei fratelli disporsi secondo istruzioni, cercai di mantenere un'espressione calma. A giudicare dalle loro facce, erano scioccati e irritati quanto me dalla richiesta di nostra madre.

Non era mai successo che escludesse i figli single dalle foto. Questa novità era un messaggio ben chiaro, una frecciatina in perfetto stile passivo-aggressivo: io non ero un figlio single, ero *divorziato*. In effetti c'era da stupirsi che non avesse invitato Stephanie al matrimonio. Sarebbe stato nel suo stile, e nello stile di Stephanie presentarsi come se nulla fosse.

Finalmente la sessione fotografica si concluse e ci dirigemmo tutti al ricevimento. Nessuno menzionò più quel torto, io in primis. Sapevamo tutti che non valeva la pena di litigare. Al matrimonio di Kari, un dissenso fra mia madre e Tristan su una sciocchezza era degenerato in tragedia; era meglio per tutti lasciar perdere.

Kari lasciò suo figlio con nostra madre, sperando che bastasse a distrarla dai tentativi di accoppiarmi con qualsiasi donna single della sala. Approfittai di un momento in cui stava guardando altrove per imbucarmi fra gli amici e i vari invitati.

Dopo non molto, tuttavia, qualcuno mi tirò per la manica. Mi girai e vidi mia madre, col nipotino in braccio e una bella rossa al seguito.

«Dustin, vorrei presentarti una persona.»

UNDICI

Brandon si appoggiò al bracciolo del divano, mentre io armeggiavo col biliardo. «Allora, com'è andato il matrimonio?»

Gemetti, in parte per il ricordo della giornata, in parte perché avevo appena sbagliato un tiro *facile*. Tamburellai la stecca contro la scarpa e imprecai sottovoce. «Tocca a te.»

Brandon rise e prese la stecca. «Non bene, eh?»

Feci spallucce. «Ho appena divorziato. È normale che i matrimoni mi risultino un po'… indigesti.»

«A me non sono mai piaciuti.»

«Mah, a me non dispiacevano.»

«In teoria no,» commentò, mandando in buca la bilia quindici. «Solo che, se ci fai caso, quando la gente arriva al matrimonio in genere è stressatissima, esaurita e in bancarotta. E non vedono l'ora che sia tutto finito.»

«È esattamente così,» confermai.

«Suppongo che anche il tuo non sia stato una passeggiata.»

Feci una smorfia. «Mia moglie e mia madre erano insopportabili.»

Scosse la testa e mi guardò. «Spero che almeno la luna di miele sia andata meglio.»

«Più o meno.»

«Ahi.»

Spostai il peso sull'altro piede. «Beh, diciamo che il mio matrimonio non è stato tutto rose e fiori. Ma ieri...» Scossi la testa e alzai gli occhi al cielo. «Cristo, probabilmente non sarebbe neanche stato male, se solo tutti – mia madre, specialmente – non avessero passato tutto il tempo a cercare di accoppiarmi con chiunque.»

«Chiunque dotato di vagina, immagino?»

«Ovvio.»

Si fermò e mi rivolse uno sguardo. «L'hai detto a qualcuno? Dico...» Indicò lo spazio fra noi due. «Di noi?»

Espirai bruscamente. «No.»

«Come pensi che la prenderebbero?»

«Non bene.» Evitai il suo sguardo. «Anzi, malissimo. Mia madre darebbe in escandescenze, e mio fratello...»

Alzò lo sguardo. «Tuo fratello?»

«Mio fratello è uno dei più grandi omofobi che abbia mai avuto la disgrazia di incontrare,» spiegai. «Gli voglio bene, ma odio la sua intolleranza.»

Brandon mandò in buca un'altra bilia. Si spostò intorno al tavolo per il tiro successivo e disse: «Quindi ne deduco che ti creda perfettamente eterosessuale?»

«Sì, come tutti in famiglia. Almeno che io sappia.»

Si fermò, assorto nei pensieri, e poi mi rivolse uno sguardo. «E anche per te è la prima volta che questa perfetta eterosessualità vacilla?»

Deglutii. «La prima volta in vita mia.»

Sorrise. Era un'espressione comprensiva più che divertita, ma aveva un che di perfido negli occhi. «Beh, sembra che tu ti stia ambientando in fretta.»

Risi. «Sono in buone mani.»

«Faccio del mio meglio.» Ammiccò.

«Non mi lamento.» Lo guardai tirare e passai il gesso sulla stecca. «E tu, quando hai scoperto di essere bisex?»

«Il giorno del mio ventunesimo compleanno,» rispose, con la stessa nonchalance che se gli avessi chiesto dove aveva comprato un certo paio di scarpe.

«Ti ricordi il giorno esatto? Wow.»

Mi guardò ironico. «Perché, tu no?»

«Touché.»

Rise. «Certe date non si dimenticano. A me, per caso, è successo lo stesso giorno del compleanno.» Si fermò per tirare. La battente colpì la tredici, che cadde obbediente nella buca d'angolo. Brandon studiò il tavolo. Poi si alzò e mi guardò, tirando indietro la testa per liberarsi di una ciocca ribelle. «Vuoi sapere com'è andata?»

«Beh,» feci, «Tu sai com'è andata a me.»

«Infatti.» Mi fece l'occhiolino. Incrociò le braccia, infilò la stecca nel gomito e si appoggiò al tavolo. «Ero uscito con degli amici… perché, da bravo, innocente ragazzo qual ero, non avevo mai bevuto prima di compiere l'età legale.»

Tossii sulla parola: «Balle.»

Brandon rise. «Cristo, bevevo come una spugna.» Sorrise, lo sguardo perso nei ricordi. «Comunque, eravamo in un locale. Non so quanto avevo bevuto, ma ero l'unico del gruppo che riusciva ancora a reggersi in piedi.» Fece spallucce e arrossì un poco. «Ho incontrato questa tipa, abbiamo ballato un po', bevuto qualcosa insieme e mi sono ritrovato a casa sua, senza vestiti addosso.»

«Aspetta, vuoi dire…»

«Sì, hai capito bene.» Ammiccò e tornò a concentrarsi sul biliardo. «È stata la prima volta che mi sono sentito attratto da una donna.»

«Quindi prima eri…» Mi fermai. «Eri gay e sei diventato bisex?»

Fece di nuovo spallucce. «Dustin, sono solo etichette. Guardala da questo lato.» Si chinò sul tavolo, gli occhi fissi sulla bilia bianca, e continuò a parlare: «Di solito esci con le bionde, ma un giorno rimani colpito da una bella moretta. Significa che sei cambiato?»

Strinsi le labbra. «Non ci avevo mai pensato.»

«Alla società piace dividere la gente in categorie nette, ma… *merda*.» La battente cadde nella buca insieme alla bilia nove. «Tocca a te.»

«Era quasi ora,» dissi, ripescando la palla bianca.

Passandomi vicino, mi palpò il sedere. «Goditi il tuo turno, finché dura.»

«Ma vaffanculo.» Risi.

«Di nuovo?» Alzò gli occhi al cielo e fece un gesto teatrale. «Dio santo, Dustin, dammi qualche minuto per recuperare.»

Gli misi un braccio intorno alla vita e lo attirai a me. «E se non volessi aspettare qualche minuto?»

Deglutì. «Beh, se la metti così…» Mi prese il viso fra le mani e mi baciò.

Mi divincolai dalla stretta e gli rivolsi un ghigno malefico. «Peccato che dobbiamo finire la partita.»

Brandon sorrise. «Sei perfido.»

«Ho avuto un bravo insegnante.» Mi voltai verso il tavolo. Un attimo dopo imprecai nel vedere la bilia due mancare la buca di un soffio.

«Forse potrei insegnarti anche come si tira…»

«Chiudi il becco.» Risi e lo baciai, poi gli cedetti il posto intorno al tavolo.

Brandon si concentrò sulle biglie. Adoravo guardarlo mentre giocava: lo sguardo intenso, concentrato, le sopracciglia increspate, gli occhi stretti a fessura. Tirò e sollevò lo sguardo, sicuro al cento per cento che la bilia undici sarebbe caduta nel suo buco. E infatti.

«Dicevo, sul fatto delle categorie,» riprese. «Alla gente piace etichettare gli altri. Etero. Gay, Bisex.» Alzò gli occhi al cielo. «Chi se ne frega. Vado a letto con chi voglio, mi innamoro di chi voglio, e il resto del mondo può anche andarsene a 'fanculo.»

Sghignazzai. «Hai un'opinione molto netta, Brandon.»

Sorrise. «Sì. Dai, pensaci. Sei cambiato da quando esci con me? O sei sempre Dustin Walker?»

«Hai ragione.»

«Sei sempre lo stesso di prima,» proseguì, senza staccare gli occhi dal tavolo. Faceva avanti e indietro, per calcolare la traiettoria di un certo tiro. «È solo che adesso fai sesso con un uomo invece che con una donna.»

«Per certe persone è una differenza significativa,» osservai.

Prese la stecca con la sinistra e si chinò per tirare. «Come ho detto prima, certe persone possono andarsene a 'fanculo.» La bilia cadde in buca, come concordasse con lui.

«Accidenti, mi batti anche con la sinistra?»

Rise. «Posso *batterti* con qualsiasi mano, se vuoi.» Passò in rassegna il tavolo. «Oh, ma guarda. Ho finito le palle.»

«Come farai senza le tue amate palle?» mugugnai, sforzandomi invano di non ridere.

Mi rivolse un'espressione carica di sottintesi. «Mi sa che dovrò dedicarmi alle tue.» Si portò un dito alle labbra, fingendo di meditare. Poi indicò la palla otto. «Ti secca se mi prendo quella? Per darti una mano?»

Alzai gli occhi al cielo e mi strofinai il labbro col dito medio. «Prego, fa' pure.»

«Sei un vero gentiluomo.»

«Non proprio. È che mi piace vederti piegato sul tavolo.»

«È per questo che mi lasci sempre vincere?»

«Ti *lascio* vincere?» Gli accarezzai l'interno coscia con la punta della stecca, e ridacchiai quando mi rivolse un'occhiataccia. «Sai benissimo che ce la metto tutta per darti del filo da torcere.»

Fece spallucce e si preparò a tirare. «Vuoi dire che non lo fai apposta a farmi sentire come se giocassi a solitario?»

«Continua a fare il furbo e il *solitario* diventerà il tuo *gioco* preferito.»

Non si scompose minimamente. Mandò in buca la palla otto, poi si girò a guardarmi. «È una minaccia a vuoto.»

«Ah, sì?»

Mi baciò e mi toccò fra le gambe, facendomi sussultare. «Sì.»

«Sta' attento o potresti ritrovarti piegato in due su quel tavolo, e non per mandare in buca una bilia.»

Mi diede un'ultima palpatina, poi mi lasciò andare e prese il gesso. «Un'altra partita.»

Mentre mettevo le bilie nel triangolo, proposi: «E se stavolta mettessimo in palio qualcos'altro?»

«Qualcos'altro?» Sorrise e inarcò le sopracciglia. «Cos'hai in mente?»

Riposi il triangolo al suo posto, mi appoggiai al tavolo e feci un gesto con la mano. «Qualcosa che non sia denaro?»

Sbuffò. «Sei rimasto al verde?»

«Bastardo.» Alzai gli occhi al cielo. «Lo sai che potrei riprendermi fino all'ultimo centesimo.»

«Forse,» ammise. «Allora, cos'hai in mente?»

«Mah, non saprei.» Finsi di pensarci su. «Tipo che chi perde fa un pompino all'altro?»

Sbatté le palpebre e scoppiò a ridere. «Con un pompino in palio, dovrai impegnarti il doppio per sconfiggermi.»

«Allora ci stai?»

Si chinò per il primo tiro e mi rivolse quel sorriso arrogante. «Eccome se ci sto.»

Ricambiai lo sguardo, facendogli l'occhiolino. «Con un pompino in palio, potrei giocare sporco.»

Rise e mi rivolse un'occhiata minacciosa. «Dustin, credimi, è meglio se non giochi sporco con me.» Mi diede un bacio veloce. «Stai sicuro che vincerò.»

Lo presi per i fianchi, mi chinai per un altro bacio e mormorai, senza staccarmi dalle sue labbra: «Buona fortuna.»

«Buonissima.» Alzò il mento come per baciarmi, ma invece chiuse di scatto i denti a pochi centimetri dalla mia bocca. Sobbalzai e lui rise di gusto. «Gioca pure storto, ma ti si ritorcerà contro.»

Si voltò verso il tavolo per tirare. Allungai la mano fino all'estremità della sua stecca, quasi per stringerla, ma senza farlo veramente; un attimo prima che tirasse, però, la intrappolai.

«Ma che…» Si alzò e mi rivolse un'occhiataccia. «Ah, è così che vuoi giocare?»

Alzai le mani, innocente. «Non ho fatto niente!»

Rise e mi indicò l'altro capo del tavolo. «Spostati, voglio tenerti d'occhio. Mi rifiuto di giocare con te alle spalle.»

«Hai paura?»

«Sì, di romperti la stecca in testa,» rispose, seguendomi con lo sguardo mentre raggiungevo l'altro capo del tavolo. «E sarebbe una vera seccatura, visto quanto mi è costata.»

Mi indicai il cavallo dei pantaloni. «Ce l'ho io una stecca nuova per te. Basta chiedere.»

Scoppiò a ridere proprio mentre stava tirando. La battente rimbalzò via, lontano dalle altre bilie. Spaccata valida, anche se sapeva fare di meglio.

«Tocca a te,» fece a denti stretti.

«Oh, ma guarda, tocca a me,» risposi sghignazzando.

Brandon aveva ragione: se volevo vincere, non mi conveniva giocare sporco.

Gli misi una mano sul culo mentre tirava, e lui mi passò le dita dentro l'elastico dei pantaloni proprio mentre mi mettevo in posizione. Lo colsi di sorpresa con una carezza alla coscia, ma non bastò a fargli sbagliare tiro.

Lui, in compenso, mi leccò la nuca proprio al momento giusto per mandarmi a puttane un colpo facilissimo: non solo mancai la mia bilia, ma mandai pure in buca la battente. *Merda.* C'erano rimaste solo cinque palle sul tavolo: tre mie, una di Brandon e la otto. Ero spacciato.

E naturalmente Brandon si premurò di sottolinearlo. «Te l'avevo detto che ti saresti messo nei guai.»

Gli cinsi la vita col braccio. «Beh, se mi diverto, che problema c'è?»

«Nessuno,» rispose con un sorriso diabolico e fece per spostarsi, ma io lo trattenni.

«E poi,» aggiunsi, baciandogli il collo. «Mi piace giocare sporco con te.»

«Anche a me.» Allungò una mano per toccarmi il pacco e sorrise compiaciuto. «È proprio vero che ti piace.»

«Siamo fatti della stessa pasta.» Lo attirai a me per un lungo bacio.

Si fermò a leccarsi le labbra. «Non mi stanco mai del tuo sapore.» Non mi diede modo di rispondere perché un attimo dopo mi stava di nuovo baciando, tenendomi per il collo, la lingua che esplorava la mia bocca.

Alla fine mi lasciò andare, sorrise e tornò a concentrarsi sulla partita. La bilia dodici era proprio in bilico sulla buca. Si fermò. «Com'era l'accordo?»

Risi e alzai gli occhi al cielo. «Chi perde fa un pompino all'altro.»

Annuì con un sorriso. «Perfetto.»

Mi venne l'acquolina in bocca. Non mi dispiaceva affatto perdere questa scommessa: ogni scusa era buona per infilarsi a letto con Brandon, e non vedevo l'ora di…

La battente rimbalzò sul tavolo, mancò completamente la dodici e mandò invece in buca la palla otto.

Per un attimo fissai il tavolo a bocca aperta. Poi guardai Brandon e quel sorriso arrogante, colmo di desiderio, mi fece venir meno.

«Ops.» Sentii il rumore della stecca lasciata cadere sul tavolo. Brandon mi venne vicino. «Mi sa che ho perso.»

CAPITOLO
DODICI

Stavo per uscire a mangiare un boccone, dopo l'allenamento e la doccia, quando Kate mi intercettò in ufficio.

«Ehi, Dustin, vai a pranzo?» mi chiese dalla soglia.

«Sì, vuoi che ti porti qualcosa?»

«No, ho la roba da casa.» Si guardò alle spalle. «Ma c'è un nuovo cliente che ha chiesto espressamente di te. Dice che alleni un suo amico.»

Guardai l'orologio. Stavo morendo di fame, ma non potevo permettermi di perdere potenziali clienti. Il mio povero avvocato doveva pur pagarsi le rate della macchina. «Argh, suppongo che mi tocchi.»

«A meno che tu non voglia rinunciare al cliente,» rispose Kate facendo spallucce e porgendomi la cartellina. «È arrivato mentre ti stavi allenando, così gli ho fatto riempire i moduli.»

«Grazie.» Mi avrebbe risparmiato almeno mezz'ora di lavoro; ora dovevo solo sfogliare le carte per capire quale fosse il suo obiettivo, se si era mai allenato prima e se aveva problemi di salute. Controllai di nuovo l'orologio. «Digli che mi aspetti dieci minuti. Mangio un boccone e intanto sfoglio questi moduli.»

«Perfetto. Ti aspetta all'ingresso.» Kate uscì e io presi un frullato proteico dal frigo comune, prima di mettermi comodo sulla mia poltrona a esaminare le informazioni.

Avevo appena bevuto un sorso quando aprii la cartellina e per poco non mi strozzai.

Brandon Stewart.

Mi tirai su. «Oh, che figlio di puttana.» Diedi un'occhiata ai moduli, chiedendomi se non fosse una coincidenza, ma i dati erano compatibili con lui.

Finii in fretta il frullato, mi alzai e mi diressi all'ingresso. Brandon alzò gli occhi dalla rivista che stava sfogliando e mi rivolse quel suo solito sorriso arrogante. Una parte di me l'avrebbe sgozzato lì, sul posto, ma l'altra moriva dalla voglia di portarlo a letto.

«Brandon Stewart?» feci, cercando di sembrare professionale.

Brandon posò la rivista, si alzò e mi porse la mano, fingendo di non conoscermi. «Tu devi essere Dustin. Ho sentito molto parlare di te.»

Gliela strinsi con forza, ma lui si limitò a sorridere e ad accarezzarmi il polso col pollice.

«Perché non andiamo nella sala pesi?» proposi. «Visto che i moduli li hai già compilati.»

«Ti seguo,» rispose con un sorriso.

«Non ne dubito,» ringhiai.

Rise e mi seguì fino alle scale. Alla reception Kate mi guardò incuriosita, ma non aprì bocca.

Appena giunti in cima, mi voltai verso di lui e chiesi piano: «Che ci fai qui?»

«Oggi non avevo lezioni,» rispose, come se niente fosse. «Così ho deciso di venire a romperti le scatole.»

«Rompermi le scatole?» Risi. «Lasciandomi dei soldi?»

Si passò la lingua sulle labbra. «Sudato, accaldato, ansimante.»

Mi morsi il labbro. «Lo sai che mi vendicherò, vero?»

«Vedremo.»

Gli rivolsi un'occhiataccia e abbassai ancora di più la voce, «Ricordati che hai cominciato tu.»

Di nuovo quel sorriso strafottente. «Immagino…» proseguì, «che tu non possa insegnarmi a fare i sollevamenti a testa in giù?»

Mi si gelò il sangue nelle vene. Era *impossibile* che riuscissi a mantenere un'aria professionale durante un esercizio del genere *con lui*. Mi schiarii la voce. «Uhm, beh, perché non cominciamo con un i pesi e la cardio?»

Strinse le labbra. «Ma dopo i pesi, avrò le braccia troppo stanche per reggermi.»

«Che peccato,» Indicai uno dei tappetini a lato della pista. «Fa' un po' di stretching. Credimi, ti servirà.»

Sbuffò. «A me o a te?»

Alzai un sopracciglio. «Se fosse per me, ti farei correre avanti e indietro nel parcheggio con cinquanta chili per mano.»

«Schiavista.»

«Esatto. E adesso obbedisci. Io torno subito.» Lo lasciai a scaldarsi e intanto controllai se c'erano panche libere nella stanza dei pesi. Ne trovai una e la occupai con un asciugamano.

Di solito cominciavo tutte le sessioni di allenamento con qualche minuto di stretching, ma stavolta dovetti ammettere che, come aveva detto Brandon, gliel'avevo ordinato per il mio esclusivo vantaggio. Non solo perché volevo guardarlo mentre faceva stretching: mi serviva anche un momento per prender fiato e ricompormi. Era già abbastanza difficile lavorare con clienti dal fisico perfetto; in questo caso, poi, c'era l'aggravante di tutto il sesso che avevamo fatto, e di quello che intendevamo fare entro la fine della giornata.

Mi aspettava la sessione più *dura* della mia vita, in tutti i sensi. Mi fermai per darmi un'occhiata allo specchio e maledissi il rossore sulle guance. Poi scossi la testa e risi. *Mi vendicherò, Dr. Stewart. Oh, se mi vendicherò.*

Gli feci fare svariati esercizi, che si rivelarono estenuanti per me quanto per lui. Stavo testando i suoi limiti – era il mio lavoro – e lui stava testando i miei.

Verso la fine di un set di sollevamenti particolarmente sfiancanti, la smorfia sul suo volto mi ricordò quella che assumeva prima di venire. Quando si alzò per posare i pesi, gli vidi scivolare una goccia di sudore dai capelli alla nuca, fin sotto la maglietta, e immaginai che gli scendesse per la schiena, fino a fermarsi sui contorni del tatuaggio.

Scossi la testa e mi sforzai di rimanere concentrato sul lavoro, sui suoi esercizi, ma questo non mi aiutò – non quando i suoi muscoli si gonfiavano ad ogni mossa. *Porca puttana, Brandon, giuro che mi vendicherò.*

Posò i pesi e si passò una mano fra i capelli sudati... *No, non sembra affatto che sia appena uscito dalla doccia. Accidenti, Dustin, concentrati.*

«Sei davvero uno schiavista,» commentò Brandon, facendomi l'occhiolino mentre apriva una bottiglia d'acqua.

«Non voglio deludere le tue aspettative.» Rimisi i pesi al loro posto. Avrei voluto farlo fare a lui, solo per farlo sudare un altro po', ma non potevo permettermi di fissargli il pomo d'Adamo che si alzava ed abbassava ad ogni sorso.

«Allora, questi esercizi in verticale?» mi chiese, richiudendo la bottiglia.

«Prima un po' di corsa.»

Sbatté le palpebre. «Vuoi ancora farmi correre?»

Sorrisi diabolico. *E adesso chi è che ha il coltello dalla parte del manico?* «Ci sono diverse scuole di pensiero al riguardo. C'è chi dice che sia meglio fare prima la corsa e chi prima i pesi. In questo caso, propendo nettamente per la prima.»

Alzò un sopracciglio. «E perché?»

Gli feci cenno verso la porta. «Per farti soffrire.»

Trovammo un tapis roulant libero e rilessi le informazioni sui moduli. «Di solito fai dieci chilometri?»

«Sì, ma prima dei pesi.» *È panico quello che sento?*

«Allora facciamo sei,» concessi. «Ma la prossima volta me ne aspetto dieci.» Impostai programma e velocità della macchina, dopodiché gli feci cenno di salire. «Divertiti.» Premetti il pulsante d'avvio.

«Sei sadico,» mi rispose ridendo mentre il tapis roulant si metteva in moto.

Mi fermai e gli sorrisi. «Io?»

Mi fece gli occhioni innocenti. «Non so di che parli.»

«A-ha.» Gli rivolsi un'occhiata giocosa e minacciosa insieme. Poi tornai ad avvicinarmi alla macchina, e aggiunsi: «Oh, a proposito...»

«Cosa?»

Sporsi il collo per guardare i comandi e cambiai la pendenza al tre per cento. Poi gli rivolsi un ghigno. «Così ti ricorderai di non prendermi per i fondelli.»

«Non so se basterà a ricordarmelo.»

«Vuoi che la metta al sei per cento?»

Rise e mi diede uno schiaffo sulla mano che si avvicinava ai comandi. «Non ci provare!»

«Torno subito. Buona corsa.» Feci un salto in ufficio a prendere qualcosa di fresco da bere e cominciai a pensare a una vendetta adeguata.

Quando Brandon stramazzò nel mio appartamento, quella sera, non potei trattenere un ghigno soddisfatto. «Ti fa male da qualche parte?» chiesi, sforzandomi di non ridere.

Mi rivolse un'occhiataccia, ma aveva gli angoli della bocca curvi in un sorriso. «Strano, eh? In fondo ho solo passato un'ora a farmi massacrare.»

Chiusi la porta. «Beh, non ti ho costretto io a venire in palestra.»

Rise sotto i baffi. «Al massimo hai cercato di cacciarmi fuori.»

«Non caccerei mai un cliente pagante,» obiettai. «Quindi non mi restava che farti pentire della scelta.»

«Dovrai impegnarti di più per farmi pentire, Dustin.» Mi fece l'occhiolino.

Lo baciai dolcemente, cingendolo con le braccia. «Volevo solo punirti,» confessai, attirandolo a me. «Non renderti invalido a vita.»

Fece una smorfia e cambiò posizione. «Ci sei andato vicino.»

«Non ti ho fatto male sul serio, vero?»

Scosse la testa. «No, ma domani mi sentirò uno schifo. Anzi, mi sento già uno schifo. Sei stato bravo.»

«Così impari.»

«No, non credo.» Mi fece l'occhiolino. «Quando posso tornare?»

«Uhm, mai?»

Rise e mi diede un bacio. Poi piegò la testa di lato e mi fissò, assorto in qualche pensiero.

«Che c'è?»

«Sapevi che ero troppo stanco per la verticale, vero?»

Cercai di non sorridere. «Non so di che parli.»

«Bugiardo.»

Chinai lo sguardo, le guance arrossate. «Sì, sapevo che saresti stato troppo stanco. Non pretenderei mai un esercizio del genere alla fine della sessione. Se avessi voluto fartelo fare, lo avrei tirato fuori all'inizio.»

Alzò le sopracciglia, un'espressione curiosa e stupita. «Allora perché…?»

Mi morsi un labbro. «Perché riesco a malapena a mantenere un tono professionale con gli altri clienti. Se ti avessi chiesto di fare la verticale…» Deglutii. «Diciamo che chiunque, in palestra, avrebbe capito quello che provo per te.»

«Ah, allora il personal trainer ha un tallone d'Achille?»

Sbuffai. «Più di uno, credimi. Ma quello è la mia kryptonite.»

«Come mai?»

«Beh…» Mi interruppi, e strinsi le labbra, pensando a come spiegarlo. «Cioè… Oh, che cazzo, ti faccio vedere. Vieni.»

Andammo in cucina, dove c'era un po' più di spazio libero in caso perdessi l'equilibrio. Non mi capitava quasi mai, ma con Brandon tutto era possibile. Anche adesso mi tremavano le mani, il che non era proprio il massimo per mantenere una posizione verticale.

Feci per infilarmi la maglia nei pantaloni, ma poi cambiai idea e me la tolsi.

«Già mi piace,» commentò Brandon con un sorriso. Incrociò le labbra e si appoggiò al divano senza smettere di fissarmi.

Risi. «Okay, guarda e impara. Non sarò sexy come una donna, ma farò del mio meglio.»

«Mi accontento.»

Ci scambiamo un sorriso, dopodiché mi concentrai sull'esercizio. Poggiai le mani per terra, mi tirai su in posizione verticale e rimasi un attimo fermo per stabilizzarmi. Da dov'ero avrei facilmente potuto guardare Brandon, ma non mi azzardai: a volte con lui facevo fatica persino a reggermi in piedi.

Inspirai a fondo, contrassi i muscoli e mi abbassai, per poi rialzarmi. Le spalle mi tremarono, affaticate dopo una giornata di lavoro, ma riuscirono a sostenermi.

Dopo tre o quattro sollevamenti, posai i piedi a terra e mi rialzai. «Allora, hai...» Mi fermai quando lo vidi sorridere nel suo solito modo sfacciato. «Che c'è?»

Rise e mi mise le braccia intorno al collo. «Niente.»

«Sì, invece.»

«Nah.» Piegò la testa per baciarmi, ma lo scansai.

«Sputa il rospo,» dissi.

Mi attirò di nuovo a sé. «Sono tre anni che so fare quell'esercizio.»

Rimasi a bocca aperta. «Che…»

«Volevo vedere *te*.»

Risi e lo baciai. «Bastava chiedere.»

Mi accarezzò la nuca con le dita. «L'ho fatto.»

«Sei venuto in palestra solo per questo?»

«No,» rispose. «Se avessi voluto farmi venire un'erezione con te in verticale, ti avrei chiesto di farlo in camera da letto.» Strusciò i fianchi contro i miei, mostrandomi che non esagerava affatto con l'erezione.

«Allora perché sei venuto?»

«Per tormentarti.»

Risi. «Stronzo.»

Sorrise, senza smettere di baciarmi. «Ti è piaciuto un sacco.»

«Forse,» feci spallucce. «Ma mi vendicherò comunque.»

«Oh, davvero? E come pensi di fare?»

«Vedrai.» Gli passai le dita nei capelli. «Colpirò quando meno te l'aspetti.»

Strinse gli occhi. «Parole al vento.»

«Dici?»

«Dico di sì.»

«Vedrai.»

Mantenne il ghigno arrogante, ma non mi sfuggì il lieve tremito alle sopracciglia. Stava cercando di capire se bluffavo o meno: feci finta di niente e mi limitai a sorridere. Poteva credere quello che voleva, ma non stavo affatto bluffando. Mi sarei vendicato, eccome.

«Aspetta e vedrai.» Lo attirai a me e gli baciai il collo. «Ma intanto che sei qui, tutto eccitato...»

«Ero già eccitato quando ti sei sfilato la maglietta.» Mi accarezzò le spalle.

«Tu mi hai visto in verticale,» dissi, mordicchiandogli il collo e infilandogli le mani sotto la maglia. «Ora tocca a te.»

«Penso di poterti accontentare.» Fece un passo indietro e cominciò a spogliarsi, ma il movimento lo fece rabbrividire e dovette fermarsi per massaggiarsi la spalla e il collo.

«Stai bene?» gli chiesi, prendendolo per i fianchi.

Annuì, ma gli rimase sul viso una smorfia di dolore. «Sto bene.»

«Ti fa così male?»

«No.» Mi guardò e scoppiò a ridere. «Sì.»

Aggrottai la fronte, gli strinsi le spalle piano, poi il braccio, e lo guardai contorcersi per il dolore. «È solo fatica o ti sei stirato qualcosa?»

«Nah, qualcuno mi ha strapazzato un po' più forte di quanto mi aspettassi.»

«Domani ti farà male dappertutto,» osservai, aggrottando la fronte. Brandon si strofinò la spalla.

«Fantastico.»

«Potrei farti un massaggio.»

Sorrise. «Chi dice di no a un massaggio?»

«Vieni,» indicai la camera da letto. «Sono io che ti ho ridotto così. Devo rimediare.»

Mi seguì lungo il corridoio e disse: «Non conti di strapazzarmi in un altro modo stasera?»

Mi girai per guardarlo. «Ovvio. Dopo.»

«Bene.»

«Suvvia, Brandon, ti ho mai deluso?» frugai in un cassetto in cerca dell'olio per massaggi.

Mi accarezzò la schiena, facendomi trasalire per il piacere. «Mai.» Mi baciò la spalla.

«Non intendo certo cominciare ora,» risposi. «Ah, eccolo.» Tirai fuori la bottiglia, chiusi il cassetto con una gomitata e gli feci cenno di stendersi. «A pancia in giù.»

Brandon obbedì, e io mi inginocchiai sul letto, accanto a lui. Mi osservò con la testa fra le mani mentre mi versavo l'olio sul palmo, e disse: «Ci sono un sacco di cose divertenti che potremmo fare con quell'olio.»

«In effetti sì.» Mi sfregai le mani per riscaldare il liquido freddo. «E appena ti rimetti, magari...»

Sbuffò. «Non sono malato.»

Gli misi le mani sulle spalle e presi a massaggiargliele, applicando via via più pressione. «Acciaccato?»

«Mhm, forse acciaccato... Oh, *mio Dio*...»

Mi fermai. «Che c'è? Ho esagerato?»

«No, è stupendo. Continua, ti prego,» rispose, biascicando le parole. «Dove hai imparato?»

Premetti più forte per sciogliergli i muscoli indolenziti delle spalle e della schiena. «Quando studiavo per diventare personal trainer, ho seguito un paio di corsi, così tanto per fare.»

«Devi averli seguiti con cura,» disse. «Cristo.»

«Mi sembrava una cosa utile,» risposi facendo spallucce. «Però sono un po' arrugginito. È un pezzo che non pratico.»

«Se questo lo chiami 'arrugginito'…» obiettò. «Usami pure per riprendere la mano.»

«Oh, dai,» feci. «Non potrei mai. Non sarebbe giusto nei tuoi confronti.»

«No, ti prego. Insisto.»

«Beh, se insisti…»

Gli premetti i palmi sulla parte bassa della schiena, a destra e a sinistra della spina dorsale, e da lì li trascinai su fino alle spalle. Lo guardai inspirare a fondo man mano che la tensione si scioglieva e le mie dita gli ungevano la pelle. A un certo punto gemette debolmente e tutto il corpo sembrò vibrargli a ritmo. Mi venne la pelle d'oca.

Presi altro olio, senza interrompere il massaggio, lo riscaldai e glielo spalmai sulla schiena. Ero affascinato dalla vista delle mie dita unte che scorrevano sui suoi muscoli, lungo la spina dorsale, sui contorni del tatuaggio.

Non era la prima volta che facevo un massaggio a un uomo: durante i corsi avevo lavorato su persone di entrambi i sessi. A guardare il corpo di Brandon, l'olio che gli luccicava addosso come un velo di sudore, mi chiesi come avessi fatto, in passato, a ignorare la sensualità di un corpo maschile.

E intanto dimenticai lo scopo dell'operazione, ossia portare sollievo ai muscoli indolenziti, e presi invece a passargli le dita sul torso, come a voler memorizzare ogni contorno. Il corpo umano non avrebbe dovuto avere segreti per me, ma tutto in Brandon continuava a meravigliarmi.

Non era esattamente un culturista, però aveva un fisico tonico e scolpito; molti dei miei clienti avrebbero ucciso per un corpo del genere. *Io stesso* avrei ucciso per un corpo del genere. Coi vestiti addosso sembrava magro e in forma, ma quando si spogliava, rivelava muscoli splendidi, potenti. Anche in momenti di relax, come ora, non era difficile percepire la forza e l'energia che guizzavano sotto la sua pelle.

Brandon stava respirando piano e il dragone sulla sua schiena saliva e scendeva, lento e regolare. Cominciavo a credere che si fosse addormentato, quando bisbigliò: «Potrei stare così tutta la notte.»

«Allora non ti secca se me la prendo comoda?»

«Affatto. Fa' con calma.»

Gli premetti le spalle, trovando finalmente i punti critici, su cui mi soffermai; il tutto senza smettere di accarezzargli la schiena dall'alto a basso e viceversa. Ogni volta che tornavo sulle spalle, le esploravo centimetro per centimetro, come se fosse stata la prima volta. Ormai i muscoli erano sciolti, ma non potevo smettere: ero come ipnotizzato dal calore della sua pelle. Continuai a strofinarlo con le mani sempre più unte.

Alla fine furono le mie, di spalle, a chiedermi di fermarmi. Le mani avevano ancora energie da vendere, ma cominciavo a sentire anch'io un certo indolenzimento ai muscoli. Mi sedetti accanto a lui e gli ordinai: «Dammi il braccio.»

Aprì gli occhi, sollevò la testa e mi porse il braccio più vicino, sistemandosi sull'altro. Quando presi a massaggiarglielo, chiuse di nuovo gli occhi.

«Se è questo il risultato della mia capatina in palestra, potrei tornarci presto.»

«Non ci provare.» Risi e mossi i pollici in circolo, risalendo fino al gomito. Poi, tenendogli fermo l'avambraccio con una mano, risalii per tutto il braccio per poi ridiscendere, dall'ascella al polso.

Brandon prese ad accarezzarmi la mano, e la morbidezza della sua pelle sulla mia mi mozzò il fiato in gola.

Ci guardammo negli occhi, senza fiatare. Si stese a pancia in su e mi attirò a se, ma nel mentre si rialzò per venirmi incontro e stringermi in un abbraccio. Ci baciammo e cademmo insieme sul letto.

«Hai delle mani stupende,» mormorò.

«Ogni scusa è valida per toccarti,» risposi, baciandolo intensamente.

«Non ti servono scuse per toccarmi.» Poi mi rivolse un ghigno dispettoso. «Se ti dicessi che ho male ai piedi, me li massaggeresti?»

Risi e gli stampai un bacio sulle labbra. «Devi solo chiedere.»

«Te lo sto chiedendo.»

«Mh? Non ho sentito bene?»

«Voglio un massaggio ai piedi.»

Mi piegai per baciargli il collo. «Come si dice?»

«Per favore, fammi quel cazzo di massaggio?»

«Se continui così, pretenderò una supplica.»

«Se sei bravo coi piedi come con la schiena, non ho problemi a supplicare.»

«Mh, forse in effetti vorrei vederti supplicare.»

«Ti supplico.»

«Cosa?»

«Ti supplico, massaggiami i piedi. Soffro così tanto.»

«Credevo stessi meglio.»

«Per un massaggio ai piedi, direi qualunque cosa.»

Gli baciai il collo, accarezzandogli i fianchi. «E se ti chiedessi di metterti in ginocchio e implorare?»

«Se mi metto in ginocchio, sarai tu a implorarmi.»

«Touché.» Gli diedi un ultimo bacio prima di passare ai piedi. «Tanto per mettere le cose in chiaro, è po' che non lo faccio. Potrei essere arrugginito.»

«Sono sicuro che–oh, *cazzo*.» Chiuse gli occhi mentre gli massaggiavo l'arco del piede con le dita. «Continua.»

«Occhio a cosa desideri,» risposi. «Potrei andare avanti tutta la notte.»

Rise. «Non mi dispiacerebbe.»

«Sicuro?»

«Sì... Oh mio Dio...» gemette piano quando gli premetti il piede con tutta la mano.

Guardarlo, vederlo e sentirlo reagire alle mie azioni non mancava mai di affascinarmi. Mi era sempre piaciuto osservare le reazioni delle mie partner – che fossero un orgasmo mozzafiato o un semplice sospiro – ma con Brandon mi sentivo più che intrigato. All'inizio, forse, era stata la novità di osservare un uomo, ma ora c'era ben altro.

Le sue reazioni mi eccitavano oltre misura. Era quasi un sollievo pensare che l'universo mi avesse permesso di incontrare quest'uomo, di fare certe cose con lui, di farlo godere, che fosse con un massaggio o con del sesso selvaggio o qualunque altra cosa. Quasi non mi reputavo degno di un tale privilegio.

Ma dal momento che mi era stato concesso, intendevo assaporarne ogni secondo.

Lasciai cadere il suo piede e allungai le mani sulla caviglia e sui jeans. Quando raggiunsi il polpaccio, sentii Brandon sobbalzare. Lo guardai negli occhi e intanto gli passai il palmo sull'uccello, fermandomi solo per sbottonargli i jeans. Sospirò quando abbassai la zip.

Gli tirai un po' l'elastico dei pantaloni e chiesi: «Preferisci che continui coi piedi?»

«Provati e ti picchio.» Sollevò il bacino per consentirmi di sfilargli pantaloni e boxer.

«Sicuro?» Gli passai le dita sul membro eretto, sfiorandolo appena. Brandon rabbrividì e gli venne la pelle d'oca. Gli leccai l'anca. «Potrei sempre finire prima il massaggio, e...»

«Non ti azzardare.»

Non mi azzardai. Presi il suo uccello in bocca, strofinandolo mentre leccavo la punta. Avevo ancora abbastanza olio sulle mani da rendere il tutto più scorrevole del solito.

«Oh mio Dio, è...» Si tirò su sui gomiti. I muscoli dell'addome gli tremavano, e il petto gli si alzava e abbassava rapido, ansimante. Gettò la testa indietro e gemette. «Oddio, cazzo, non fermarti, continua.»

Lo strofinai più in fretta, stringendogli l'uccello man mano che lo sentivo indurirsi. Incurvò la schiena e ricadde sul letto, i pugni stretti sulle lenzuola.

«Cazzo...» ansimò. «Così... ah... Cristo...» Gli si mozzò il fiato in gola. Poi tremò tutto, violentemente, e un attimo dopo venne con un grido che si spense pian piano, fino a ridursi a un mugolio sommesso.

Mi leccai le labbra e commentai, «Ecco un massaggio conclusosi in bellezza.»

«Col cazzo che è concluso qui,» ringhiò. Si tirò su e mi attirò a sé per baciarmi. Mi esplorò la bocca con la lingua e intanto mi slacciò la cintura. In quattro e quattr'otto ci disfacemmo dei vestiti di troppo; Brandon cercò di farmi stendere sul letto, ma lo presi per le spalle e riuscii a cadere sopra di lui.

«Pensi mica di stare sopra?»

«Ovvio che sì.» Risi e gli immobilizzai i polsi sopra la testa.

«Col cazzo.» Si divincolò, e un attimo dopo si era liberato della presa. Cercai di riacciuffarlo, ma fra l'olio che aveva sulla pelle e le mie mani unte, era decisamente impossibile.

«Ehi! Sei coperto di olio,» mi lamentai, lasciandomi cadere sulla schiena. «Non vale.»

«Sei tu che mi hai spalmato come una padella.» Mi baciò lungo i fianchi, solleticandomi il petto con le dita.

Gli rivolsi un sorriso ironico. «Forse dovresti spalmare anche me, così poi siamo pari.»

Alzò la testa e aprì la bocca per rispondere a tono, ma poi cambiò idea. Inarcò le sopracciglia. «Ma sai che hai ragione?» Prese la bottiglietta di olio e se ne versò un po' sulle mani.

Mi tirai su per baciarlo, e inspirai a fondo mentre mi metteva le mani sul petto e le faceva scivolare fino alle spalle. Mi baciava con dolcezza, lento e ipnotico – lo stesso ritmo con cui mi strofinava. Lo abbracciai e mi lasciai andare, trascinandolo insieme a me sul letto.

Persi il contatto con la realtà. Non c'erano che la nostra pelle unta, le lingue intrecciate, i gemiti, gli ansimi; i nostri due corpi che si muovevano all'unisono, come se fossero stati creati apposta per stare insieme. Brandon sapeva esattamente dove sfiorarmi, come farmi tremare e godere, e io sapevo in quali punti toccarlo per farlo sobbalzare. Sapevamo, istintivamente, quando era il momento giusto per cosa, tanto che non dovetti neanche dirgli 'voglio scoparti' ad alta voce. L'avevo appena pensato e, un attimo dopo, Brandon allungava la mano verso il comodino.

Quando mi alzai per mettermi il preservativo, stavo morendo dalla voglia di penetrarlo.

Brandon lanciò un'occhiata alla bottiglietta d'olio. «Non è che si sfila, unti come siamo?»

«No, l'olio è fatto apposta.» Gli feci l'occhiolino e cercai di aprire la carta coi denti, ma il pacchetto mi scivolò dalle mani. Ci provai di nuovo, però avevo davvero le dita troppo unte. «Sempre che riesca a infilarmi il preservativo.»

Rise. «Vuoi che provi io, mani di burro?»

Sbuffai e glielo lanciai. «Guarda che non sei messo molto meglio di me. Auguri.»

Ridemmo e sghignazzammo mentre Brandon lottava contro quella maledetta bustina. L'atmosfera fra noi, anche a letto, cambiava continuamente: un attimo stavamo giocando, quello dopo eravamo seduttivi, quello dopo ancora arrapati come cani in calore e quello dopo di nuovo in vena di scherzi. Non mancava mai di stupirmi. Un attimo stavamo ridendo e lottando; quello dopo qualche carezza languida bastava a mozzarci il fiato in gola.

E adesso eccoci qui, a cercare di aprire un fottutissimo preservativo con le mani coperte di olio.

«Ce l'ho fatta!» fece Brandon trionfante; lo scartò e me lo porse.

«Grazie a Dio.» Me lo infilai alla svelta e presi il lubrificante. Brandon mi rivolse uno sguardo d'attesa, come se si aspettasse che gli dicessi in che posizione mettersi. Non risposi, mi limitai ad abbracciarlo e baciarlo mentre lo facevo stendere sul letto. Questo bastò a dissolvere qualsiasi traccia di giocosità; di colpo l'aria si fece bollente.

«Scopami,» sussurrò Brandon a un millimetro dalle mie labbra, mentre lo stuzzicavo col cazzo. «Oh mio Dio, ti voglio dentro di me.» Aveva la voce instabile, come se soffrisse o morisse dal freddo.

Lo penetrai lentamente, appoggiando la testa alla sua mentre mi lasciavo sopraffare dalle sensazioni. «Oh, cazzo.» Rabbrividii ed estrassi l'uccello, poi lo spinsi di nuovo dentro.

Brandon cercò di aggrapparsi alle mie spalle, poi alle braccia, ma con le dita unte non riusciva a mantenere la presa. «Sì, così, cazzo...» Gli sbattei dentro l'uccello fino in fondo. Ansimò.

Acquistai velocità e gemetti piano. Quando sfiorai il suo corpo coi capezzoli, rabbrividii e mi abbassai abbastanza da strofinarmi totalmente contro di lui.

Continuammo a muoverci più velocemente, sempre più velocemente. L'olio si mescolò al sudore, i gemiti e i sospiri riempirono l'aria. Mi sollevai sulle braccia per guardarlo in faccia, per fissarlo negli occhi mentre lo scopavo.

189

«Oddio,» sussurrai, sforzandomi di tenere gli occhi aperti. Non volevo perdermi neanche un istante, temevo che sarebbe sparito tutto, come in un sogno. «Oh mio Dio, sto per venire.»

Brandon mi accarezzò i fianchi e si passò la lingua sulle labbra. Cercò di parlare e invece gemette; alla fine chiuse gli occhi e riuscì a dire: «Sei incredibile, Dustin.»

Quell'espressione beata, di pura estasi, era più di quanto potessi sopportare. «Oh cazzo... oh... cazzo...» Le braccia mi cedettero e riuscii a malapena a reggermi su un gomito. Brandon mi passò le dita sulla schiena, facendomi gemere e rabbrividire, mentre l'orgasmo mi possedeva.

Alla fine lasciai cadere la testa. I suoi capelli freschi erano un piacevole contrasto con la mia fronte bollente.

«Alla faccia del massaggio,» commentò, strusciandosi contro il mio collo.

Sollevai il capo e lo baciai. «Te l'ho detto che ho seguito dei corsi.»

Sbatté le palpebre. «È *questo* che ti hanno insegnato ai corsi?»

Feci spallucce. «Beh, ho inserito qualche variante.»

«Qualche variante?»

«Okay, ho stravolto tutto.»

«Beh, per me va bene così.» Mi baciò in punta di labbra e scoppiammo a ridere.

Ci facemmo una bella doccia. Eravamo entrambi troppo stanchi per un secondo round, ma questo non ci impedì di continuare a baciarci e palparci finché l'acqua non divenne fredda. Sprofondammo sul letto e restammo abbracciati, a sbaciucchiarci e chiacchierare.

Alla fine Brandon si addormentò contro il mio corpo. Sentivo che sarei crollato anch'io di lì a poco, ma volevo restare sveglio qualche secondo in più a crogiolarmi nella sua presenza.

Più sesso facevamo, più mi rendevo conto che questo rapporto era andato ben oltre la pura attrazione fisica, o *alchimia*, che dir si voglia. I casi erano due: o mi sentivo davvero attratto da lui solo per ripicca verso mia madre e la mia ex moglie, oppure la nostra storia era molto, molto più profonda e importante. Non sapevo quale delle due possibilità mi spaventasse di più. Sapevo solo che adoravo stare con lui e volevo godermi ogni istante.

La cosa più sconvolgente, però, era quanto male facesse l'idea di non poter più vivere momenti come quello.

TREDICI

Avevo appena finito la sessione con un cliente e l'avevo spedito a cambiarsi, quando Kate terminò la sua lezione di aerobica.

«Ehi, pigrone,» disse, appena la raggiunsi.

«Pigrone a chi?»

«A te, mio caro.»

Le diedi una gomitata affettuosa. «Ehi, ti va una birra dopo il lavoro?»

Sorrise, ironica. «Non mi stai chiedendo di uscire con te, vero?»

Alzai gli occhi al cielo. «Ti prego, ho degli standard minimi.»

«*Decisamente* minimi.»

«Non *così* minimi.»

«Stronzo.»

«Ho sentito insulti peggiori.» Risi, poi mi feci serio. «Davvero, offro io.»

Anche Kate smise di ridere e inarcò le sopracciglia. «Devi dirmi qualcosa?»

Annuii.

«Stacco alle quattro. Ci vediamo alle quattro e mezza al solito posto?»

«Perfetto.»

Quando arrivò Kate, avevo già grattato via buona parte dell'etichetta sulla birra. Si sedette di fronte a me e osservò la carta che avevo intorno alle dita.

«Vediamo,» iniziò. «Stai sbucciando la bottiglia, e hai bevuto a malapena. Mi offri da bere un martedì pomeriggio.» Mi guardò con un ghigno, ma le lessi la preoccupazione negli occhi. «Allora, che succede con questa tipa?»

Risi. «Sono così trasparente?»

«Dustin, per me sei un libro aperto. Allora, che succede? È una ragazza il problema, o tua madre?»

«In un certo senso, entrambe le cose.»

Si tirò su. «Dustin, non dirmi che...»

«Ma no, pervertita.»

Scoppiammo a ridere. Poi Kate fece: «Okay, okay, dimmi tutto.»

Per un attimo evitai il suo sguardo, concentrandomi sull'etichetta della bottiglia. «Ti avevo detto che c'era questa persona. Pensavo di aver mandato tutto a puttane, ma invece abbiamo risolto.»

«Okay...»

«Ricordi che ti ho detto che mia madre avrebbe continuato a rompere finché non fossi uscito con qualcuno?»

«Sì...»

Mi sentii avvampare e aggrottai la fronte, senza staccare gli occhi la bottiglia.

«Dustin?»

Inspirai e abbassai la voce. «Ascolta, non devi dirlo a nessuno.»

Sbatté le palpebre. «Sai benissimo che non lo dirò a nessuno.»

Mi morsi un labbro. «C'è questa persona, e...» Il cuore mi schizzò nel petto. Kate era la mia amica più cara; se c'era una persona al mondo che poteva capire senza sputare sentenze, era lei. Eppure, ero terrorizzato all'idea di dirglielo. O forse all'idea di dirlo ad alta voce. Sarebbe diventato tutto più reale.

«E?» Piegò la testa di lato. «È una sociopatica?»

Risi. «No.»

«Un'adoratrice di Satana il Maligno?»

«No.»

«Una terrorista?»

«No.»

«Dai, Dustin, dimmelo.» Si fermò. «Cos'è, un uomo?»

Smisi di respirare e la fissai.

Kate mi rivolse un sorriso. «Lo sapevo!»

Sbattei le palpebre. «Che... cosa? Com'è possibile?»

Sorrise. «Il tipo nuovo che è venuto ieri in palestra. Era lui, vero?»

«Sì,» risposi, preso alla sprovvista. «Come facevi a saperlo?»

«Suvvia. Non ti ho mai visto così nervoso con un cliente.» Rise. «Avevo l'impressione che vi conosceste già.»

Staccai l'etichetta dalla bottiglia e me la arrotolai intorno a un dito. «Sì, ci conosciamo eccome.»

«Da quanto uscite insieme?»

Feci spallucce. «Un po'. L'ho incontrato qualche settimana fa...»

«E ti ha colpito.»

Mi spostai, a disagio sulla sedia, e annuii. «In pratica, sì.»

«Hai buon gusto,» replicò pragmatica, e mi fece un cenno con la bottiglia.

«Grazie,» risposi con una risata nervosa.

«E allora...?» Piegò la testa e strinse gli occhi, come se cercasse di cogliere qualcosa in me. «Cosa ti preoccupa? Non mi hai chiamata qui solo per confessarmi questo scabroso segreto, vero?»

«Scabroso segreto?» Mi finsi offeso.

«Beh, se non è scabroso, allora non mi interessa.» Si fermò. «Spero almeno che sia un *grosso* segreto, altrimenti...»

Mi strozzai con la birra e scoppiammo a ridere. Tossii e mi schiarii la voce, poi scossi la testa. «Non intendo scendere nei dettagli.»

«Allora *ci sono* dettagli da raccontare.»

Alzai gli occhi al cielo. «Dio, Kate, certo che sì. Cosa credi che facciamo quando ci vediamo? Secondo te ci sediamo sul divano a guardare *Tutti Insieme Appassionatamente*?

Sghignazzò. «*Le cose che piacciono a me* non avrà mai più lo stesso significato.»

«Ti metto su il CD alla prossima lezione di aerobica.»

«Non ci provare.»

«Oh, vedrai.»

«Non lo faresti mai.»

«Non so, magari alle tue clienti piacerebbe ascoltare *La cioccolata che è dentro ai bignè...*»

Stavolta toccò a lei strozzarsi con la birra. «Okay, okay, basta sputtanare il mio musical preferito. Dimmi qual è il problema.»

A disagio sulla sedia, mi morsi le unghie. «Il problema è che...» Inspirai e tornai a tormentare le bottiglia di birra. «Il problema è questo. Prima di incontrare lui, sono uscito con tutte donne che erano l'esatto opposto di Stephanie. Come se...»

Mi interruppi quando la vidi assumere un'espressione stupita. Kate annuì come se avesse capito tutto. «Pensi che questo tizio... ce l'ha un nome, vero?»

«Brandon.»

«Pensi di essere attratto da Brandon perché è il contrario di Stephanie?»

«Esatto. Esattamente quello.» Mi portai la bottiglia alle labbra e aggiunsi: «Specialmente dopo quello che mio fratello ha detto al matrimonio.»

Inarcò le sopracciglia. «Che sarebbe?»

Gustai per un po' il liquido sulla lingua, poi deglutii e risposi: «Che fra Stephanie e la mamma, avrei dovuto averne le palle piene di donne.»

Si passò la bottiglia sulle labbra. «Non ha tutti i torti.»

«Lo so. È per questo che sono preoccupato.»

Poggiò i gomiti e la bottiglia sul tavolo e sussurrò, sporgendosi verso di me: «Quando hai incontrato Brandon, la prima volta, hai pensato a Stephanie?»

Non riuscivo a pensare a niente se non al sapore delle sue labbra. «No.»

«Ci pensi mai mentre sei con lui?»

Non penso proprio a niente, quando sono con lui. «Quasi mai.»

«Beh, solo tu puoi sapere se questa attrazione per Brandon è una sorta di reazione a Stephanie oppure no.» Chinò lo sguardo e strinse gli occhi. «Ma se devo essere sincera, Dustin...»

«Sii sincera. Voglio la tua opinione.»

Mi guardò, e non c'era un'ombra di ironia sul suo volto. Era serissima. «A dire la verità, sarei pronta a scommettere che questa storia non c'entra niente con Stephanie.»

Deglutii. «Cosa te lo fa pensare?»

«Senti, ho capito che c'era qualcosa fra voi appena ha messo piede in palestra. Non volevo farmi i fatti vostri, ma era evidente.»

Il ricordo del giorno prima mi fece avvampare, così strinsi la bottiglia fresca per raffreddarmi. «Ah, sì?»

«Dustin, ho capito che stavi uscendo con qualcuno prima ancora che me lo dicessi,» spiegò Kate. «Non ti avevo mai visto con quell'espressione sul viso. E ieri... non avevo mai pensato a te con un altro uomo, ma appena ho visto lui, l'ho capito.» Giocherellò un attimo con l'etichetta della sua birra, poi tornò a guardarmi. «È curioso, in effetti. Non ho nemmeno pensato 'oh, Dustin è gay'…» Sospirò, frustrata perché non trovava le parole.

Bevetti un sorso. «Come se avessi registrato che era la mia dolce metà, ma non che era un uomo?»

«Sì, esatto. Proprio così.»

Giocherellai con l'etichetta. «È la stessa cosa che è successa a me, da subito. So che dovrei avere dei dubbi sul fatto che è un uomo, ma…»

«Ma non ci riesci.»

Annuii.

Mi sorrise, spronandomi a continuare. «E allora, qual è il problema?»

«Come faccio a sapere che non è solo una reazione a Stephanie?»

«Da quel che ho visto, direi proprio che non lo è.» Per un attimo chinò lo sguardo. «In effetti… lo so che ti sembrerà stupido, ma…»

In un altro momento, le avrei tirato una gomitata e le avrei detto che con lei ero abituato a sentire cose stupide, ma stavolta era troppo seria per scherzare. «Prova a dire.»

Inspirò e mi guardò negli occhi. «Ad un certo punto, ieri, gli hai rivolto uno sguardo… Uffa.» Fece un gesto nervoso con la mano. «Non so bene come descriverlo, ma l'hai guardato in un modo…» Deglutì a fatica, e riprese a parlare con voce instabile. «Dustin, io *ucciderei* per avere qualcuno che mi guarda in quel modo.»

A cena quella sera, Brandon si fermò a metà frase per fissare qualcosa alle mie spalle.

«Che c'è?» girai la testa.

Aguzzò gli occhi, poi scosse la testa. «Niente, mi sembrava di aver visto una mia vecchia fiamma.»

Mi rigirai e vidi un uomo con un filo di barba e due occhi verdi che brillavano come fari. «Però, hai buon gusto.» Mi voltai verso Brandon. «Il barista non è niente male.»

Brandon scosse la testa. «Non lui. La tipa.»

Mi voltai una terza volta. «La bionda?»

«Sì,» rispose. «Assomiglia un sacco alla mia ultima fidanzata.» Spostò lo sguardo sull'uomo, poi mi guardò e fece spallucce. «Ma in effetti, neanche lui è da buttare.»

«Possiamo sempre invitarlo a passare la notte con noi.»

Brandon rise. «Ti stai scatenando, eh?»

«Scherzo.» Abbassai la voce. «Non sono pronto ai *menage à trois*.»

«Okay,» disse. «Io vi aspetto in macchina e, quando è il mio turno, vieni a chiamarmi.»

Scoppiai a ridere. «Sei un bastardo perverso.»

«Sì, ho la tessera del club.»

«Guarda che ti ci vedrei benissimo.» Presi il bicchiere. «Sei uscito con più uomini o più donne?»

«Più uomini,» rispose. «Ma ho avuto un tot di ragazze. Una voleva persino sposarmi.»

«Davvero?»

Annuì. «Qualche anno fa. Lo volevo anch'io, ma c'erano cose di me che non riusciva ad accettare.»

«Tipo?»

«Tipo che mi piacessero anche gli uomini.»

«Ti ha lasciato… per quello?»

«No, l'ho lasciata io.» Fece spallucce. «Non si fidava, pensava che sarei andato a letto con altri uomini. Le ho chiesto se non valeva lo stesso per lei, ma mi ha risposto che per lei era diverso.»

«Perché stava con te, se non si fidava?»

«Perché pensava di potermi cambiare. O meglio, pensava che sarei cambiato per lei, se l'amavo veramente. Come se fosse una cosa che posso controllare.»

«Che? Pensava che di colpo avrebbero smesso di piacerti gli uomini?»

«Già. Le ho chiesto se dovevano smettere di piacermi anche le donne, ma mi ha risposto che era diverso.»

Risi. «Beh, almeno non le importava di vederti guardare altre donne.»

Inarcò le sopracciglia. «Tua moglie non ti lasciava nemmeno guardare?»

«Oh, giammai. Lei poteva scoparsi il mondo intero, ma guai se a me cadeva l'occhio.»

«Che ipocrita di merda.»

«A chi lo dici.» Bevvi un sorso per togliermi il sapore amaro dalla bocca.

Brandon distolse lo sguardo per un attimo, perso nei suoi pensieri, dopodiché tornò a fissarmi negli occhi. «Posso chiederti una cosa sulla tua ex?»

«Spara.»

Si appoggiò allo schienale e piegò la testa di lato. «Eri... eri felice con lei? Voglio dire, in dieci anni c'è stato qualche bel momento?»

Sospirai e mi guardai le mani, poi scossi la testa. «Sì, c'è stato,» Mi fermai e tamburellai le dita sul tavolo. «Abbiamo passato dei momenti felici. Nove volte su dieci ci scannavamo, ma quell'unica volta...» Lasciai che la mente tornasse ai ricordi. «Bastava a impedirmi di lasciarla.»

«È pazzesco cosa siamo pronti a sopportare in cambio dell'illusione di una vita felice.»

«Sì,» sussurrai, la voce roca. «La amavo davvero. E, in un certo senso, probabilmente la amo ancora. Sarebbe stato molto più semplice mollarla se fosse stata una strega al cento per cento, e invece...» Sospirai. «Ero convinto di non poter vivere senza quei momenti felici. E quindi sopportavo di tutto.»

«Non ti biasimo.»

«Scherzi? Sono stato un cretino.»

«Ma è difficile rinunciare alla felicità, anche se è solo un interludio in una vita di merda.»

Ci riflettei un attimo. «Hai ragione.»

Posò il bicchiere e si tirò su. «Quella donna doveva essere matta, per tradirti.»

Avvampai e feci spallucce. «Non so che dirti.»

Si sporse in avanti, le mani sul tavolo, e sussurrò: «Dico sul serio. Non solo perché so quanto sei bravo a letto; eri disposto a sopportare i suoi lati peggiori, a restare con lei nonostante tutto. È folle lasciare un uomo così.»

Evitai il suo sguardo, deglutii a fatica e continuai a giocare col ghiaccio e la cannuccia. «Dio solo sa perché mi ha tradito. Ma ormai...» feci spallucce. «È passato.»

«Peggio per lei.» Brandon bevve un sorso e mi guardò. Sorridemmo entrambi.

«Sai qual è la cosa comica?» dissi, improvvisamente serio. «Mi ha tradito per... boh, mesi? Anni? E per tutto il tempo era ossessionata all'idea che *io* la tradissi con qualcuno.»

«Forse perché si sentiva la coscienza sporca.»

«Sì, come no.»

«Probabilmente non sopportava l'idea che sfuggissi in qualche modo al suo controllo.»

«Ecco, questo è già più credibile,» borbottai. «Cristo, non sopportava nemmeno le mie amiche femmine. Kate – la ragazza che ti ha fatto compilare i moduli in palestra – è una mia amica d'infanzia e, quando abbiamo iniziato a lavorare insieme... Dio, Steph è come impazzita. Neanche ci avesse beccati a letto insieme.»

«Mamma mia.»

«Già,» risi. «Non le è passata per un bel pezzo.»

Brandon ridacchiò. «A proposito della ragazza della palestra,» disse. «Kate, hai detto?»

«Sì.»

«È carina. Siete mai usciti insieme?»

Arricciai il naso. «Sarebbe come uscire con mia sorella. E poi, ora che lavoriamo insieme, non sarebbe saggio.»

Rise. «Su questo hai perfettamente ragione. Uscire coi colleghi è una pessima idea.»

Alzai un sopracciglio. «Hai avuto brutte esperienze?»

«Beh, non la definirei 'brutta'...» Mi fece l'occhiolino. «Ma il dopo è stato...» Fece una smorfia e scosse la testa.

«Com'è andata?»

«Ho conosciuto questo ragazzo mentre era sotto esami,» spiegò.

«Avete dato un nuovo significato all'espressione '*sotto* esami'?»

Brandon rise. «Sì, beh, solo che gli piaceva stare *sopra*. Comunque, abbiamo iniziato a uscire dopo la mia laurea di primo livello e l'anno dopo ci siamo ritrovati insieme alla specialistica. Lavoravamo gomito a gomito, in laboratorio. Finché stavamo insieme, tutto bene, bastava far finta di niente. Nessuno sospettava nulla.»

«Lo tenevate segreto perché eravate uomini, o colleghi?»

Fece spallucce. «Un po' tutte e due le cose.» Si passò una mano fra i capelli. «Comunque, la situazione è precipitata quando ci siamo lasciati. Già la relazione non era finita proprio benissimo, ma col fatto che dovevamo vederci in laboratorio tutti i giorni...» Si fermò, scosse la testa. «A un certo punto ha iniziato a uscire con un altro studente. E faceva di tutto per sbattermelo in faccia.»

«Molto educato,» commentai.

«Per fortuna ho finito presto la specializzazione e ho iniziato a fare il ricercatore. Grazie a *Dio*. Un altro trimestre con lui e qualcuno ci avrebbe lasciato le penne.»

Sghignazzai. «Qualcuno chi?»

Brandon sorrise. «Lui, probabilmente.»

Restammo nel ristorante fino quasi all'ora di chiusura; quando uscimmo, pioveva a dirotto. Non faceva freddo, ma la pioggia era intensa e sferzante; dopo un isolato, eravamo già bagnati fradici.

Mentre camminavamo, sfiorai con le dita la mano di Brandon. Un attimo dopo, in un impeto di coraggio, lo presi per mano. Brandon mi guardò con un sorriso e ricambiò la stretta.

«Non ti preoccupa quello che penserà la gente?»

«Nah,» risposi. «Se non gli piace, possono andarsene a 'fanculo.»

Rise e mi strinse forte la mano, scrutando nella strada deserta. «Non ci vedrà nessuno. Sono tutti in casa a ripararsi dalla pioggia.»

«Pappemolli,» commentai.

«Esattamente.»

Svoltammo a un angolo e percorremmo gli ultimi metri che ci separavano dal parcheggio. La strada e il marciapiede erano completamente silenziosi, eccetto per il rumore della pioggia battente e quello dei nostri passi.

Con la mano avvolta in quella calda di Brandon, l'acqua mi pareva più fredda, ma non in modo sgradevole. La sentivo scorrere dal collo alla schiena, lungo la spina dorsale.

Raggiunta l'auto esitai e mi morsi un labbro.

«Che succede?» mi chiese Brandon, in attesa che aprissi la vettura.

«Niente,» risposi, scuotendo la testa. Ero avvampato.

«Come no.» Mi poggiò una mano sul fianco. «Dai, dimmelo.»

«È che…» Mi fermai e per un attimo osservai l'acqua che colava sui vetri dell'auto. Poi tornai a fissarlo. «Ho sempre voluto provare.»

Inarcò le sopracciglia. «Provare cosa?»

«È una cosa stupida…»

«Vediamo.»

Non riuscivo a reggere il suo sguardo, così mi concentrai sulla goccia d'acqua che, dalla tempia, gli colava sullo zigomo. «Uhm…» Mi costrinsi a guardarlo in faccia. «Baciare qualcuno sotto la pioggia.»

Le labbra gli si curvarono in un sorriso. «Non è affatto stupido.»

Risi e feci spallucce. «Sì che lo è.»

«No, non lo è.» Mi prese il volto fra le mani e mi baciò.

Tutte le mie fantasie sui baci sotto la pioggia impallidirono al confronto con la realtà. Il suo fiato era caldo contro le mie guance bagnate, e l'odore dell'acqua si mescolò al suo, forte e maschile. Il sangue mi pulsava nelle venne così forte da coprire il rumore della pioggia battente.

Nell'aria frizzantina, la sua pelle mi apparve ancora più calda e ogni punto in cui sfiorava la mia si faceva addirittura bollente. Gli infilai le dita nei capelli fradici e lo abbracciai, stringendomi a lui. Piegai la testa e gli baciai una goccia che gli colava sul mento, poi più giù, quelle sul collo, mentre le sue dita si univano ai rivoli fra i miei capelli.

Era caldo, freddo, intimo e primitivo.

Mi guardò negli occhi, l'acqua che gli colava sul viso come lacrime. «Allora, era questo che ti aspettavi?»

Deglutii a fatica, cercando di recuperare fiato, e scossi la testa. «No.» Prima che potesse rispondere, lo abbracciai e lo baciai di nuovo.

«Dustin...» La sua voce vibrò sulle mie labbra. Mi allontanai e mi passai la lingua sulla bocca, cercando di trattenere il suo sapore. Gli occhi di Brandon si posarono sulle mie labbra, poi tornarono sulle mie pupille. «Andiamo a casa,» sussurrò.

CAPITOLO
QUATTORDICI

Mi chiusi la porta alle spalle e lo attirai a me, appoggiandomi contro la porta per baciarlo. Lontani dagli sguardi curiosi della società, le mie inibizioni sparirono e finalmente potemmo recuperare le ultime ore perse a comportarci bene. Dagli sguardi che ci eravamo scambiati durante la cena, ero sicuro che ci saremmo strappati i vestiti di dosso e avremmo raggiunto a malapena il letto prima di iniziare a fare sul serio; invece, a porte chiuse, rallentammo. Sapevamo entrambi di avere tutta la notte per noi e nessun impegno il mattino dopo. Non volevo affrettare le cose: volevo godermi il momento e, a giudicare dal modo pigro e rilassato con cui mi baciava, Brandon doveva pensarla come me.

Barcollammo lungo il corridoio l'uno nelle braccia dell'altro, senza smettere di toccarci o di baciarci. Mi sfilò la giacca fradicia, e la sua cadde sulle mie scarpe. Poi vennero le cinture, il fruscio delle camicie, il raspare soffice dei jeans bagnati sulla pelle.

Giunti in camera da letto non c'era più niente a dividerci. Lo spinsi sul letto, mi stesi su di lui e gli baciai la bocca e il collo.

Per quante volte avessimo fatto l'amore, non mi stancavo mai del sapore della sua pelle e del calore del suo corpo sulla lingua. Avevo l'acquolina in bocca all'idea di succhiargli il cazzo, ma non intendevo rinunciare a baciargli il collo o a leccargli i capezzoli o ad assaggiare i solchi dei suoi muscoli. Il suo corpo fremeva al contatto col mio. Brandon non mi spinse a fare più in fretta, ma si limitò a gemere piano mentre gli baciavo i fianchi.

Inspirò a fondo quando gli leccai l'uccello dalla base alla punta. Poi, seguendo lo stesso percorso della lingua, soffiai sul suo membro.

«Oh *mio Dio*.» Sollevò i fianchi dal letto e mi guardò ripetere l'azione. «Cazzo, è... oh, *Cristo*.» Gemette e piegò la testa all'indietro quando lo presi tutto in bocca.

Guardai la sua espressione mentre gli accarezzavo la punta dell'uccello con la lingua. Teneva gli occhi serrati, le sopracciglia aggrottate e soffici gemiti gli scappavano dalle labbra schiuse. Mi ricordò l'espressione che non mancava mai di assumere quando lo penetravo.

Prima di Brandon, non avevo mai nemmeno concepito la possibilità di farmi scopare da un uomo; ultimamente, però, ci pensavo spesso, e l'idea mi attirava. A giudicare dalla sua espressione, dal modo in cui reagiva al mio tocco, doveva essere davvero piacevole.

«Che c'è?»

Alzai la testa. «Eh?»

«Hai qualcosa in mente.»

Risi, nonostante il rossore alle guance. «Ho paura a chiederti come fai a saperlo.»

Mi passò le dita fra i capelli e rispose con un sorriso: «Ho i miei metodi. Allora?»

Mi morsi un labbro e distolsi un attimo lo sguardo. Poi mi tirai su sulle braccia e lo baciai. Per un attimo restammo a fissarci in silenzio.

Brandon mi sfiorò il viso. «Tutto bene?»

«Stavo pensando…» esitai. «Tempo fa mi hai detto che, se volevo provare a cambiare…» Le parole mi rimasero intrappolate in gola e mi sentii come un ragazzino che deve comprare i profilattici per la prima volta. Risi, nervoso, poi mi sforzai di guardarlo negli occhi.

Brandon inarcò le sopracciglia e sorrise. «Cambiare posizione?»

Annuii. «Sì.»

«Vuoi provare?»

Deglutii e annuii di nuovo.

Mi mise una mano sulla nuca. «Sei sicuro?»

«Sicurissimo.»

«Hai paura?»

«No.» Brandon mi rivolse un'espressione scettica. Ridacchiai. «Sì.»

«È normale la prima volta,» rispose, attirandomi a sé per un bacio. «Andremo adagio e, se vuoi smettere, basta che tu me lo dica.»

La prima reazione fu di dirgli che non volevo assolutamente smettere, ma ero troppo nervoso, troppo spaventato. Chissà cosa mi aspettava.

«Sdraiati sul fianco,» mi ordinò e prese il lubrificante dal comodino. «La schiena rivolta a me.»

«Sul...» esitai. «Sul fianco?»

«A meno che tu non voglia reggerti sulle braccia,» rispose, facendomi l'occhiolino.

Risi. «Ho le braccia forti, sai?»

«Non ne dubito,» disse. «Solo che l'obiettivo qui è rilassarsi. Ti ci vorrà un bel po', non è una cosa da farsi con le braccia tese.» Mi baciò dolcemente. «Fidati.»

«Sei tu l'esperto,» replicai, stendendomi su un fianco.

«Un esperto del cazzo.»

«Laureato in cazzologia»

«*Magna cum laude.*»

Risi. Si stese al mio fianco, mi accarezzò la vita e mi baciò piano la nuca. Avevo le budella tutte attorcigliate, ma inspirai a fondo per cercare di rilassarmi.

Mi mise una mano sul fianco. «Non sai da quanto aspettavo questo momento,» mormorò, le labbra incollate alla mia spalla. «Essere penetrati è un tale piacere...» Mi passò la lingua sulla base del collo. «Voglio farlo provare anche a te.» Con la mano mi accarezzò la gamba fino al ginocchio; poi si spostò sull'interno coscia e da lì prese a risalire. Mi irrigidii, ma bastò sentire la sua lingua calda sotto l'orecchio per sciogliermi.

«Dimmelo se vuoi che mi fermi o rallenti,» bisbigliò Brandon. Aveva le dita fra i miei glutei, ed era una sensazione stranamente eccitante, sentirle toccare strati di pelle che non erano mai stati sfiorati prima. Mi corse un brivido lungo la schiena.

Si scostò da me per un attimo e il rumore del tappo del lubrificante mi eccitò e innervosì al tempo stesso.

Trasalii quando le dita raggiunsero l'obiettivo, stupito soprattutto dal freddo del lubrificante, ma Brandon rimase fermo un attimo. Poi iniziò a muovere le dita in cerchio, senza spingerle dentro, semplicemente perché mi abituassi alla sensazione.

Mi baciò il collo. «Ci ho pensato spesso,» sussurrò. «A come sarebbe stato penetrarti.» La sua voce instabile mi fece quasi gemere. Teneva le labbra a un millimetro dalle mie orecchie e sentivo il suo fiato caldo sulla pelle. «Speravo che me lo chiedessi. Lo desidero dalla prima volta che ti ho visto. Solo a pensarci...» La voce gli venne meno e sentii la sua mano tremare. «Solo a pensarci mi manca il respiro.»

Gemetti piano e sobbalzai quando il suo dito premette sul mio ano, penetrandolo appena.

«Rilassati,» mi disse. «Respira.» Mi baciò la spalla e tirò fuori il dito, solo per spingerlo subito dentro di nuovo, ma senza insistere.

Era una sensazione strana – aliena – ma non sgradevole. Mi ero aspettato che facesse male, ma forse era presto; in fondo era solo un dito... *per ora*.

Si mosse piano, finché non mi fui abituato alla sensazione, dopodiché si spinse un pochino più a fondo. Non smise di sussurrarmi frasi dolci all'orecchio, di raccontarmi quanto avesse aspettato questo momento, quando lo desiderasse, quanto si sentisse eccitato. Mi rilassava sentirlo parlare, ma qualcosa nel mio cervello continuava a ripetere che era soltanto un dito. *Un cazzo sarà ben più grande.*

A un certo punto si ritrasse e, quando tornò a penetrarmi – sempre adagio, sempre con dolcezza – le dita erano due. Ci misi di più a rilassarmi, fino ad accettarle entrambe, ma la sensazione non mi parve più così strana. Stavolta mi mancò il fiato per il piacere e venni scosso dai brividi.

In quel momento Brandon piegò appena le dita e all'improvviso capii il significato di 'punto G maschile'.

«Oh mio *Dio*,» ansimai contorcendomi.

«Tutto okay?» bisbigliò, con un'ironia nella voce che rivelava che sapeva benissimo come stavano le cose.

«Oh, sì,» gemetti.

«Bene.» Mi baciò la base del collo, passandomi la lingua sulla spina dorsale, ma non smise di muovere le dita. «Dimmelo quando sei pronto.»

Chiusi gli occhi e mi umettai le labbra. Non ci voleva una laurea per capire che con 'pronto' non intendeva 'a un altro dito'. E nonostante l'ansia, non volevo più aspettare.

«Voglio che mi scopi,» mormorai e quasi non riconobbi la mia voce.

Brandon gemette e mi baciò la spalla. «Cazzo, solo a sentirtelo dire mi hai fatto quasi venire.»

«Non venire ancora,» risposi con un sorriso, voltandomi per guardarlo mentre tirava fuori le dita.

«Oh, tranquillo,» ansimò, baciandomi il collo e risalendo fino alla bocca. «Non è ancora ora.» Ci tirammo su e ci baciammo a lungo prima di prendere il preservativo. Brandon mi indicò i cuscini. «Mettitene uno sotto il culo. Sarebbe più comodo farlo da dietro, ma...» Si fermò e mi fissò con un'espressione sfacciata, di puro desiderio. Continuò, a bassa voce: «Voglio guardarti.»

Con mani tremanti mi sistemai sul cuscino e mi stesi, guardandolo infilarsi il preservativo. Era tutto così strano, surreale, e al tempo stesso perfettamente logico. Qualsiasi pregiudizio avessi avuto sul fare sesso con un uomo, ormai l'avevo superato da un pezzo. Mi sentivo ancora nervoso, timoroso di provare dolore fisico, ma ero sicuro di voler andare fino in fondo.

Mi guardò mentre si cospargeva il cazzo di lubrificante e io deglutii, sentendomi all'improvviso in ansia. Finora non avevo provato alcun dolore, ma intuivo che ora sarebbe successo.

Brandon si chinò su di me e mi baciò con passione. A un millimetro dalle mie labbra, sussurrò: «Vale sempre il discorso di prima: se vuoi smettere, basta che lo dici.»

«Credo...» mormorai, «Che quella sia l'ultima cosa che voglio.»

«Dio, lo spero tanto,» rispose, quasi ruggendo. «Una volta che ti avrò penetrato, io di sicuro non vorrò fermarmi.» Mi baciò. «Ma se me lo chiederai, lo farò.»

«Lo so.» Lo baciai e Brandon si tirò su.

Premette l'uccello contro il mio ano e io inspirai a fondo. Non era la stessa sensazione aliena, intrusiva, che avevo provato la prima volta con le sue dita, ma ogni terminazione nervosa del mio corpo fremette di eccitazione e paura.

Proprio come aveva fatto con le dita, non lo spinse subito dentro: lasciò che mi abituassi al contatto, alla sua presenza. Dopo un attimo iniziò a premere, quasi impercettibilmente, e mi sentii affogare.

«Rilassati,» mi disse. «Respira.»

Chiusi gli occhi e inspirai a fondo.

«Spingi, vienimi incontro,» mi ordinò. Aggrottai la fronte e Brandon mi rispose con un sorriso. «Fidati.» Obbedii e un attimo dopo la punta del suo uccello era dentro di me.

«Oh, cazzo,» ansimai, chiudendo gli occhi e lasciandomi sopraffare dalle sensazioni.

«Stai bene?»

Non riuscivo a parlare, per cui annuii; poi Brandon tirò fuori il cazzo e lo spinse ancora dentro. Gemetti. Aspettò che mi rilassassi, prima di spingerlo più a fondo, centimetro dopo centimetro. Non era affatto doloroso, ma la tensione, la vulnerabilità, la pressione, erano molto più intense di quanto avessi immaginato.

Mi passò le dita sul cazzo e inarcai la schiena. Credo di aver imprecato e di aver detto il suo nome, però non ne sono sicuro. Ero solo marginalmente consapevole della mia voce. Mi strofinò il cazzo gentilmente, lentamente, la mano che si muoveva a ritmo con le spinte dentro di me. Il suo uccello mi penetrò a fondo, fino a toccarmi la prostata, e mi spedì in orbita.

Brandon si fermò un attimo, tirò fuori il membro e aggiunse del lubrificante, poi mi penetrò di nuovo, senza incontrare quasi resistenza. Ora che la frizione era diminuita e il mio corpo si rilassava di più a ogni spinta, prese a muoversi più velocemente.

La stanza girava. Non riuscivo a pensare ad altro che alle sensazioni – alcune nuove, altre familiari, tutte intensissime – che mi assalivano. Ero sopraffatto.

«Oh mio Dio,» gemette Brandon. «Sei incredibile.»

Non provai nemmeno a rispondergli. Credo di aver grugnito, ma non ne sono sicuro. Non me ne importava niente. Brandon mi strinse l'uccello e mi penetrò più a fondo. Mi accorsi vagamente che aveva cambiato posizione e sentii il calore della sua pelle sul petto. Quando mi sfiorò le labbra, lo strinsi e ricambiai il bacio con passione.

Fra un bacio e l'altro riemergemmo per riprendere fiato. I nostri corpi erano scossi dai tremiti.

«Di più,» lo supplicai. «Più forte.»

«Sei sicuro?» La sua voce sembrava sotto sforzo e capii che sperava che fossi sicuro, che era pronto e che mi aspettava impaziente. Dovevo solo dire quella parola. Sempre che ci riuscissi.

Alla fine ce la feci a sussurrare: «Sì.»

Mi baciò un'ultima volta e si tirò su, aggrappandosi a un fianco con una mano e strofinandomi l'uccello con l'altra. E poi mi accontentò. Chiusi gli occhi e mi arresi di fronte alle sensazioni più incredibili, potenti, intense che avessi mai provato. Inarcai la schiena e afferrai con le mani il cuscino che avevo dietro la testa. L'orgasmo che continuava a montarmi dentro aveva superato da un pezzo i livelli di qualsiasi rapporto avessi mai avuto in vita mia e continuava ad aumentare. Brandon mi spinse dentro il suo cazzo, mi accarezzò l'uccello sempre più forte. Appena raggiunsi il punto di non ritorno, un secondo prima che diventasse impossibile trattenersi, sentii un gemito gutturale, disperato, nelle orecchie. Credetti che fosse la mia voce, finché non mi accorsi che diceva il mio nome.

Aprii gli occhi. Ebbi circa un secondo per godermi lo spettacolo – Brandon con gli occhi stretti, le labbra socchiuse, i nervi del collo tesi, le braccia e le spalle scosse dai tremiti – dopodiché venni. Non riuscivo più a distinguere i miei ansimi, le mie grida rauche, primitive, dalle sue, e non me ne importava. Continuò a scoparmi, a strofinarmi, a farmi godere, finché non vidi tutto il suo corpo fremere.

Perse l'equilibrio, cadde in avanti ma si tenne su con le mani. Lo abbracciai e lo tirai giù, baciandolo con passione mentre si accasciava. Tremavamo all'unisono.

Cercammo di continuare a baciarci e riprendere fiato al tempo stesso, staccandoci a turno per inspirare prima di tornare a divorare la bocca dell'altro.

Dio solo sa per quanto rimanemmo così, finché Brandon non si tirò su, sorrise e mi sfiorò piano il viso. «Sapevo che sarebbe stato stupendo.»

«A saperlo, te lo avrei chiesto prima.»

Scosse la testa. «Non sarebbe stata la stessa cosa.» Mi baciò teneramente. «Non eri pronto.»

Gli passai le dita fra i capelli sudati. «Forse hai ragione.»

Mi baciò il collo e appoggiò la testa sulla mia clavicola, inspirando a fondo. «Cazzo, è stato davvero… intenso.»

«A chi lo dici.»

«No, sul serio. Di solito la prima volta uno si sente a disagio, o comunque c'è qualche riserva, ma con te…» Inspirò contro il mio collo. «Cristo, sapevo che scoparti sarebbe stato pazzesco, ma così… è andato bene oltre le mie aspettative.»

Risi, continuando a giocherellare coi suoi capelli. «Lieto di non averti deluso.»

Alzò la testa, gli occhi spalancati. «Deluso? Spero solo che per te sia stato bello almeno la metà di quanto lo è stato per me, perché…» Scosse la testa. «Wow. Davvero, *wow*.»

Mi sentii stranamente sollevato. Una parte di me aveva temuto di non averlo soddisfatto, di aver ricavato più piacere di lui da questo incontro. Magari Brandon stava solo cercando di infondermi sicurezza – e gli stava riuscendo benissimo – ma non mi sembrava tipo da mentire.

Tirò fuori il membro dal mio corpo e si spostò per disfarsi del preservativo.

«Non mi dispiacerebbe una doccia,» confessai. Mi ero alzato piano, ma la stanza continuava a girare.

«Qualsiasi cosa pur di vederti nudo e bagnato,» rispose con un ghigno e mi diede un bacio veloce.

Sorrisi. «Perché ho l'impressione che dopo *questa* doccia mi servirà *un'altra* doccia?»

Brandon fece spallucce, un'espressione innocente dipinta sul viso. «Forse perché è così che funziona di solito?»

Lo baciai di nuovo. «E allora cosa stiamo aspettando?»

QUINDICI

Il trillo acuto del cellulare mi strappò al sonno. Annaspai per cercarlo sul comodino, ancora mezzo addormentato.

Appena lo trovai e lo aprii, vidi qualcosa muoversi con la coda dell'occhio e ricordai che non ero solo. Brandon mi lanciò un sorriso; indicai il cellulare e mi portai un dito alle labbra.

«Ehi, mamma,» feci, sollevando le braccia per permettere a Brandon di appoggiarmi la testa sulla spalla.

«Dustin, ieri sera ti ho chiamato tre volte,» disse mia madre con voce irritante.

«Lo so. Ero fuori e, quando sono rientrato, era troppo tardi per richiamarti.» Un sospiro sul petto mi fece capire che anche Brandon lo trovava divertente. Dovetti mordermi le labbra per non ridere.

«Fuori? Fuori dove?»

Alzai gli occhi al cielo. Avevo quasi trent'anni, e mia madre pretendeva che la tenessi informata su ogni movimento. In questo caso specifico, la verità non le avrebbe fatto molto piacere. «Fuori. Fuori casa.»

«Almeno eri con una donna? Dustin, lo sai che…»

«Mamma, è mattino presto, sono ancora mezzo addormentato,» gemetti.

«Sei troppo vicino ai trenta per essere ancora single. Devi cominciare a...»

«Mamma, ti prego.» Passai le dita fra i capelli di Brandon. «Quando sarà ora, ricomincerò a uscire.» Mosse la guancia sul mio petto, probabilmente per trattenere una risata.

«Ma di questo passo avrai compiuto quarant'anni! Non vuoi avere dei figli, Dustin?»

«Prima o poi succederà. Non ho ancora incontrato la donna giusta.» Mi scappò da ridere. Brandon si mise una mano davanti alla bocca e tremò tutto, cercando di contenersi.

All'altro capo della linea, mia madre sbuffò. «E intanto cosa fai? Passi il tuo tempo a bere e a gozzovigliare? Non starai mica frequentando qualche donnaccia...»

«No, mamma, non frequento nessuna donnaccia.»

Brandon non resistette più. Si girò sulla schiena, la mano sempre premuta sulla bocca.

Anch'io ero a un passo dal riderle in faccia. «Sono uscito con degli amici. Giochiamo a biliardo, beviamo qualcosa, non facciamo niente di che.»

Brandon mi guardò offeso e dovetti premergli la mano sulla bocca per impedirgli – e impedire a me – di scoppiare a ridere.

«Beh,» disse mia madre, con tono di chiara disapprovazione. «Sta' solo attento a non fare cose di cui potresti pentirti.» Per una volta, la sua voce mi parve più divertente che irritante.

«Tipo mettere incinta qualcuna?»

Brandon affondò la faccia nel cuscino e io mi morsi un dito.

«Dustin!» strillò. «Sono davvero preoccupata per te.»

Brandon si girò e mi baciò l'incavo del braccio. Lo fulminai con un'occhiataccia. «Mamma, sono grande ormai...»

«Oh, sì, sei cresciuto bene...» sussurrò Brandon, prima di leccarmi un capezzolo e allungare la mani sui miei fianchi.

Strinsi forte gli occhi e mi morsi un labbro per non ridere. «Sono adulto e non sono stupido. Davvero, smettila di preoccuparti per me.»

«Dille che ci penso io a te,» bisbigliò Brandon.

«Vaffanculo,» mimai con le labbra.

Gli si illuminarono gli occhi. «Okay!» Mi baciò il collo e mi leccò la pelle sotto l'orecchio, rendendomi quasi impossibile proseguire la conversazione.

Mia madre, che ovviamente non sapeva di Brandon, continuò la filippica. «La nipote di Frances, la mia vicina di casa, tornerà presto in città. Le piacerebbe molto conoscerti.»

Alzai gli occhi al cielo, un po' per quello che aveva detto mia madre, un po' perché Brandon mi stava bisbigliando, nell'altro orecchio: «Riattacca,

221

voglio fare sesso.» Ridacchiai e gli diedi uno spintone.

«Mamma, davvero,» risposi al telefono. «Non voglio conoscerla.»

«Ma Dustin, non sai nemmeno che tipo è! È molto gentile, carina e a modo. Sarebbe perfetta per te, Dustin.»

«Non ne dubito, ma... *cazzo*!» Brandon mi leccò un capezzolo e mi fece sobbalzare.

«Dustin! Che diamine...»

«Scusa, mamma, è che...» Tirai uno scappellotto a Brandon e mi inventai qualcosa. «Un uccello è andato a sbattere contro la finestra. Mi ha spaventato.» Gli lanciai un'occhiataccia e aggiunsi, minaccioso, «Mi sa che si è rotto l'osso del collo.»

Brandon mi prese le mano e si infilò l'anulare in bocca, per succhiarlo dolcemente.

«Beh, allora ti lascio,» fece mia madre, chiaramente infelice. «Promettimi che ci penserai.»

Alzai gli occhi al cielo, cercando di non trasalire sotto la raffica di baci di Brandon, che si era spostato sul mio petto. «Ci penserò, ma non prometto niente.»

«Va bene. Ti voglio bene, tesoro.»

«Anch'io, mamma.»

«Ohhh...» mormorò Brandon mentre mi baciava l'anca.

Chiusi di scatto il cellulare. «Sei perfido.»

Fece spallucce e mi leccò il cazzo in tutta la sua lunghezza. «Non ho mai ricevuto lamentele.»

Gemetti piano e chiusi gli occhi. «Non mi sto lamentando.»

«Voglio ben dire,» ribatté, prima di prenderlo in bocca.

Dopo la doccia e i vestiti freschi, gli chiesi: «Ti va una corsa?»

Brandon alzò un sopracciglio. «L'ultima volta, su quel tapis roulant, credevo di morire.»

Gli baciai la fronte. «Te lo meritavi.» Indicai la finestra e spiegai: «Di solito faccio il giro del lago.»

«Quant'è grande questo lago?» rise Brandon.

«Due chilometri e mezzo.»

Ci pensò su, poi scrollò le spalle. «Perché no. Prendo la roba da ginnastica.»

Venti minuti dopo, cambiati e riscaldati, uscimmo in strada.

«Che problema ha tua madre?» mi chiese Brandon all'improvviso.

Risi. «A parte il trauma incurabile di aver visto uno dei suoi amati figlioletti colpito da una disgrazia suprema, il divorzio?»

«A parte quello.»

«È sempre stata così,» spiegai. «Credimi, se non se la prende con me per il divorzio o perché sono single o perché non sono il presidente degli Stati Uniti, se la prende coi miei fratelli o con mia sorella.»

«Io impazzirei.»

«E non è tutto,» continuai. «Ci ha costretto tutti a fare il militare. Nessuno ha resistito a lungo, e questa cosa l'ha mandata fuori di testa tutte le volte.»

«Non ha qualche hobby?»

«Certo che ce li ha: Rick, Tristan, Kari e Dustin.»

Alzò gli occhi al cielo. «Quindi, se scoprisse che tu...»

«Che sto con te?»

«Sì.»

«Darebbe di matto e farebbe riesumare mio padre dalla tomba solo per potergli raccontare che figlio indegno sono diventato.»

Brandon girò la testa di colpo e per poco non si inciampò. Lo presi per un braccio, ma continuammo a correre. «Cazzo, non ci credo che è così matta,» ridacchiò.

«È un personaggio. E continua a insistere per farmi uscire con ogni donna single che conosce.»

«Oh, Dio,» fece Brandon, alzando gli occhi al cielo. «Fammi indovinare: se uscissi con qualcuna di queste donne, troverebbe un motivo per criticarla.»

«A meno che non l'abbia scelta lei,» risposi. «Le donne che scelgo io ovviamente non vanno bene. Ma quelle che sceglie lei sono perfette, e guai a chi gliele tocca.»

«Insomma, non hai speranze.»

«No,» risi.

«È sempre stata così?»

«È peggiorata dopo la morte di mio padre,» spiegai. «Da quando non può più tormentare lui, si sfoga su di noi.»

«Chissà che bello passare le feste con la tua famiglia.»

«Guarda, non ti immagini. Sinceramente...» Mi zittii.

«Cosa?»

Mi passai la lingua sulle labbra. «Sinceramente, pensiamo tutti che sia colpa sua se mio padre è morto giovane.»

«Eh? Sul serio?»

«Lo stressava troppo. Lo tormentava.» Feci una pausa per asciugarmi il sudore sulla fronte. «L'anno in cui è morto, lei era particolarmente schizzata. Cioè, si vedeva a occhio nudo. Papà era come invecchiato di colpo e poi, una settimana dopo il Ringraziamento, ha avuto un infarto.»

«Cristo,» disse Brandon. «Andavi d'accordo con lui?»

Annuii. «Decisamente.»

Non mi chiese altro. Continuammo a correre in silenzio per un po', finché non gli chiesi: «E tu? Vai d'accordo coi tuoi?»

«Con mio padre andavo più d'accordo prima di fare coming out.» Fece spallucce. «Non l'ha presa male, ha anche conosciuto alcuni dei miei fidanzati, ma... è come se ci fosse un mezzo muro fra noi. Non è più come prima.»

«E con tua madre?»

Sorrise. «Siamo sempre andati d'accordo. È stata l'unica a capire, quando ho confessato di essere gay.»

«Intuito materno?»

Rise. «Più o meno. Aveva trovato certe riviste compromettenti in camera mia.»

«E non ti ha detto niente?»

«Niente,» ridacchiò. «Anni dopo però mi ha confidato che, se non fossero state riviste gay, mi avrebbe fatto una bella lavata di capo.»

«Perché, così non...?»

«Si vergognava troppo per parlarmene.»

«Oh, Dio, che fortuna,» risi.

«A chi lo dici,» rispose. «Se avessi saputo che le riviste coi maschioni nudi erano un argomento off-limits, non mi sarei dannato tanto per nasconderle.»

«Conoscendoti, le avresti lasciate sul tavolo in cucina.»

«Beh,» fece, ravviandosi i capelli sudati. «Avrebbero aggiunto una nota di colore fra *Casa Amica* e *Affari & Finanza*.»

«*Casa Amica, Affari & Finanza* e un po' di pornazzi gay,» commentai. «Letture versatili.»

«Esatto,» rise.

«Okay, già che stiamo parlando della tua famiglia...»

«No, non puoi uscire con mia sorella.»

«Oh, che peccato.»

«E neanche con mio fratello.»

«Che palle.»

Mi guardò e scosse la testa. «No, beh,» tornò serio. «Ho due sorelle e tre fratelli.»

«Anche tu una famiglia numerosa,» commentai. «Mi sa che abbiamo più cose in comune di quanto pensassi.»

Fece spallucce e ridacchiò. «Che posso dire? Siamo cattolici.»

«Sì, idem.»

«Menomale che i miei vivono sull'altra costa,» osservò. «Non sarebbe carino che i nostri genitori si incontrassero in chiesa.»

«Dio, no,» sospirai, alzando gli occhi al cielo.

«Sci il più vecchio dei tuoi fratelli?»

«Sono il secondo di quattro,» risposi. «Tu?»

«Il più piccolo.»

«Oh, sei l'ultimo arrivato? Che tenero.»

Mi diede una gomitata e rise. «Sono l'incidente di famiglia. I miei avevano deciso di non avere più figli.»

Feci per dire qualcosa, ma con la coda dell'occhio vidi qualcuno avvicinarsi.

«Ehi, Dustin,» fece Sharon, affiancandomi nella corsa. Rivolse un'occhiata perplessa a Brandon, poi mi sorrise.

«Ehi, Sharon,» risposi. «Dov'è Bill?»

«È andato in chiesa, aveva un incontro con la confraternita,» spiegò.

«Giusto, me lo aveva detto.»

Sharon squadrò Brandon. «Non ti ho mai visto qui. Ti sei appena trasferito in zona?»

Ci scambiammo uno sguardo rapido; Brandon non sapeva che rispondere. Mi schiarii la voce. «Lui è Brandon, un mio amico che vive qui vicino. Brandon, lei è Sharon.»

«Piacere,» disse Brandon, con un sorriso educato.

«Piacere mio,» rispose Sharon. Poi aggiunse, rivolta a me: «Hai pensato a quella ragazza di cui ti ho parlato?»

«Ah, sì,» feci, schiarendomi di nuovo la voce. «Ehm, no, non sono ancora pronto per uscire con qualcuno.»

Mi sembrò di vederla lanciare una strana occhiata a Brandon. Sperai di essermela immaginata. «Beh, comunque se cambi idea, io ho il suo numero. Le piacerebbe molto conoscerti.»

«Lo apprezzo,» risposi, sforzandomi di sorriderle. Non osai guardare Brandon.

Corremmo insieme per cinquecento metri, dopodiché giungemmo all'appartamento di Sharon. «Beh, ci vediamo, Dustin. È stato un piacere conoscerti, Brandon.»

«Ci vediamo, Sharon,» risposi. Quando riprendemmo a correre, soli, feci un sospiro di sollievo.

«C'è qualcuno che non ha una ragazza in serbo per te?»

«Sembra di no,» risposi. «Tutto grazie a mammina.» Indicai l'edificio dove abitava Sharon. «Ogni volta che mia madre le propina il racconto del figlio tutto solo e disperato, si inventa un'altra ragazza che posso conoscere.»

Brandon si voltò, rischiando quasi di perdere il ritmo delle falcate. «Aspetta, è amica di tua mamma?»

Lo guardai. «Sì, siamo amici di famiglia. Mi conoscono da quando ero piccolo.»

«Pensi che sospetti qualcosa?»

Mi si gelò il sangue nelle vene. «Tu pensi di sì?»

Strinse le labbra. «Beh, suppongo che non ti abbia mai visto correre con un uomo.»

Rabbrividii. «No, direi di no.»

«Sei mai venuto a correre con qualcuno?»

Deglutii. «No, mai.» Ci scambiammo sguardi preoccupati. Mia madre si sarebbe avventata sulla notizia come un gatto sul topo e ne avrebbe tratto le sue conclusioni. Eppure Sharon non aveva visto niente di sospetto, quindi in ogni caso mi sarebbe stato facile respingere le accuse.

«Menomale che non ho allungato le mani,» commentò Brandon.

Risi. «Ti avrei fatto un culo così.»

Mi fece l'occhiolino. «Davvero?»

Gli diedi una gomitata e proseguimmo la corsa.

SEDICI

Col piede appoggiato al parafango dell'auto, mi sistemai i lacci dello stivale. Non indossavo quei dannati arnesi da quando avevo lasciato i Marine, ma erano ancora comodi come ricordavo. Persi più tempo a infilarci dentro i pantaloni mimetici: e dire che un tempo avrei saputo farlo ad occhi chiusi. Il risultato finale comunque mi ricompensò dell'impegno.

Sorrisi sotto i baffi, mi issai sulla schiena uno zaino nero – per mimetizzarmi fra la folla di studenti – e mi diressi verso l'edificio.

Indossare l'uniforme dopo le dimissioni non era esattamente legale, ma non mi preoccupai, visto che nel mio caso avevo riesumato solo i pantaloni. La t-shirt nera – ovviamente aderentissima – non c'entrava niente; in generale sembravo solo uno dei tanti ragazzi della base militare che venivano lì a seguire le lezioni.

Entrai nell'aula con un ghigno. Il trimestre era appena iniziato, quindi se anche qualcuno mi avesse notato, avrebbe pensato a uno studente in ritardo e niente di più. Non che me ne importasse qualcosa. Ero qui per una sola persona specifica.

Mi sedetti in prima fila, per avere più spazio per le gambe. Era sempre stato il mio posto preferito, ma in questo caso non potevo farne a meno. Meditai se fosse meglio spostarsi sul lato, ma alla fine optai per la posizione centrale.

Estrassi dallo zaino un quaderno ad anelli – che non avevo alcuna intenzione di imbrattare – e una penna – che non avevo alcuna intenzione di adoperare – e attesi. Altri studenti entrarono e presero posto, ma nessuno mi prestò attenzione.

Almeno finché non arrivò Brandon.

Stava bevendo un sorso d'acqua quando gli cadde lo sguardo su di me e per poco non si strozzò.

Strinsi forte la penna fra i denti per impedirmi di ridere.

Brandon tossì, si schiarì la voce, salì alla cattedra con la massima nonchalance possibile e si mise a riordinare gli appunti. Era chiaro come il sole che cercava di non guardarmi o, perlomeno, di non farsi beccare a guardarmi. E tuttavia non riusciva a staccarmi gli occhi di dosso. Ogni volta che il suo sguardo si posava su di me, per quanto fugace fosse, sembrava rimanere senza fiato.

Stivali da combattimento? Presenti.

Pantaloni mimetici? Presenti.

Vidi Brandon digrignare i denti, una luce assassina nei suoi occhi. Chissà se era pentito, adesso, di avermi fatto visita in palestra. *Eh sì, caro Brandon, ti avevo avvertito.*

Si schiarì di nuovo la voce e si rivolse alla classe. «Sembra che ci siate tutti. Avete letto i capitoli per oggi?» Gli studenti annuirono. Brandon mi fissò, gli occhi stretti in uno sguardo crudele che nessun altro nell'aula sembrava notare. Gli sorrisi.

Prese gli appunti e cominciò la lezione. Avevo ancora un asso nella manica: feci per grattarmi il collo e invece tirai fuori dalla t-shirt un set di piastrine, solo per lasciarle ricadere sul petto. Brandon rabbrividì e il mio sorriso si fece ancora più ampio. Aspettai che si ricomponesse, poi mi misi a giocherellarci, rigirando i pendagli fra le dita, facendoli scorrere e tintinnare sulla catena. Non troppo rumorosamente: non volevo disturbare gli altri studenti.

Il mio obiettivo aveva aggrottato la fronte e parlava a denti serrati, chiaramente intenzionato a non degnarmi di uno sguardo.

Per tutta la lezione tenne una mano sulla cattedra; la guardai serrarsi in un pugno, le nocche bianche, ogni volta che facevo cigolare gli stivali o tintinnare le piastrine. Ero fiero di me.

Brandon riuscì a concludere la lezione senza impantanarsi troppo, ma gli si leggeva in faccia il nervosismo. Se per sbaglio incrociava il mio sguardo, subito digrignava i denti o si ributtava sugli appunti o schioccava la lingua, frustrato; quando non era alla cattedra rivolgeva sempre la schiena alla classe, così da celare lo stato del suo inguine. Erano tutti dettagli sottilissimi, praticamente impercettibili: probabilmente nessuno, a parte un certo stronzo in prima fila, era in grado di coglierli.

Quando alzai la mano per fare una domanda – perché starmene lì fermo e buono non mi dava abbastanza soddisfazione – Brandon mi rispose in tono calmo e professionale. Ma continuò a torcersi le mani e a rivolgermi uno sguardo omicida.

A tre quarti della lezione, si asciugò di nascosto un rivolo di sudore dalla fronte e io mi concessi una risata di soddisfazione.

Missione compiuta.

«Domande?» Brandon chiuse gli appunti. Mi chiesi se qualcun altro notasse il sospiro di sollievo o il modo in cui tamburellava il piede. Doveva essere stata la lezione più lunga della sua vita. Chissà se era stato così nervoso quando aveva discusso la tesi.

Una ragazza in fondo alzò la mano e Brandon le spiegò pazientemente un aspetto della meiosi che non le era chiaro. Dopo qualche altra domanda, la lezione si concluse ufficialmente. «Ricordatevi che venerdì scadono i termini per il trasferimento.» Mi guardò, con un sopracciglio inarcato, e aggiunse, a denti stretti: «Se qualcuno ha bisogno di me, sono nel mio ufficio.»

Bussai alla porta del suo ufficio e strinsi forte le labbra per non ridere. Quando mi vide, mi rivolse un'occhiataccia e mi fece cenno di entrare.

Chiuse la porta e rimanemmo a fissarci, in silenzio. Aveva le braccia incrociate e un'espressione glaciale sul viso. Lo scrutai in cerca di uno spiraglio, di una traccia di umorismo su quel viso severo, ma non ne trovai. Forse avevo esagerato. Si trattava solo di una vendetta dopo la

233

sua apparizione in palestra, ma Brandon sembrava pensarla diversamente. Cominciai a sentirmi male. *Merda, così non va affatto bene.*

Poi sbuffò e scoppiò a ridere. «Sei uno stronzo.»

Ridacchiai. «Chi la fa l'aspetti.»

Afferrò la catena con le piastrine e se la attorcigliò al dito. «Mi aspettavo ritorsioni.» Di colpo mi tirò a sé tramite la catena, portando le labbra a un millimetro dalle mie, prima di ringhiare, piano: «Ma non questo.» Il bacio mi stordì completamente e, quando si staccò dalle mia labbra, avevamo entrambi l'uccello durissimo.

Lo abbracciai, sia perché volevo toccarlo, sia per tenermi in equilibrio. «Obiettivo raggiunto.»

«Quale obiettivo? Farmi fare lezione col cazzo che bussa per uscirmi dai pantaloni?»

Risi e lo baciai in punta di labbra, prima di rispondere: «Perché, è così che è andata?»

«Cristo, sì!»

«Questo spiega perché stavi sempre dietro la cattedra.»

Rise, ma senza allontanarsi. Mi stava ancora tenendo per le piastrine. «Sei perfido.»

Gli passai un dito lungo la schiena. «Hai cominciato tu.»

«Sì,» rispose annuendo e chinò la testa per baciarmi il mento. «Mi sa proprio di sì.»

«Allora, posso tornare domani?»

«Scordatelo.» Rise, e il suo alito sul collo mi fece venire la pelle d'oca.

«Perché no? Mi è piaciuta la lezione. Ho imparato delle cose.»

«Stronzate,» sbuffò. «Eri concentrato su come rendermi dura...» Si fermò, arrossì e ridacchiò, prima di alzare gli occhi al cielo e proseguire: «Rendermi *difficile* la vita.»

«Okay, forse non ho seguito come avrei dovuto, ma mi è piaciuta la lezione.» Gli feci l'occhiolino. «Perché non posso tornare?»

Mi guardò e sorrise. «Perché ho avuto già abbastanza problemi oggi,» rispose, chinandosi per un bacio. «Domani sarà molto peggio.»

«Oh? Perché?»

Mi mise le mani sui fianchi e infilò le dita nei tornanti della cintura. «Perché continuerò a pensare a tutte le cose che faremo stasera.»

«Stasera?» mormorai, vicino alle sue labbra. «Ma mancano ore a stasera.»

«Lo so,» disse, fermandosi a succhiarmi il labbro per qualche secondo. «Devi essere paziente.»

«Quest'ufficio ha una chiave.»

«Ho appuntamento con un altro studente – uno *vero*.» Rise. «E non ci tengo a farmi beccare senza mutande addosso. Non sono ancora titolare.»

«E io che speravo tanto di fare sesso selvaggio con un prof.»

Mi mise le mani sui fianchi. «Chissà perché, ho il sospetto che fino a poco fa nelle tue fantasie ci fosse *una* prof.»

«Vero.» Lo baciai e allungai una mano sul suo uccello, stringendolo appena. Brandon trasalì e io gli sussurrai, fra i baci: «Le mie fantasie attuali sono molto, *molto* meglio.»

Chiuse gli occhi, espirando piano. «Dio, Dustin...»

«Che c'è?» chiesi.

Spinse i fianchi contro la mia mano. «Lo sai benissimo.»

«Oh? Dottor Stewart, per caso la sto eccitando?»

Mi prese il viso fra le mani e mi baciò. «Sei un bastardo senza scrupoli, lo sai?»

«Ho avuto un bravo insegnante.»

Rise, senza smettere di baciarmi. «Beh, visto che oggi sei mio allievo...» Si scostò e si infilò una mano in tasca.

Lo guardai trafficare con le chiavi, finché non ne ebbe staccata una dal portachiavi.

«Ho un compito da darti.» Me la mise sul palmo e mi baciò di nuovo.

Guardai la chiave, poi lui, perplesso.

«Va' a casa mia,» disse, passandomi un dito sul petto fino ad agganciarlo nella catena delle piastrine. «E aspettami.»

Chiusi la mano a pugno. «Quanto ci metti a venire?»

Le labbra gli si incurvarono in un ghigno diabolico. «Dipende, in genere dieci, quindici minuti...»

Alzai gli occhi al cielo, e risi. «Dai, hai capito.»

«Lo scoprirai.» I suoi occhi luccicavano, divertiti. «Come hai detto tu, Dustin: chi la fa l'*aspetti*.»

Mi misi in tasca la chiave, lo presi per il fianco e lo baciai un'ultima volta. «Aspetterò. Qualcosa mi dice...» Gli passai una mano sul cazzo eretto e risi, vedendo trasalire, «che non sarà un'attesa troppo lunga.»

«Maledetto,» ringhiò, spingendomi verso la porta. «E adesso vattene, prima di farmi licenziare.»

Risi e feci per andarmene.

«Ah, una cosa,» Mi fermò. Lo guardai con un sopracciglio alzato. Indicò i miei vestiti. «Rimani così come sei.»

Ci scambiammo un occhiolino, dopodiché me ne andai.

Durante la camminata fino al parcheggio, tirai fuori la chiave e me la rigirai fra le dita. Per quanto ne sapevo, era l'unica copia che possedeva, e l'aveva affidata a me, senza temere che lo chiudessi fuori o gli svuotassi l'appartamento.

Di solito la gente non dava le chiavi di casa propria a un perfetto sconosciuto o a un amico di letto senza importanza. Per quanto poco lo conoscessi, Brandon non sembrava lasciar nulla al caso: di solito pianificava, analizzava le situazioni. Teneva tutto a mente e studiava i problemi da ogni possibile angolazione, proprio come nel biliardo. Forse mi stavo facendo dei castelli in aria, ma non lo reputavo uno da dare a chiunque le sue chiavi di casa.

Quindi, forse per lui non ero *chiunque*.

Non riuscivo a decidere se fosse un bene o un male.

Aprii la porta dell'appartamento, ma non la richiusi a chiave.

Era strano trovarsi lì senza Brandon. Il suono degli stivali sul linoleum echeggiò nell'ingresso; posai le chiavi sul bancone della cucina.

Un trillo mi fece trasalire. Era il mio cellulare.

Nuovo messaggio.

Il cuore prese a battermi forte.

Esco ora. Sono lì fra 20 min.

Sorrisi e controllai l'ora, prima di rimettere via il telefono. Mancava poco alle sei. Mi appoggiai al tavolo da biliardo, tamburellai con le dita sul bordo, domandandomi dove fosse meglio aspettarlo. Non voleva che mi spogliassi; probabilmente non voleva nemmeno che mi levassi le scarpe, ma non osavo salire così sul letto.

Mi guardai intorno pensieroso. Dovunque mi trovassi, quando sarebbe rientrato Brandon, probabilmente non avrei fatto molta strada; a giudicare da come mi aveva baciato, mi sarebbe saltato addosso appena messo piede in casa. Rabbrividii.

Tanto vale che mi prepari, allora. Feci un salto in camera da letto a prendere un paio di preservativi e il lubrificante. Li misi sul tavolino in salotto e mi sedetti sul divano ad aspettare.

L'orologio sopra la tv mi informò che erano passati poco meno di dieci minuti dal messaggio. Sei e sette minuti.

Mi contorsi, a disagio. Ero troppo nervoso – ed eccitato – per restare seduto; così mi alzai e cominciai a camminare in cerchio.

Sei e nove minuti.

Mi fermai a tamburellare le dita sul tavolo da biliardo e mi chiesi se quel disgraziato non lo stesse facendo apposta a tardare tanto. Magari era fermo nel parcheggio e godeva nel tormentarmi.

Sei e dieci.

Ricordai il bacio nel suo ufficio. Gli sguardi in aula, quando pensava che nessuno lo vedesse. Il mondo in cui era trasalito quando gli avevo stretto il cazzo.

Se davvero se ne stava seduto nel parcheggio, ad aspettare che uscissi di testa, allora aveva molto, molto più autocontrollo di me.

Sei e dodici.

Stavo impazzendo.

Strinsi i bordi del tavolo per impedire alle mani di tremare. Chiusi gli occhi, inspirai a fondo ed espirai lentamente dal naso. Sentii una macchina passare e il cuore mi schizzò nel petto. Ma non si fermò.

Silenzio.

Un'altra macchina, un altro tuffo al cuore. Niente. Espirai di nuovo, cercando di calmarmi. Sarebbe arrivato presto.

Sei e quattordici.

Presto, come no. Mi grattai il collo, cambiai posizione. Tamburellai le dita sul tavolo.

Va bene, Brandon, ti sei vendicato. Adesso spicciati ad arrivare.

Sei e diciassette.

Ormai era questione di secondi. Da un momento all'altro...

Sentii un rumore di motore in avvicinamento. Fece manovra. Sentii tirare il freno a mano. Si spense.

Al rumore della portiera che sbatteva, mi balzò il cuore in gola. Mi tenni al tavolo, le ginocchia che mi tremavano.

Udii dei passi fuori dalla porta.

Niente tintinnio di chiavi, neanche un tentativo: aprì la porta senza la minima esitazione, certo di trovarla aperta. Certo di trovarmi lì.

«Era ora,» esclamai, andandogli incontro.

«Ho fatto più in fretta che potevo.» Mi attirò a sé per un bacio, le mani che mi afferravano la maglia e i capelli. Gli infilai le mie sotto i vestiti: morivo dalla voglia di toccare la sua pelle.

Fece un passo indietro e si sfilò la maglia, poi si dedicò alla mia. Subito dopo si portò le mani alla cintura e io lo imitai, ma Brandon mi fermò, afferrandomi gentilmente il polso.

«Resta come sei.» Indicò i vestiti che ancora avevo indosso.

Strabuzzai gli occhi e lo guardai, incerto.

Sorrise e mi mise la braccia intorno alla vita. Il calore delle sue mani sulla schiena e del suo petto contro il mio mi mozzarono il fiato. Mi baciò, poi fece scivolare le labbra sul mio collo. «Sei sexy da morire,» mormorò. «Non voglio che ti spogli, non ancora.»

Gli passai le dita fra i capelli, poi lasciai cadere la testa all'indietro mentre lui mi baciava il collo e la clavicola. Voleva che restassi vestito, ma io morivo dalla voglia di scoparlo. Mi morsi un labbro, cercando di contenere la frustrazione, e lo guardai allontanarsi e spogliarsi del tutto.

Rimasto nudo, tornò ad abbracciarmi. Mi baciò con passione, spingendomi contro il tavolo da biliardo; infilò i pollici nei passanti della cintura e strofinò i fianchi contro i miei.

«Voglio scoparti,» gli dissi.

«Lo so.» Allungò le mani per slacciarmi la cintura. «E ci sto. Ma prima...» Mi guardò il pacco, mentre sbottonava ad uno ad uno i bottoni, e mi accarezzò l'uccello con le dita. «Te l'ho detto che ho un debole per le tute mimetiche.» Spostò gli occhi sul mio petto e ghignò. «E per le piastrine.»

Deglutii e Brandon strinse le dita intorno al mio uccello. Dovetti mettere una mano sulla sua spalla e con l'altra tenermi al tavolo, per rimanere in equilibrio. Gemetti piano, lasciai cadere la testa all'indietro e trasalii quando sentii la pelle del mento inondata dal calore delle sue labbra.

«Perciò, voglio che mi scopi,» disse, baciandomi con tenerezza. «Così.»

«Coi vestiti addosso?»

Rise. «Esatto.» Si mise in ginocchio e mi prese la punta del cazzo fra le labbra.

«Oh, Cristo,» gemetti e lo afferrai per i capelli mentre me lo succhiava e strofinava. Ogni passaggio della lingua, ogni bacio in punta di labbra mi faceva sciogliere. Dovevo scoparlo, subito. Un altro minuto e sarei uscito di testa. Cercai di combattere il piacere per ricordare dove avevo lasciato i preservativi e il lubrificante. Mi guardai intorno e il cuore mi batté forte quando li scorsi sul tavolino, a pochi metri di distanza.

«Alzati,» dissi. Cos'era, un ordine o una supplica? Forse entrambe le cose. Non mi importava, dovevo scoparlo a tutti i costi.

Si alzò. Lo baciai e gli intimai di non muoversi, prima di avvicinarmi al tavolino.

«Perché...» Si interruppe, intuendo le mie intenzioni.

Dopo essermi messo il preservativo e averlo cosparso di lubrificante, girai Brandon e lo spinsi coi fianchi contro il tavolo. Il legno scricchiolò sotto il nostro peso. Brandon gemette e rabbrividì.

Nonostante morissi dalla voglia di penetrarlo, avevo il coltello dalla parte del manico e non mi dispiaceva l'idea di torturarlo un po'. Gli carezzai i fianchi lentamente, baciandogli il collo e spingendo il cazzo contro il suo culo.

«Volevi che ti scopassi nel tuo ufficio, vero?»

Mugolò. «Ti ho desiderato dal primo momento che ti ho visto in aula...» Gli passai la lingua sulla spina dorsale e lui rimase senza fiato. Scesi per la schiena, continuando a stuzzicarlo col cazzo, ma senza penetrarlo.

Gli baciai la spalla. «Volevi che ti sbattessi sulla scrivania e ti scopassi, vero?»

Annaspò. «Volevo che mi scopassi appena sei entrato in aula.»

«Allora il mio piano è riuscito alla perfezione.» Raggiunsi il suo cazzo e presi a strofinarlo, mentre spingevo Brandon contro il tavolo. Gli passai la lingua sulla schiena, e vederlo trasalire e tremare mi fece correre un brivido lungo la spina dorsale.

Gli misi una mano sulla schiena e premetti il cazzo contro il suo ano, per stuzzicarlo. Morivo dalla voglia di penetrarlo, ma non volevo perdere l'occasione di vederlo dimenarsi e tremare di piacere. Spinse i fianchi contro di me, ma mi scansai. Ringhiò frustrato. Irrigidì i muscoli e piantò le unghie nel panno verde del tavolo.

Colsi un leggero tintinnio. Brandon si irrigidì e gemette piano. Gli stavo sfiorando la schiena con le piastrine. Risi. «Ti piacciono proprio, eh?»

«Dio, sì,» rispose. «Devi esserti divertito un mondo a usarle per tormentarmi, a lezione.»

«Che? Credi che l'abbia fatto apposta?» Gliele feci scorrere sulla schiena, godendo dei suoi tremiti e dei suoi ansimi. «Non lo farei mai.»

«Sì che lo faresti,» gemette. «E se adesso non mi scopi, giuro che...» trasalì. Avevo spinto il cazzo dentro, penetrandolo appena con la punta.

Trattenni un grugnito e cercai di non dargli a vedere quanto ero eccitato. «Giuri che?»

«Scopami, Dustin,» mi implorò.

«Non ti sento.» Glielo spinsi un po' più dentro, poi lo tirai fuori. «Dimmi, Brandon, cosa vuoi che...»

«*Scopami, subito.*»

Obbedii. Lo penetrai fino in fondo ed entrambi ci lasciammo sfuggire un lungo gemito. Prendemmo a muoverci a ritmo, i suoi fianchi che oscillavano per venirmi incontro.

«Oddio,» gemette.

Era una sensazione incredibile, ma mancava qualcosa. Quando lo vidi appoggiare la testa sul tavolo e gemere piano, capii di cosa si trattava: non potevo guardarlo in faccia. Ormai ero dipendente dall'espressione del suo viso quando scopavamo. Dovevo vedere cosa provava.

«Girati,» dissi, a denti stretti.

Non protestò.

Tirai fuori il cazzo e Brandon si girò, baciandomi e trascinandomi con lui sul tavolo. Grugnimmo entrambi quando lo penetrai di nuovo, lentamente. Era l'altezza giusta, l'angolatura perfetta per fare breccia nel suo corpo.

Mi appoggiai sugli avambracci, senza smettere di baciarlo e scoparlo. Gli passai le mani fra i capelli e Brandon gemette. Presi a sbattergli dentro il cazzo con più forza. Bastò tirarmi un po' su e vedere la sua espressione per ritrovarmi a un passo dal baratro: quelle labbra socchiuse, il viso che scosso dai brividi... era paradisiaco.

Cercò di dire qualcosa, ma non ci riuscì. Alla fine ce la fece a malapena a grugnire: «*Più forte.*»

«Pensavo che non me l'avresti mai chiesto.» Digrignai i denti e appoggiai i palmi sul tavolo per scoparlo più in fretta, più forte. Sentivo le piastrine tintinnare a ogni movimento, a ritmo con gli scricchiolii del tavolo da biliardo.

Brandon lo guardò, poi guardò me. Si passò la lingua sulle labbra e io rabbrividii come se l'avesse passata sul mio cazzo.

«Sto per venire,» dissi. «Oh, Dio, sto per venire...»

«Oh, cazzo, Dustin,» rispose Brandon, prendendomi per le spalle. «Cazzo, sto...» Ma non riuscì a finire la frase: inarcò la schiena e venne. Cercai di mantenere il ritmo, però quando gridò il mio nome e imprecò, sentii le ginocchia cedere. Mi tirò giù per baciarmi. Il suo fiato affannato e affamato e la sensazione bagnata dello sperma sul suo petto mi spinsero oltre il limite. Gli sfiorai appena le labbra e subito dovetti tirarmi indietro di colpo. Gli spinsi dentro il cazzo fino in fondo e venni.

«Oh mio Dio, oh cazzo, Brandon,» gemetti, tremando e annaspando mentre cavalcavo l'orgasmo. Lentamente collassai sopra di lui e appoggiai la testa accanto alla sua. Mi accarezzò i capelli e la nuca con le dita, facendomi tremare.

Alla fine alzai la testa, lo baciai e gli ravviai i capelli. Lui fece lo stesso con me. «Sono promosso?»

Rise. «Se è questo che succede quando vieni a lezione,» commentò, baciandomi gentilmente, «ti aspetto lì domani.»

CAPITOLO
DICIASSETTE

Recuperato il fiato, ci spostammo in camera da letto. Brandon mi appoggiò la testa sulla spalla e si mise a giocherellare con le piastrine. «A cosa pensi?»

Gli passai le dita fra i capelli e gli baciai la fronte. «Non so perché ogni volta resto sorpreso da quanto mi conosci bene.»

«Beh, è positivo se continuo a sorprenderti. Vuol dire che non ti sei ancora stufato di me.»

Risi. «Per niente.»

«Allora, a cosa pensi?»

Mi morsi un labbro, chiedendomi se davvero fosse il caso di dirglielo. Il tintinnio delle piastrine mi ricordava il frinire dei grilli – un suono quieto, il cui unico scopo era sottolineare il silenzio circostante.

Brandon si spostò, si mise a pancia in giù e si appoggiò la testa sulle mani. «Parla.»

«Stavo pensando…»

«A quanto vile sia stato fare quella pagliacciata mentre facevo lezione?»

Alzai gli occhi al cielo e feci un gesto con la mano. «Te la meritavi.»

«Nient'affatto.»

«Sì, invece.» Gli diedi una spinta affettuosa e gli baciai la fronte. «No, stavo pensando a quando mi hai dato la chiave di casa tua.»

Piegò la testa e aggrottò le sopracciglia. «E?»

«Non...» Mi fermai. «Non ti ha dato fastidio? Cioè, era la tua unica chiave, e l'hai data a me.»

«No,» rispose semplicemente.

«Davvero?»

«Perché avrebbe dovuto essere un problema?»

«Non lo so, cioè... potrei essere un rapinatore. Un cleptomane.»

Ridacchiò e mi diede una gomitata. «So dove abiti, signor Walker.»

«Sì, è vero.»

Si mise su un gomito e mi accarezzò il braccio. «Ti ha dato fastidio che te la dessi?»

«No, cioè... No.» Mi fermai. «Non me l'aspettavo.»

«Dustin, non te l'avrei data se non mi fidassi di te.» Sorrise. «E non ho motivo per non fidarmi di te.»

«Anche dopo la pagliacciata a lezione?»

Rise. «Anche dopo la pagliacciata.» Intrecciò le piastrine tra le dita e mi guardò torvo. «Ma mettersi queste è stata davvero una mossa perfida.»

«Beh, si vedevano appena.»

«Col cazzo. Continuavi a farle tintinnare.»

Sbattei le palpebre, innocente. «Ma dai, te ne sei accorto? Che udito fine.»

Mi guardò stringendo gli occhi e le fece tintinnare. «Eccome, se me ne sono accorto. Credevo di impazzire.»

Risi e lo guardai giocherellare con la catena. «Ti piacciono proprio, eh?»

Se la intrecciò alle dita. «Le adoro.»

«Ehi, sai una cosa?» dissi, sollevandomi sui gomiti. «Non le ho mai viste addosso ad altre persone.» Me le sfilai dalla testa.

«In quattro anni nell'esercito non le hai mai viste?»

«Beh,» obiettai. «Non addosso a persone con cui andavo a letto.» Gliele porsi.

«Okay.» Si alzò, le prese e se le infilò. Tintinnarono a contatto col suo petto e ancora di più quando si sfilò i capelli da sotto la catena. «Allora.» Si mise in posa. «Che ne pensi?»

«Comincio a capire perché ti piacciono tanto,» risposi con un ghigno.

Si stese su un fianco, reggendosi la testa con un braccio. «Ho un favore da chiederti,» disse, giocherellando con le piastrine.

«Che favore?»

Mi guardò, totalmente serio. «Voglio che tu mi ritragga come una delle tue ragazze francesi.»

Sbattei le palpebre. «Che cosa?»

«Con queste addosso.» Sollevò le piastrine, dopodiché tornò a sdraiarsi in una posa decisamente teatrale. «Con solo queste addosso.»

Scoppiai a ridere e alzai gli occhi al cielo. «Cretino.»

Ridacchiò e si tirò su. «Che posso dire? Ho visto un po' troppe volte *Titanic*.»

Feci una smorfia e dissi: «Cazzo, lo sapevo che nascondevi un difetto grosso come una casa.»

«Cosa? Che mi piace *Titanic*?»

«Sì.» Feci una pausa. «Salvo solo la scena sulla macchina. Quella sì che era eccitante.»

«Esattamente. Presente la mano sul vetro appannato?» Inspirò a fondo. «Il momento più bollente della storia del cinema.»

«Non ho obiezioni.»

«Visto? Il film vale anche solo per quello.»

«Adesso non esageriamo,» risposi. «Chi guardavi, durante quella scena? Kate o Leonardo?»

Sorrise. «Ah, vedi, Dustin? È una delle gioie della bisessualità: le scene di sesso sono eccitanti il doppio.»

«Mh, non hai tutti i torti.» Guardai le piastrine. «E hai ragione su quelle. Sul corpo giusto, sono davvero sexy.»

Rise e fece per togliersele, ma lo bloccai.

«No,» dissi. «Tienile.»

Mi rivolse un largo sorriso. «Vuoi scoparmi con queste addosso?»

«Beh, anche.» Sorrisi. «Voglio che te le metta tu.»

«A letto?»

«Sempre. Quando vuoi. Tienile tu.»

Guardò le piastrine, poi me e sorrise. «Quindi… io ti ho affidato la chiave di casa mia, tu mi affidi le tue piastrine. In una qualche società tribale, potremmo essere sposati.»

Alzai gli occhi al cielo e risi. «Quando scopri la società dove si celebra il sacro rituale dello scambio di piastrine, fammelo sapere.»

Brandon rise e mi baciò. Quando mi guardò, però, non sembrava in vena di scherzi. «A essere sinceri, credo che non ci si possa più considerare semplici amici di letto.»

«Lo so,» risposi, passandogli le dita fra i capelli. «E devo ammettere che non so bene come comportarmi.»

Mi strinse la mano. «Lo so. Ma non è sempre così, nei rapporti a due?»

Feci spallucce. «Beh, sì, ma...»

Sorrise. «Lo so, io sono un uomo. Ma cosa cambia?»

«Prima di incontrarti, avrei detto *tutto*.» Giocherellai con le piastrine sul suo petto. «Ora però non ci capisco più niente...»

«Vedila così: siamo due persone con tante cose in comune, costantemente sulla stessa lunghezza d'onda, che si fidano l'uno dell'altro e fanno sesso come in un film porno.» Fece spallucce. «Il fatto che siamo due uomini non è così significativo.»

«Beh, se la metti così,» risposi, con un sorriso.

«Visto?» Si tirò su e mi baciò dolcemente. Quando si allontanò, però, aveva uno sguardo serio. «Ascolta, lo so che per te è tutto nuovo. Ci sono passato anch'io. Però,» Mi strinse la mano, «non lasciarti condizionare. Qualunque sia il senso, o il futuro, di questa relazione, giudicami per quello che sono, non perché sono un uomo.»

Gli feci scivolare la mano sula nuca. «Posso giudicarti per quello che sei e per le cose stupende che facciamo a letto?»

Rise. «Sarebbe perfetto.»

«Dovrei farcela.»

«Dovresti?»

Lo tirai per le piastrine, le *sue* piastrine. «Vieni qui.»

Proprio mentre mi stavo preparando per uscire con Brandon, squillò il cellulare. Era Dan.

«Ehi, che c'è?» chiesi, mentre mi guardavo allo specchio e mi passavo le dita sul mento per accertarmi di essermi rasato bene.

«Ehi, stasera i ragazzi pensavano di uscire. Vieni con noi?»

«Mi piacerebbe, ma ho già un impegno.»

«Oh, dai, è tutta la settimana che hai impegni.»

Ridacchiai. «Sì, beh, è così che funziona.»

«Lei chi è?»

Il cuore mi schizzò nel petto. «È...» esitai. «È una che ho conosciuto.»

«Cazzo, Dustin,» replicò ridendo. «Ci passi troppo tempo insieme... non è che ti tiene al guinzaglio?»

Sbuffai. «Ti prego. Ho passato dieci anni al guinzaglio. Non ci torno a quella vita.» Anche se... *Chissà se a Brandon piacciono certi giochetti.*

«Grazie a Dio,» rispose. «Non è che ti costringe ad andare a teatro o all'opera?»

«Nah, andiamo in quella nuova bisteccheria vicino alla palestra.»

«Da *Julian*? Oh, cazzo, quel posto è fantastico. Non riesco a credere che la tua tipa ci venga senza fare storie. Io ho dovuto trascinarci...» Fece un secondo di pausa. «Una tipa con cui uscivo, ho dovuto trascinarcela. Non era abbastanza raffinato per i suoi gusti.»

«Ci vuole la donna giusta,» risposi, ridendo fra me e me.

«Eh, davvero,» concordò Dan. «Beh, comunque noi ragazzi siamo al solito posto, se la tipa ti dà buca.»

«Non credo che succederà, ma lo terrò a mente.»

«Ci si sente.»

«Ciao.» Chiusi la conversazione. Quel mezzo secondo di pausa mentre parlava del *Julian* mi aveva impercettibilmente disturbato, ma non sapevo spiegarmi il perché.

Magari anche lui ha un fidanzato segreto. Scoppiai a ridere e scossi la testa mentre prendevo la giacca e mi avviavo verso l'uscita. Se questa storia con Brandon continuava così, prima o poi avrei dovuto parlarne con Dan e gli altri. E con Tristan, e con mia madre. Il pensiero mi pietrificò e lo spinsi subito via. Non era ancora ora.

Salendo in macchina, mi fermai a riflettere. *Chi avrebbe mai pensato di dover fare coming out? A volte la vita è buffa.* Scossi la testa, misi in moto e mi diressi in città per l'appuntamento con Brandon.

Mentre camminavamo fino al ristorante, gli misi un braccio intorno alle spalle e Brandon mi cinse la vita. Anche se una parte di me si preoccupava ancora della reazione della gente, non me ne fregava più così tanto. Mi piaceva, di tanto in tanto, poterlo toccare in modo affettuoso.

«Oh,» fece. «Te l'ho detto che una mia studentessa mi ha chiesto di te?»

«Scherzi?»

Scosse la testa, ridacchiando. «Voleva sapere perché non venivi più a lezione.»

«Oh? Era carina?»

«Sì, cazzo. Un bruna con un culo da sballo. Una di quelle che ispirano sesso selvaggio.»

Lo guardai. «Gliel'hai dato il mio numero?»

«Col cazzo,» rispose, fingendosi offeso. Fece una pausa, poi aggiunse: «Però le ho dato il mio.»

«Stronzo,» risi e mi voltai per dargli un bacio sulla guancia.

In quel momento rimasi abbagliato da un flash. Ci fermammo di colpo. E mi si gelò il sangue nelle vene.

La mia ex-moglie abbassò il cellulare, il viso deformato nella sua tipica smorfia di disprezzo.

«Stephanie,» sussurrai con un filo di voce.

Brandon la guardò, poi guardò me, e chiese: «Questa è…»

«Avrei dovuto capirlo che eri un finocchio,» ringhiò lei.

La fulminai con lo sguardo. «Che te ne importa?»

«Oh, niente.» Premette qualche tasto sul cellulare, poi tornò a guardarmi. «Ma tua madre adorerà quella foto.»

Mi sentii mancare. «Stephanie, non...»

Schiacciò un bottone e girò il telefono così che vedessi la scritta *Immagine inviata* sul piccolo schermo LCD. «Troppo tardi.»

Gemetti ad alta voce e lasciai cadere il braccio intorno alle spalle di Brandon, mentre con l'altra mano mi strofinavo gli occhi. «Che cazzo vuoi, Stephanie? Cos'è, mi hai seguito...» Mi interruppi. «Come facevi a sapere che ero qui?»

Mi rivolse un ghigno. «Ho i miei sistemi.»

Dan, figlio di puttana. «Che ci fai qui? Cos'è, stasera non hai trovato nessuno disposto a scoparti?»

Rise con disprezzo. «Di sicuro non fra i finocchi come te.»

Avvampai ed evitai il suo sguardo. «Che cosa ci fai qui?»

Strinse gli occhi a fessura, ma poi lo sguardo le si fece più tenero e premette le labbra, come per contenere l'emozione. «Volevo vederti.»

«Oh, davvero? Scopri che ho un appuntamento e decidi che...»

«Allora ammetti che è un appuntamento! Sei gay, vero?»

Alzai gli occhi al cielo. «Non ti devo spiegazioni. Io e te non abbiamo più niente da spartire. Che vuoi?»

«Oh, ti prego…» Si fermò, e rivolse la sua attenzione a Brandon. «Beh? Sei sorpreso di vedere che una volta era normale?»

Brandon rispose senza batter ciglio, «No, è solo che credevo che avesse gusti migliori.»

Se non fossi stato così furioso con Stephanie, la sua espressione pietrificata mi avrebbe fatto ridere. Gli rivolse un'occhiataccia e aprì bocca per parlare, ma mi intromisi fra loro e le puntai un dito contro. «Rispondi alla mia domanda, Stephanie. Sei venuta fin qui a spiarmi e hai deciso di rivelare a mia madre i fatti miei. Che cosa vuoi?»

Strinse gli occhi. «Ho sentito dire che qualcuno ti aveva visto in compagnia e pensava che ti fossi fatto un fidanzato. Volevo vederlo coi miei occhi.»

Ormai stavo praticamente fremendo per la rabbia. Brandon mi mise una mano sulla schiena, per confortarmi. Gli rivolsi uno sguardo, prima di tornare a concentrarmi su Stephanie. «Come…»

«Perché, Dustin?» strillò, e la rabbia nella sua voce mi colse alla sprovvista.

«Non sono affari…»

«Eri stufo di cercare di capire come far godere una donna?»

«Stephanie, lo sai che…»

«Dopo dieci anni, non ti biasimo.»

Venni invaso dalla collera. «Dopo dieci…»

Non mi lasciò finire. «O è per questo che volevi sempre fare sesso anale?»

«Cosa? Ma se eri tu che…»

«Avanti, Dustin, dimmelo! Perché proprio un uomo? Perché adesso? Perché…»

«È che…»

«Dimmelo, Dustin!» ringhiò. «Perché?»

«Cazzo, Steph…»

«Non sei abbastanza uomo da soddisfare una donna? Perché…»

«Perché è l'esatto contrario di te,» ruggii. Sentii la mano di Brandon irrigidirsi e sollevarsi quasi dalla mia schiena.

Stephanie rimase colpita, ma si riprese subito e rise beffarda. Poi disse a Brandon: «Buona fortuna. Siete una coppia adorabile.» Guardò il cellulare, sorrise, girò sui tacchi e se ne andò.

La fissai incredulo. Brandon mi accarezzò la schiena e mi strinse affettuosamente la spalla. «Che è successo?»

Improvvisamente le ginocchia mi cedettero. Mi lasciai cadere sul cofano di un'auto e imprecai, passandomi le dita fra i capelli.

«Dustin?» Brandon si sedette accanto a me e mi strinse di nuovo la spalla.

«Te l'ho detto che era una psicopatica,» dissi. Sentii la nausea salirmi in gola.

«Ti ha seguito?»

Scossi la testa. «Ho detto a un amico che venivo da *Julian*. Quello stronzo figlio di puttana deve averle detto che avevo un appuntamento.»

«Ma perché ti ha seguito fin qui?»

«Lo ha già fatto in passato, quando uscivo con altre donne. Evidentemente pensa che me lo meriti, dopo averla piantata.»

«Oh, Cristo.»

«Già.» Misi i gomiti sulle ginocchia e mi chinai in avanti, strofinandomi la nuca con le mani. «E adesso lo sanno tutti.»

«Merda. A quante persone ha mandato quella foto?» Mi accarezzò gentilmente la schiena.

«Solo una,» gemetti. «A meno che non stesse bluffando, e ne dubito. Mia madre.»

«Perché fare una cosa del genere? Cos'ha da guadagnarci?»

«Farebbe qualunque cosa pur di rendermi la vita un inferno.» Sospirai. «E sa benissimo che mia madre non mi ha mai perdonato per il divorzio.»

«Anche se quella puttana ti tradiva?»

Risi amaramente. «Stephanie e mia madre sono sempre andate molto d'accordo. Quella notte, dopo averla beccata in flagrante, non volevo parlare né vedere nessuno. Sono andato a casa, mi sono ubriacato e mi sono addormentato.» Sospirai di nuovo. «Lei, invece, ha chiamato mia madre e tutti i nostri amici. Ha raccontato che era stata lei a incastrarmi. Che aveva mandato lei le email false, che aveva prenotato lei la stanza per vedere se sarei andato fino in fondo.»

«Non ci credo.»

Annuii. «È la verità. Così adesso tutti credono che sia stato io a tradirla.»

«Ma non avevi le email? I log della chat?»

Lo guardai. «Hai presente la fase 'mi sono ubriacato'?»

«Sì.»

«Beh, da bravo ubriaco qual ero, ho cancellato tutto. Tutte le email, le foto, i dati. Tutto quanto.»

Lasciò cadere la testa. «Oh, merda.»

«Già.» Inspirai a fondo. «Credo davvero che pensi di essere lei la vittima. Quando l'ho beccata, mi ha detto che non l'avrebbe fatto se solo io fossi stato più presente, o più innamorato, o che ne so.» Mi schiarii la voce. «Cristo, mi beccavo una gomitata ogni volta che cercavo di sfiorarla.»

«Sul serio?»

«Dio, sì. Se osavo avvicinarmi a lei per qualche coccola, di notte, mi scacciava appena se ne accorgeva.» Deglutii cercando di sciogliere il nodo alla gola. «All'inizio mi aspettavo sempre che lo facessi anche tu. Ero talmente abituato...»

«Non lo farei mai.»

«Certe abitudini sono dure a morire.»

Brandon continuò ad accarezzarmi la schiena e a massaggiarmi le spalle in segno di conforto.

Sospirai. «Penso che, mentre cercava di convincere tutti che ero stato io a tradirla, si sia convinta anche lei che fosse colpa mia.» Lo guardai e sorrisi. «È una manipolatrice straordinaria.»

«Ho visto,» mi disse, guardando il punto, a pochi metri da lì, dove ci eravamo confrontati. «E hai vissuto così per dieci anni?»

«Più un anno in cui uscivamo insieme, prima di sposarci. Come ho detto, è una manipo…» Sentii il cellulare vibrarmi in tasca. «Oh, merda.»

«Che c'è?»

Tirai fuori il cellulare. Era mia madre. Gemetti e lasciai cadere la testa in avanti. «Cazzo.»

Mi strinse la spalla. «Lasciala perdere, per stasera,» disse, in tono gentile. «Perché non torniamo a casa? Ci dormi su e domani le parli.»

Annuii come in trance. Ci alzammo e ci dirigemmo al parcheggio.

Mi fermai per aprire l'auto e Brandon si mise una mano sul fianco. «Vuoi passare la notte da me? Cioè, visto quanto è successo, se preferisci di no…»

Lo zittii con un bacio gentile, il suo viso fra le mie mani. «Non c'è posto in cui preferirei stare.»

Per un attimo mi rivolse un'espressione incerta. Poi sorrise. «Ci vediamo lì.»

Sorrisi, lo baciai e salimmo ciascuno sulla propria macchina.

DICIOTTO

Arrivati da Brandon, nessuno dei due era in vena di sesso, per cui rimanemmo sdraiati sul suo letto, abbracciati, a parlare. Lo cinsi con un braccio e lui appoggiò la testa sulla mia spalla, le nostre dita intrecciate sul mio petto.

Parlando gli accarezzai la mano col pollice, ma Brandon non rispose al tocco come faceva di solito. Era diverso. Sembrava quasi non reagire alle mie carezze, come se non gliene importasse... anzi, come se non fosse convinto.

Alzai il mento per guardarlo in faccia. «Che succede?»

Deglutì. «Che vuoi dire?»

«A cosa stai pensando?»

Rise, una risata forzata. «Stai imparando anche tu a leggere nelle mente.»

«Sul serio.» Gli accarezzai gentilmente i capelli. «Che succede?»

Evitò il mio sguardo. «Stasera hai detto una cosa... alla tua ex...» Non concluse la frase.

Il cuore prese a battermi forte. «Cos'ho detto?»

«Le hai detto...» mi guardò negli occhi, come in cerca di risposte. «Che ero l'esatto opposto di lei...» deglutì. «È per quello che stai con me?»

Mi si mozzò il fiato in gola. «Che vuoi dire?»

«Stai con me perché vuoi stare con me,» si umettò le labbra, nervoso, «o perché sono diverso da lei?»

«No, certo che no,» risposi, la bocca asciutta come cotone. «È vero che sei il contrario di lei, ma...»

«È proprio questo che mi spaventa.» Si tirò su, senza smettere di guardarmi. «Senti, mi è già successo di uscire con persone che non erano pronte a una relazione e so come finiscono queste storie...»

Mi tirai su e gli toccai gentilmente il braccio. «Brandon, non è così.»

«Sei sicuro?»

Deglutii. Volevo rispondergli di sì, che ero sicuro, che questa storia riguardava solo me e lui e non Stephanie, ma... Non ero stato io il primo ad avere certi dubbi?

«Dustin, ascolta.» Mise la mano sulla mia. «Lo so che hai tante cose per la mente. Tenevi molto al tuo matrimonio e sei stato trattato come una merda da quella donna; in più, ora ti ritrovi a dover gestire l'attrazione per un uomo per la prima volta in vita tua. Non è facile.»

Espirai e mi guardai intorno, evitando il suo sguardo.

Brandon mi strinse la mano. «Dustin, non ti chiedo di fingere che i tuoi sentimenti per Stephanie siano morti e sepolti. So che ti ha ferito. Se stai con me solo per superare lei, va bene. Non ti chiedo nemmeno di accettare così, su due piedi, l'attrazione per un uomo.» Si morse un labbro, poi continuò: «Ma devi darmi qualcosa a cui aggrapparmi.»

Digrignai i denti, totalmente senza parole.

«Se questa storia ha un futuro, sarò paziente. Ti aspetterò, senza insistere.» Mi strinse di nuovo la mano. «Ma se pensi che sia solo una fase da cui non vedi l'ora di uscire…»

«No,» lo interruppi. «Dio, no.» Lo guardai e Brandon inarcò le sopracciglia. Mi sembrò che riuscisse a leggermi dentro, fino all'anima, come quando gli dicevo che non ero nervoso e sapeva benissimo che in realtà lo ero. Solo che stavolta non sapevo cosa scorgesse. E se si fosse davvero trattato di una fase per superare Stephanie?

«Dustin…»

«Cosa vuoi che ti dica?»

«Voglio sapere,» rispose sottovoce, «se mi sto affezionando troppo a una persona che non ha nessuna intenzione di fare sul serio con me.»

Lo guardai negli occhi, ma non riuscii a parlare. Non avevo risposte.

«Dustin?» Mi strinse la mano.

«Non…» Inspirai. «Non lo so. Davvero, non lo so.»

Distolse lo sguardo e strinse forte le labbra.

Gli accarezzai il dorso della mano. «Brandon, non voglio prenderti in giro, lo giuro su Dio. È solo che non lo so…» Mi sentii sommergere dai sensi di colpa. Lo stavo prendendo in giro? Prima di conoscere Brandon, avevo creduto di non essere pronto per una relazione seria. Perché diavolo avrei dovuto essere pronto adesso? L'ultima cosa che volevo era ferirlo, ma improvvisamente mi parve di aver imboccato quel sentiero.

«Cazzo,» sussurrai.

Mi guardò negli occhi. «Cosa c'è?»

Scossi la testa. «Sono solo... confuso, mi sa.»

«Siamo in due.»

«Senti, non voglio mentirti,» dissi. «Non so se questa storia ha un futuro. So che voglio stare con te adesso. Voglio... cazzo, non mi capisco più. Non capisco cosa provo, cosa penso, cosa voglio. Ma...» Mi tormentai un labbro coi denti.

«Ma?»

Inspirai e mi costrinsi a guardarlo negli occhi. «Non lo so se voglio che questa relazione continui a prescindere, o solo perché è l'opposto del mio matrimonio.»

Brandon sobbalzò.

«Mi dispiace...»

Mi fece cenno di smetterla e mi toccò piano il braccio. «Dustin, ti capisco. Davvero.»

«Sicuro?»

Annuì. «Non ti invidio per niente. Sei in una posizione difficile; da una parte il divorzio, dall'altra questa storia con me... che ci sia un nesso o meno.» Mi strinse il braccio. «Ti chiedo solo di essere sincero con me.» Fece spallucce. «E so che lo sei.»

Aggrottai la fronte. «E ti basta?»

«Non ho altra scelta,» rispose. «Non posso cambiare i tuoi sentimenti e non posso costringerti a capire subito quello che provi.» Chinò un attimo lo sguardo. «Spero solo che, quando l'avrai capito, me lo dirai.»

«Sì. Lo giuro.»

«Allora mi basta.» Mi abbracciò e mi attirò a sé per un bacio gentile. Quando si staccò, appoggiò la testa sulla mia spalla e restammo a lungo così, abbracciati. Non c'era niente di sessuale in questo abbraccio, nessun desiderio di spingerci oltre: solo un profondo senso di sollievo. Eravamo ancora qui, c'era ancora una connessione fra noi, nonostante tutti i dubbi emersi.

Qualcosa dentro di me mi disse, a chiare lettere: *Bada a quello che fai, Dustin. Non mandare tutto a puttane.*

«Facciamo una stima dei danni.» La mattina seguente tirai fuori il cellulare dalla tasca della giacca e lo aprii, ma non riuscii a trovare il coraggio di guardarlo. L'avevo lasciato tutta la notte in modalità silenziosa e avevo paura di scoprire il numero di chiamate perse.

Brandon sollevò lo sguardo dalla caraffa di caffè. «Com'è?»

«Non lo so. Non ho il coraggio di guardare.»

Mi passò una tazza sul bancone e sorseggiò dalla sua. «Dai, guarda e basta.»

«Non so se voglio saperlo.»

«Okay, guardo io.» Mi porse la mano e gli passai il cellulare senza esitare. «Cristo, Dustin, è solo un telefono. Sembri una donna col test di gravidanza. Non è così drammatico, suvvia...» Si fermò, strabuzzando gli occhi davanti allo schermo LCD.

Sentii una fitta al cuore. «Beh?»

Sbatté le palpebre e fissò il cellulare, la bocca aperta, gli occhi spalancati in un'espressione sconvolta.

«Brandon...»

Scosse la testa, incredulo. «Beh, direi che sei incinta.»

Alzai gli occhi al cielo. «Dai, spara. Com'è?»

Strinse le labbra, per impedirsi di ridere. «Sei sicuro...»

«Dimmelo e basta. Avanti.»

«*Diciassette* chiamate perse.»

Rimasi a bocca spalancata. «Mi prendi per i fondelli.»

«No. Diciassette, giuro.»

«*Diciassette*?»

«Diciassette.» Sorseggiò un po' di caffè e premette qualche bottone. «Vediamo... Mamma, mamma, mamma, Rick...» Alzò un sopracciglio, curioso.

«Mio fratello.»

«Ok. Rick, di nuovo mamma, mamma...» Fece scorrere l'elenco, ripetendo 'mamma' all'infinito. «Dan, Tristan, Kari e un paio di numeri non memorizzati.»

«Dio,» sospirai.

«A quante persone avrà mandato quella foto?»

«Solo a mia madre. Basta e avanza per farla avere a tutti. Probabilmente ce l'avrà anche il

Papa, a quest'ora.» Mi passai una mano fra i capelli e scossi la testa. «Merda.»

«Oh, ma guarda. Messaggi.»

Gemetti. «Figuriamoci se mancavano i messaggi.»

«Sei sono notifiche della segreteria, e...» Ridacchiò. «Oh mio Dio.» Si mise una mano sulla bocca, cercando di ricomporsi.

«Cosa? Cosa c'è?»

«Scusa, lo so che non dovrei ridere,» disse. «Ma...» Ridacchiò di nuovo.

«*Cosa?*»

Si schiarì la voce. «Paghi per gli SMS ricevuti?»

«No, ho la tariffa illimitata.» Mi si gelò il sangue nelle vene. «Perché?»

Guardò un attimo lo schermo del cellulare, poi di nuovo me.

«Brandon...»

Girò il telefono verso di me. Lo fissai sbalordito. Sbattei le palpebre, sicuro di avere le allucinazioni, ma il numero rimase lo stesso.

Quarantatré nuovi messaggi.

Mi aggrappai al bancone. «Non ci credo.»

Quando guardai Brandon, aveva un'espressione di divertimento mista a pietà. Volevo fargli il culo e dirgli di smetterla di ridere, ma più ci pensavo, più la situazione mi sembrava assurda. Sghignazzai. Brandon strinse forte le labbra, chiaramente per mantenersi serio.

Alla fine non resistetti più e scoppiai a ridere. «Pensa a quanto avranno spettegolato ieri sera.»

«A causa nostra avranno tutti i capelli bianchi.» Brandon rise, piegato in due sul bancone.

«Dio, avrei voluto vedere la faccia di mia madre.»

«Tutti a parlare del peccato di Dustin.»

Scossi la testa. «Mi sembra quasi di sentirla…»

Brandon alzò le mani e si mise a strillare: «Oh mio Dio! I sodomiti! I sodomiti hanno corrotto la nostra famiglia!»

Mi piegai in due dalle risate. «E ci pensi se…»

«Oh Dio, no.» Prese il cellulare dal bancone.

«Cosa?»

«Sta squillando.»

«No!»

«Te lo giuro.»

«Chi è?»

Ridacchiò e guardò lo schermo. «Tua madre.»

«Ma dici sul serio?»

Mi mostrò il telefono. E in effetti, mia madre stava chiamando. «Non si arrende mai, eh?»

«Le serve un hobby.»

«Mi sa che l'ha trovato.»

Di nuovo tornammo a rotolarci dal ridere. Qualcosa nella testa mi ripeteva che non c'era niente da ridere – e sapevo che, quando avrei dovuto affrontare la questione, non mi sarei divertito affatto – ma intanto non riuscivo a smettere. Capii perché alle volte la gente ride ai funerali: in certi casi è l'unico modo per non uscire di testa.

Naturalmente, più io ridevo, più Brandon rideva e viceversa, finché non sembrammo due pazzi sotto acido.

Brandon si accasciò a terra, distrutto. Mi avvicinai per aiutarlo a rialzarsi, ma per poco non caddi anch'io. Non provammo nemmeno a tirarci su: restammo a piangere e a rotolarci dal ridere.

Quando finalmente tornammo a respirare, mi appoggiai alle antine del bancone e misi le mani sulle ginocchia.

«Non è che adesso si mettono a marciare verso casa tua coi forconi?» mi chiese Brandon, lasciandosi cadere di fronte a me.

«Se non l'hanno già fatto.» E a pensarci bene era vero. Se non riusciva a contattarmi al telefono, mia madre non avrebbe esitato a farmi un'imboscata a casa. O, peggio ancora, in palestra.

Realizzando in che pasticcio mi ero cacciato, sentii il buonumore dissolversi. Sospirai, appoggiai la testa al bancone e mi strofinai gli occhi. «Che situazione di merda.»

La voce di Brandon si fece seria. «Lo so. Non è mai una cosa facile e il modo in cui l'hanno scoperto non aiuta.»

Chiusi gli occhi. «Cazzo.» Lo sentii spostarsi e un attimo dopo era al mio fianco, la mano sul mio braccio.

«Dustin, per un po', ne vedrai di tutti i colori,» mi disse calmo. «Ma poi finirà. In un modo o nell'altro.»

«Non conosci la mia famiglia.»

«No,» rispose. «Ma non sei il primo a passare dei guai per una cosa del genere.» Guardò per un attimo il bancone sopra le nostre teste e sorrise debolmente. «Anche se mi sa che tu hai battuto tutti i record di messaggi e chiamate perse nelle dodici ore.» Strinse le labbra e mi guardò come per chiedermi il permesso di ridere.

Sorrisi e un attimo dopo scoppiammo a ridere insieme. Gli presi la mano e gliela strinsi gentilmente. «Allora non ti offendi se non ti porto subito a conoscere mamma?»

«Affatto.» Girò la mano e intrecciò le dita con le mie. «Ho già assistito a cose del genere, e...» Per un attimo rimase zitto. «Sarò sincero, Dustin. Questo è uno di quei momenti nella vita in cui scopri chi ti è veramente amico e chi no.»

Deglutii. «Qualcuno ti ha voltato le spalle?» Non sapevo se volevo essere confortato o rassicurato. Probabilmente entrambe le cose.

Annuì. «Ho fatto coming out solo finito il liceo, anche se sapevo di essere gay da quando avevo tredici anni.»

Gli strinsi le mano e chiesi: «Com'è stato?»

«Alcune persone mi hanno voltato le spalle e non sono mai tornate sui propri passi.» Guardò le nostre mani unite, evitò il mio sguardo e sospirò. «Sono passati quattordici anni e mio fratello non mi ha mai più rivolto la parola.»

«Cristo…»

«Sì. Eravamo sempre andati d'accordo, ma…» Scosse la testa e finalmente tornò a guardarmi.

Mi sentii sprofondare. Non riuscivo a immaginare di perdere il rapporto che avevo con Tristan, ma sentivo che sarebbe andata esattamente così. «Quanto ci hai messo a riprenderti?»

Quando mi guardò negli occhi, rimasi colpito dal dolore che vi lessi. Brandon deglutì a fatica. «Dopo quattordici anni non sto più sveglio la notte a pensarci. Ma mi fa ancora male.»

Sospirai e gli strinsi gentilmente la mano. «Mi dispiace.»

«È la vita,» sussurrò. «Mi dispiace che debba passarci anche tu.»

Gli strofinai la mano col pollice. «Me la caverò.»

«Lo so.» Mi mise un braccio intorno alle spalle e mi baciò gentilmente. «Ce la farai. Non posso dirti che sarà facile, ma prometto di restare con te.»

«Grazie,» risposi.

Guardò il cellulare sul bancone. «Allora, vuoi affrontare subito l'inquisizione o, visto che tanto ormai ti sei macchiato del peccato mortale…» Mi lanciò un'occhiata maliziosa.

Fino a un attimo prima, avrei giurato che non era il momento adatto per certe cose, ma ora il letto mi parve il posto migliore dove stare.

Sorrisi e feci per tirarmi su. «Ormai mi sono macchiato.»

DICIANNOVE

Seduto sul divano, fissavo il cellulare. Brandon sedeva accanto a me.

«Non so nemmeno chi chiamare per primo,» ammisi, scuotendo la testa.

«C'è qualcuno su cui sei più sicuro? Che pensi possa sostenerti?»

«Mia sorella,» risposi. «Se c'è qualcuno dalla mia parte, credo sia lei.»

«Allora comincia da lei,» spiegò. «Più gente avrai dalla tua parte, più sarà facile affrontare gli altri.»

«Gli altri tipo mia madre e mio fratello?» borbottai. «Okay, vada per Kari.» Premetti il tasto di chiamata rapida per mia sorella e attesi finché non lo sentii squillare, col nodo allo stomaco.

«Ehi, Dusty.» Sembrava sollevata, come sperasse di ricevere una mia chiamata.

«Ehi.» Non sapevo come iniziare la conversazione, quindi feci finta di niente. «Mi hai cercato?»

«Sì, ti ho cercato,» rispose. «Fra una chiamata e l'altra del parentado, s'intende.»

«Che? Hanno chiamato anche te?»

«Diamine, sì,» rispose. «Mamma mi ha chiamato quattro volte. Non riusciva a contattarti.»

Merda. «Scusami,» riuscii a dire.

«Non preoccuparti.» Fece una pausa. «Mi spieghi che succede?»

«Non ti ha mandato la foto?»

«Me l'hanno mandata,» rispose Kari. «Lei, Tristan, Dan, Rick e un'altra mezza dozzina di persone.»

Gemetti e mi presi la testa fra le mani.

«Sei davvero...» Si interruppe. «Sei davvero gay?»

Deglutii. «Sto uscendo con un uomo. Sì.»

Per un attimo rimase zitta. «Da quando?»

«Prima che Rick si sposasse. Un po'.»

«Non sapevo che ti piacessero gli uomini.» Non sembrava disgustata o schifata. Sorpresa al massimo, incuriosita.

Risi. «Nemmeno io.»

«Hai buon gusto, comunque,» commentò. «Cavolo, se non fosse gay e io non fossi sposata e non fosse già il tuo ragazzo...»

«In realtà è bisex.» Guardai Brandon e risi quando lo vidi inarcare le sopracciglia.

«Oh, vaffanculo,» rise Kari. «Lo sai quanti pochi principi azzurri ci sono in giro per noi ragazze? Non si fa così!»

«Povere ragazze,» feci.

Kari rise, poi si fece più seria. «Senti, so che il resto della famiglia non te la farà passare liscia, ma io ti sostengo.»

«Tecnicamente, in questo momento è Brandon che mi *sostiene*.»

Kari rimase zitta un attimo, poi gemette: «Oh Dio, Dusty, ti odio. Adesso mi immagino...»

«Pensavo lo trovassi sexy.»

«Sì,» rispose. «Ma se me lo immagino con *me*, non con *te*.» Ridemmo entrambi, poi Kari riprese. «No, sul serio. Comunque vadano le cose, io sono con te.»

«Grazie, Kari,» risposi. «Credimi, per me significa molto.»

«Lo sai che ci sono sempre,» confermò. «Ah, però una cosa.»

«Cosa?»

«Posso sbavargli addosso quando lo vedo?»

Alzai gli occhi al cielo. «Purché non me lo sporchi.» Nonostante ci punzecchiassimo a vicenda, trassi molto conforto dalle sue parole. Dava per scontato di conoscere Brandon, prima o poi: forse era un'interpretazione azzardata, ma mi sembrava che lo stesse accettando come parte della mia vita.

«Che caro,» rispose. «Ehi, devo andare, il bambino si è svegliato. Buona fortuna col resto del parentado.»

«Grazie,» borbottai.

«Ti voglio bene.»

«Anch'io.» Riattaccai e guardai Brandon. «Rapido e indolore.»

«Me ne sono accorto,» scherzò lui.

Mentre scorrevo la rubrica cercando il numero di Rick, aggiunsi: «Pensa che tu sia un gran figo.»

«È carina?»

«Brandon! È mia sorella.»

«E allora?»

Gli tirai uno scappellotto e alzai gli occhi al cielo, mentre il telefono componeva il numero di mio fratello. Al primo squillo, il mio buonumore scomparve per lasciar posto al solito nodo allo stomaco. Con Kari ero andato sul sicuro e, allo stesso modo, ero quasi certo che Tristan mi avrebbe voltato le spalle. Ma Rick era un'incognita.

«Dustin, che cazzo succede?» La voce di mio fratello mi fece rabbrividire: non capii se fosse arrabbiato o solo terribilmente scioccato.

«Che cosa sai?»

«Se è vero che un'immagine dice più di mille parole,» rispose, «direi che ne so abbastanza.»

«E allora, cosa vuoi che aggiunga?»

Sospirò. «Perché non ce l'hai detto?»

«Perché immaginavo come avreste reagito e finora ci ho azzeccato.»

«Sì, ma forse se ce lo avessi detto...»

«Rick, è una novità anche per me,» risposi. «Non ero pronto a dirlo. Lo avrei fatto, prima o poi, e di certo non volevo che lo scopriste così. Non pensavo mica di incontrare Stephanie. Solo Dan sapeva che uscivo.»

«Hai detto *a Dan* dove andavi?» Rimase un attimo zitto. «Cristo, Dustin, cosa ti aspettavi?»

Mi si gelò il sangue nelle vene. «Che vuoi dire?»

«Non lo sai?»

«Non so cosa?» Un'altra pausa, e stavolta vidi i tasselli incastrarsi fra loro. *Non è possibile.* «Rick...»

«Non volevano che lo sapessi...»

Cazzo, no. «Che sapessi cosa?» *No, no, no. Non poteva essere vero.*

Il silenzio non durò che pochi secondi, ma mi parve infinito. «Dustin, sono mesi che Dan esce con Stephanie. Praticamente da quando vi siete lasciati.»

Conoscendo Stephanie, probabilmente da prima. «Grazie per avermelo detto,» ringhiai.

«Senti, non volevo tenertelo segreto,» tentò di spiegarmi. «Ma non erano affari miei e, in effetti, neanche tuoi.»

«Neanche il fatto che esca con un uomo sono affari vostri, ma mi avete chiamato in mille, ieri sera.»

Rimase zitto un secondo. «Siamo solo preoccupati per te. Stai passando un momento difficile...»

«Per *una volta* che sono felice, voi *vi preoccupate*?»

«È proprio per questo che ci preoccupiamo,» ribatté. «Da quando in qua sei felice a...»

«*A* cosa?»

«Senti, Dustin,» fece, con voce decisa ma non arrabbiata. «Voglio parlarti di persona. Lo sai che non sono come Tristan. Voglio solo parlarti.»

Sentir nominare Tristan mi fece stare male. E prima o poi avrei dovuto chiamare anche lui. Mi strofinai gli occhi con le dita. «Va bene. Vediamoci.»

«Domani, in quel bar sulla Main Street?»

«A che ora?»

«Le undici?»

«D'accordo.»

«Bene,» disse. «Stammi bene.»

«Contaci.»

«Hai parlato con mamma?»

«Sono ancora vivo e vegeto, no?»

«Lo prendo per un no. Beh, allora a domani.»

Riattaccai e cercai di metabolizzare le informazioni acquisite. «Devo chiamare Tristan,» dissi a denti stretti, più a me stesso che a Brandon. «Ma prima…» Premetti il tasto 'chiama' e attesi che il telefono dall'altra parte squillasse.

«Ehi, Dustin…»

«Che problema hai, Dan?»

«Che problema ho? Non sono io quello beccato a sbaciucchiarsi con un uomo.» Il disgusto nella sua voce mi mandò in bestia.

«Hai mandato la mia ex-moglie – la tua ragazza, a quanto mi dicono – a pedinarmi, cazzo. Quando pensavi di dirmelo che te la sbattevi?»

Ignorò la domanda. «La voce girava da un pezzo,» mi spiegò, con noncuranza. «Qualcuno ti ha visto con un uomo e tua mamma l'ha raccontato a me e Stephanie. Temeva che fossi diventato finocchio. E pensa, io le ho pure detto che si preoccupava per niente! E invece, cazzo…»

«E invece di chiedermelo, hai pensato bene di mandare lei a pedinarmi?» Mi passai una mano fra i capelli. Tremavo. «Che cazzo vi passa per la testa?»

Rise. «Domanda curiosa, da parte di uno a cui piace farsi inculare…»

«Vaffanculo, Dan.» Chiusi il cellulare. «Cristo, non ne posso più.»

«Cosa? Cosa ti ha detto?»

Per un attimo mi strofinai il viso con le mani e sospirai lentamente. «Ci hanno visti insieme. Suppongo quella volta che siamo andati a correre.»

«E hanno mandato la tua ex a pedinarti, invece di parlarti?»

«Sarà stata un'idea di quella puttana,» risposi. «Stronza. Ha voluto vendicarsi perché ho detto a tutti che mi aveva tradito.»

«Ma ti ha tradito davvero.»

«Sì, ma non si aspettava che lo raccontassi in giro.»

«Eh già, sei stato un vero bastardo.»

Lo guardai e, di fronte al suo sorriso dispettoso, non potei non ridere. Lo baciai in punta di labbra, poi tornai a concentrarmi sul telefono. «E ora viene il bello.»

«Tua madre?»

«Non ancora. Mio fratello.»

«Pensavo ci avessi già parlato.»

«Ho parlato con Rick, ora mi tocca Tristan.»

Brandon piegò la testa di lato e sembrò riflettere. «L'omofobo.»

«Lui.» Appoggiai la testa allo schienale del divano. «Cazzo, darà in escandescenze.»

Brandon fece una smorfia. «Sarà divertente. Caffè?» Si alzò in piedi.

«Fra qualche minuto mi servirà roba più forte.»

«Birra?»

Arricciai il naso. «Al mattino così presto?»

«Ho solo birra e caffè, a meno che tu non voglia brindare con lo champagne.»

«Champagne?» Finsi di vomitare. «Argh, come fai a bere quella robaccia? Prendo il caffè.»

Mentre andava in cucina, commentò: «C'è chi ha gusti raffinati.»

«Però non fai tante storie, quando si tratta di succhiarmi l'uccello,» gli lanciai dietro.

Si voltò a guardarmi e scoppiammo a ridere. Appena Brandon sparì in cucina, tirai fuori il numero di Tristan. La morsa allo stomaco si fece più dolorosa. Nonostante le divergenze sulla sua omofobia, io e Tristan eravamo sempre andati d'accordo. Ora sarebbe cambiato tutto, dovevo prepararmi psicologicamente. Sentii un brivido corrermi lungo la schiena.

Brandon fu di ritorno nella stanza con una tazza di caffè. Me la porse, poi tornò a sedersi al mio fianco. «Tutto okay?»

Sorseggiai il liquido senza sentirne il sapore. «Non posso farci niente.» Guardai il telefono. «Sarà divertente, sì.» Inspirai a fondo e premetti il tasto verde. Mi portai il telefono all'orecchio, chiusi gli occhi, e attesi.

Quasi non squillò nemmeno una volta. «Spero per te che sia uno scherzo.»

«Ciao Tristan, anch'io sono contento di sentirti.»

«Dustin, non può essere vero.» La voce, furiosa, si tinse di panico. «Dimmi che è uno scherzo. Un merdosissimo scherzo del cazzo.»

Sentii lo stomaco rimestarsi. «Non è uno scherzo.»

«Non è possibile. Sei mio fratello, cazzo, non puoi essere *frocio*!»

«Certo, dipende tutto da te,» mi infuriai.

«Che cosa ti è successo? Un uomo? Come hai potuto?»

«Tristan...»

«No, no,» mi interruppe. «Non voglio sapere niente. Non è possibile. Io non ho un fratello finocchio.»

«Vaffanculo, Tristan,» ringhiai, più ferito che arrabbiato. «Non puoi farci niente, abituati all'idea.»

«Col cazzo che mi ci abituo!» Imprecò sottovoce. «Cristo, per forza che Stephanie se la faceva con altri. Poveraccia, costretta a stare per dieci anni con un uomo che preferisce farsi inculare...»

«Adesso basta, Tristan!»

«Sì, cazzo, basta. Sei un finocchio schifoso.»

Riattaccò.

Mi chiesi se mi avrebbe mai più rivolto la parola.

Appoggiai i gomiti sulle ginocchia e la fronte nelle mani, sperando che il telefono mi desse qualche minuto di tregua. *Lasciatemi recuperare fiato.*

In tutta la mia vita, non mi ero mai sentito tanto isolato della mia famiglia. Quando avevo lasciato Stephanie, mia madre era rimasta delusa, ma il resto dei parenti mi aveva sostenuto. Stavolta erano disgustati, schifati, orripilati. Solo mia sorella mi sosteneva; Rick non era stato esplicitamente ostile, ma gli avevo letto la disapprovazione nella voce. La reazione di Tristan non avrebbe dovuto sorprendermi, ma in un certo senso l'aveva fatto. O forse ero solo sorpreso dal dolore che provavo.

Mi accasciai sul divano, ferito.

Brandon mi mise una mano sulla schiena e prese a massaggiarmi dolcemente. Era un gesto semplice, ma valeva quanto un mondo di conforto. *Ci sono qui io. Non sei solo.* Riuscii a riempirmi i polmoni di ossigeno.

«Stai bene?»

«Respiro ancora.»

«È un buon segno.»

Sospirai a fondo mentre mi massaggiava il collo. «Non ti fermare.»

Strinse le dita intorno ai muscoli tesi. «Vorrei poter fare di più.»

Gli presi la mano. «Mi basta averti qui.»

«Non vado da nessuna parte.»

Mi girai per guardarlo e feci per parlare, ma appena incrociai il sguardo, mi ci persi dentro. Mi resi conto di quanto pesante, quanto asfittica l'atmosfera fosse stata fino a un secondo prima: guardare lui era come risvegliarsi dal torpore. Tutto il resto era un sogno: Brandon era la realtà.

Nessuno dei due distolse lo sguardo. Nessuno dei due respirò. Sentivo il cuore pulsarmi forte nelle orecchie, così forte da smorzare il trillo del cellulare. In un angolo remoto del cervello sapevo che mi aspettavano altro dolore, altri sensi di colpa, ma per il momento contava solo quello che leggevo nel suo sguardo: conforto, tregua, *assoluzione*.

Lentamente, e quasi senza rendersene conto, Brandon si passò la lingua sulle labbra.

Sentii il cellulare schiantarsi a terra.

Più lo baciavo, più il mio desiderio per lui aumentava. Lo presi per la maglia e lo trascinai giù, su di me, per perdermi in lui. Non mi bastava averlo addosso: volevo il calore della pelle, volevo stargli quanto più vicino possibile.

Mi era già successo di desiderarlo così tanto da provare quasi dolore, da sentirmi sopraffatto.

Una cintura tintinnò.

Questa era una di quelle volte, ma la disperazione che mi possedeva era del tutto nuova.

Sentii un tessuto strapparsi.

Stavolta, il suo tocco andava ad alleviare un dolore non solo fisico.

Il rumore dei jeans che cadevano a terra coprì il trillo del cellulare e la mano di Brandon sul mio viso spense il senso di colpa che continuava a lambiccarmi il cervello.

Devo sentirmi dire che è tutto a posto. Brandon non mi rifiutava. *Devo provare altro, oltre al dolore.* Mi desiderava. *Ti voglio, Brandon.* Le sue mani erano disperate quanto le mie e finalmente il disgusto e la disapprovazione del mondo mi apparvero irrilevanti.

Gli infilai le dita fra i capelli e gli baciai il collo, il mento, fino alla bocca.

«Andiamo...» Si interruppe per baciarmi di nuovo. «Andiamo in camera da letto.» Annuii e cercammo di alzarci, ma finimmo di nuovo con le bocche incollate in un lunghissimo bacio appassionato. Morivo dalla voglia di venire, ma non riuscivo a lasciarlo andare.

Alla fine fu lui ad alzarsi e a trascinarmi con sé. Ci volle una vita per superare il corridoio e raggiungere la camera da letto. Lì, Brandon mi spinse contro il muro e mi baciò, esplorandomi la bocca come se fosse la prima volta. Dopo qualche altro passo, feci lo stesso a lui.

Anche raggiunta la camera, il letto sembrava lontanissimo. Continuavo a baciarlo e a strofinargli il cazzo. Brandon lasciò cadere la testa, chiuse gli occhi e gemette. Piegai il viso per baciargli il collo e, quando sentii la pelle della gola vibrargli per i gemiti, mi venne l'acquolina in bocca.

«Oh mio Dio, Dustin... oh, *cazzo*...» Le parole gli rimasero strozzate in gola. Sembrava che stesse provando dolore, che fosse a un passo dalle lacrime, e forse era proprio così. Annaspò, cercò di parlare, ma gli uscì solo un singhiozzo. Alla fine, riuscì a sussurrare: «Preservativo. *Ora.*»

Aprii il cassetto con mani tremanti. Tutto il corpo, in effetti, mi tremava. Volevo scopare

Brandon, scoparlo fino a morire; per quanto mi riguardava, almeno, sarei stato felice di morire così. Non avevo mai provato nulla di simile in vita mia; un desiderio primitivo mi possedeva, non solo di scoparlo, ma di *sentirlo*.

Mi accorsi, mentre prendevo il preservativo, che avrei facilmente perso il controllo e non volevo ferire Brandon. Un conto era un po' di sesso selvaggio, un conto era scopare in quello stato.

Feci a pezzi la carta coi denti. Baciai Brandon e tornai ad accarezzarlo.

«Mettiti quel coso,» mi supplicò. «Dai, cazzo...» Quando infilai il preservativo sul suo uccello invece che sul mio, rimase senza fiato.

«Voglio che mi scopi,» sussurrai con voce tremante. «Ti prego, scopami.»

«Puoi contarci,» rispose con un sussurro roco, incerto. Feci per avvicinarmi al letto, ma Brandon mi prese per le spalle. Prima che potessi reagire, mi aveva già sbattuto contro il muro e mi stava baciando la nuca, mentre premeva il cazzo contro il mio culo.

«Scopami,» lo implorai.

Mi penetrò piano, poco per volta, facendomi tremare le ginocchia. «Oddio, è stupendo,» ringhiò.

Chiusi gli occhi e gemetti, rilassandomi sia fisicamente che mentalmente, man mano che Brandon mi penetrava. Si muoveva adagio, con cautela, come sempre quando mi scopava. Non ero abituato come lui, ma stavolta non volevo trattamenti di riguardo: volevo che si lasciasse andare. Ne sentivo il bisogno.

«Più forte,» dissi, sorpreso di riuscire ancora a parlare.

Esitò. «Non voglio ferirti.» Mi trattenne per i fianchi e prese a toccarmi più lentamente, come se faticasse a mantenere il controllo.

«Scopami più forte,» insistetti.

«Dustin, non...»

«Fammi male.»

«Ma sei...»

«*Ti prego.*»

Non disse niente, ma sentii il fiato venirgli meno. Inspirò a fondo, intensamente, e si ritirò dal mio corpo. Per un attimo temetti che non avrebbe fatto nulla. Poi invece lo sentii sussurrare, a denti stretti: «Non sai da quanto aspettavo di prenderti così.»

Prima ancora di capire il senso delle parole, mi sbatté dentro il cazzo con tutta la forza che aveva, scopandomi così intensamente da farmi vedere le stelle. Faceva male, ma non il tipo di male che avevo temuto di provare la prima volta; era un tipo di sesso primitivo, violento, eccitante proprio *grazie* al dolore e alla violenza.

Mi tenni al muro con le braccia, sperando che le ginocchia non cedessero prima della fine. «Oddio,» ansimai. «Oh mio Dio, è...»

«Ti piace?» mi chiese, senza fiato.

Cercai di parlare, ma alla fine riuscii solo ad annuire. Chiusi gli occhi. Non riuscivo a respirare, non riuscivo a pensare, non riuscivo a fare niente se non ad assaporare ogni sensazione intensa che mi regalava. Era persino meglio di quanto desiderassi. Forse era persino più di quanto potessi sopportare.

Ero quasi al limite quando le ginocchia mi cedettero. Imprecai, ma Brandon mi sostenne.

«Tutto okay?» mi chiese, accarezzandomi i fianchi e baciandomi le scapole.

«Sì,» risposi, la bocca asciutta a furia di ansimare. «Ma non mi reggo in piedi.»

Si ritrasse da me, lentamente. «Non ti ho ferito, vero?»

«Non ancora.» Mi girai per baciarlo. «Adesso scopami.»

Rise, mi baciò e ordinò: «Stenditi sul letto.»

«A pancia in su?»

Annuì e mi disse: «Ci penso io. Tu stenditi e goditela.» Si fermò per aggiungere altro lubrificante, poi mi raggiunse sul letto. Mentre mi penetrava, centimetro dopo centimetro, mi baciò sul collo e bisbigliò: «Adoro stare dentro di te, Dustin.»

Riuscii solo a gemere, aggrappandomi alle spalle quando estrasse il cazzo e subito dopo me lo spinse ancora dentro.

Mi baciò dietro l'orecchio. «Cristo, sei stupendo.»

«Anche tu,» risposi. «Scopami più forte, scopami...»

«Sì,» mi rispose, le labbra sul mio mento. «Ma prima stavo per venire e non voglio...» Gli mancò il fiato. Sospirò e sentii il suo alito caldo sulla pelle. «Non voglio che finisca così presto.»

Rabbrividii, chiusi gli occhi e mi lasciai penetrare un'altra volta.

«Ho sempre paura di farti male,» mi confessò, ansimando mentre ritirava il cazzo dal mio corpo. «Ho paura che non vorrai più farti scopare così.» Mi baciò sulla bocca, penetrandomi le labbra con la lingua. «Ma è quello che vuoi, non è vero?»

«*Ti prego.*»

«Con tutta la forza che ho?»

«Sì.» Sbattei le palpebre. Avevo lo sguardo appannato. «*Scopami.*»

Non mi fece attendere oltre: me lo sbatté dentro. Il resto del creato svanì, mentre il dolore si mescolava col piacere, finché non seppi più distinguerli. Cercai di concentrarmi su di lui, ma avevo gli occhi pieni di lacrime. Era tutto così intenso.

Nessuno mi aveva mai fatto un simile effetto. Nessuno mi aveva mai fatto godere fino alle lacrime. E cazzo, nessuno mi aveva mai fatto godere tanto con il dolore.

«Oh mio Dio... oh cazzo...» Artigliai le lenzuola intorno a me. «Cristo, Bran...» Inspirai una boccata d'ossigeno. «Cazzo, Brandon, ti...» Le parole mi rimasero in gola e, per un attimo, caddi nel panico. Poi venni in modo esplosivo.

Sentii in lontananza la sua voce sussurrare: «Oh cazzo, vengo,» ma era coperta dalle mie grida. Brandon gemette e mi scopò ancora più forte, la testa all'indietro, finché non ruggì, non me lo sbatté dentro così violentemente da portarmi via l'aria dai polmoni, e venne.

Mi parve di sentirlo alzarsi dal letto per disfarsi del preservativo. Poi me lo ritrovai accanto. Per un po' la stanza rimase avvolta nel silenzio, rotto solo dal battito del mio cuore e dai nostri ansimi.

Quando il mondo finalmente smise di girare, mi voltai per guardarlo. Sorrisi.

«Stai meglio?» mi chiese con un ghigno.

«Sì, cazzo,» risposi. «Ne avevo proprio bisogno.»

«Al tuo servizio.» Rise.

Ridacchiai e gli presi gentilmente la mano. Chiusi gli occhi e cercai di recuperare fiato.

Il senso di colpa e il nodo allo stomaco di prima erano ricordi lontani, surreali, ma avevo un nuovo problema a tenermi sveglio. Se in quel momento non fossi venuto e l'orgasmo non fosse stato così potente, probabilmente avrei detto cose che non ero certo di voler dire.

Davvero, l'avrei detto?

Era così?

Era possibile che fosse così?

Deglutii, a fatica, e mi chiesi…

Amavo davvero Brandon Stewart?

VENTI

Scrutai Rick oltre i vapori del caffè. L'aria si affettava col coltello e le domande non poste mi risuonavano in testa.

«Allora, come si sta da sposati?» gli chiesi, appoggiando la tazza e giocherellando col manico.

Fece spallucce. «Come prima di sposarci.»

«Oh, mi dispiace.»

Rise, ma aveva un che di forzato. «Stupido.»

Il silenzio mi dava sui nervi. Una parte di me voleva arrivare al dunque, ma un'altra parte preferiva temporeggiare.

«Il lavoro come va?» mi chiese.

Sospirai e misi le mani sul tavolo. Almeno così avrei smesso di tormentarmi l'anulare. «Senti, Rick...»

«Hai *un fidanzato*, Dustin?»

«Non so se lo chiamerei...»

Fece un gesto brusco con mano. «Chiamalo come vuoi. Sul serio, un uomo?»

Mi appoggiai alla sedia. «Sì. Un uomo.»

«Ma perché?»

«Vuoi tutti i dettagli o ti basta un 'è successo'? Sto aspettando la predica.»

Rick mi lanciò un'occhiataccia e sospirò. «Dustin, quando ti ho detto che dovevi averne le palle piene delle donne, non intendevo dire...»

«Stavo già uscendo con Brandon.»

Si fermò. «Questo spiega la tua espressione sorpresa.»

«Esatto.»

«Ma stavo comunque scherzando.»

«Beh, io sto uscendo con un uomo.» Feci spallucce. «E non è uno scherzo.»

Si appoggiò allo schienale, a braccia incrociate. «Dustin, lo so che con Stephanie non è stato facile, ma...»

«Lei non c'entra niente.»

Mi guardò, scettico. «Cioè sei sempre stato gay?»

Alzai gli occhi al cielo. «No, Brandon è il primo uomo da cui mi sia mai sentito attratto.»

«E questa *sconvolgente rivelazione* ti è capitata, *per puro caso*, sei mesi dopo la cacciata della strega?»

«Rick...»

«Ascolta, Dustin, voglio solo accertarmi che tu non sia rimasto invischiato in questa storia...»

«Questa storia fra due adulti, vaccinati e consenzienti, che per puro caso hanno entrambi un pisello?»

Mi fulminò con lo sguardo. «Questa storia in cui decidi che sei gay per evitare di soffrire ancora.»

«Non è così che è andata.»

«Ne sei sicuro?»

Digrignai i denti. «Mi conosci così bene, meglio di quanto mi conosca io?»

«So solo che le donne con cui sei uscito dopo Stephanie erano tutte diversissime da lei.»

Incrociai le braccia. «E ti sembra strano che ne abbia i coglioni pieni di donne ipocrite e manipolatrici?»

«Esattamente.»

«Che cosa? Credi che dovrei trovarmene un'altra come lei?»

«Buon Dio, no,» rispose. «Ho solo paura che, in questo tentativo estremo di allontanarti da lei, tu finisca col rimanere di nuovo ferito.»

Mi sentii le farfalle allo stomaco. Non era forse stata quella la mia preoccupazione iniziale? Per quanto provassi a convincermi che non stavo con Brandon per sfuggire a Stephanie, come potevo esserne certo?

«Senti, magari è un bravo ragazzo,» disse, ma colsi comunque una punta di disprezzo e disapprovazione nella sua voce, «ma ci hai pensato bene?»

«Vuoi la verità?»

«Sì.»

Deglutii. «Ci ho pensato un sacco. Mi sono posto le stesse tue domande.»

«E?»

«Ci penso continuamente,» mi fermai. «*Tranne* quando sono con lui.»

Sobbalzò e il modo in cui arricciò il naso mi diede sui nervi.

Alzai lo sguardo al cielo e tamburellai le dita sul tavolo. «Rick, sputa il rospo.»

«Quale rospo?»

«A prescindere dai miei trascorsi con Stephanie, non ti piace l'idea che due uomini escano insieme.»

Strinse le labbra in una smorfia. «Non voglio che mio fratello rimanga di nuovo ferito.»

«È curioso, in dieci anni non ti ho mai sentito parlar male di Stephanie.»

Chinò lo sguardo. «Mi avresti ascoltato?»

«Dovrei ascoltarti adesso?»

«Dustin, io lo dico per...»

«Perché non sopporti l'idea di avere un fratello gay.»

«Non è vero.»

«E allora perché dici che mi ferirà? Non lo conosci neanche. Conoscevi Stephanie e non hai aperto bocca quando l'ho sposata. Avresti potuto impedirmi di rovinarmi la vita.»

«Dustin, non...»

«Sapevi di che pasta era fatta, ma non hai mosso un dito. E invece adesso sei qui che cerchi di convincermi. L'unica differenza è che Brandon è un uomo.»

Mio fratello fece una smorfia di fronte al nome di Brandon. Evidentemente non gli piaceva l'idea di trattarlo come una persona vera. Sospirò, e ammise: «Hai ragione. Avrei dovuto impedirtelo allora e cerco di farlo adesso.»

«Ti saresti opposto, se Stephanie fosse stata un uomo?»

Aprì la bocca per parlare, ma poi distolse lo sguardo.

«Appunto.» Spinsi via la tazza di caffè e feci per alzarmi.

«Dustin, aspetta.»

Mi fermai. «Che c'è?»

Mi fece cenno di sedermi. Esitai, ma alla fine obbedii. Rick si passò una mano fra i capelli ed evitò il mio sguardo. «Senti, va bene, forse ho dei pregiudizi. Ma devi ammettere che ci hai presi alla sprovvista.»

Appoggiai i gomiti sul tavolo e congiunsi la punta delle dita, annuendo. «Su questo hai ragione.»

«Voglio dire, avevi dei sospetti? Dei dubbi?»

«Sul fatto che potessero piacermi gli uomini?» Annuì.

Mi sfregai gli occhi con le dita. «No, mai.»

«Curiosità?»

«No.»

«Nemmeno al campeggio, nelle docce?»

Risi. «No.»

«E non ti sembra nemmeno un po' strano...»

Alzai le mani. «Ho capito.» Espirai, grattandomi la nuca e fissando la tazza vuota. «Me lo sono chiesto anch'io ma...»

«Ma, cosa?»

Sentii un nodo alle budella. Chi stavo cercando di convincere? «Ma credo che non abbia niente a che vedere con Stephanie.»

«E con la mamma?»

«Cosa?»

«Oh, dai. Fra Stephanie e la mamma, le donne sono sempre state un incubo per te, specialmente negli ultimi dieci anni. Non dico che tutti quelli che si scoprono gay in età avanzata lo facciano perché circondati da arpie, ma...» fece spallucce. «Tu *eri* effettivamente circondato da arpie e ora di colpo ti piacciono gli uomini?»

Mi morsi un'unghia, evitando il suo sguardo. Capivo il suo punto di vista, ma lui non conosceva Brandon. Non capiva. Si sbagliava.

Si sbagliava?

«Dustin, parlami. Voglio solo accertarmi che tu non sia finito di nuovo in una storia sbagliata.»

Sospirai. «Cazzo.»

«Pensaci su.»

«Ci ho pensato, credimi.»

Restammo in silenzio per qualche minuto. Poi Rick chiese: «Com'è andata con la mamma?»

Risi amaramente. «Ti ricordi com'era schizzata quella volta che pensava avessi messo incinta quella tipa, al liceo?»

Fece una smorfia, poi rise. «Quella volta che papà ha quasi chiamato un esorcista per farla calmare?»

«Sì. Beh, *molto peggio.*»

«Ahia.»

«A chi lo dici.»

Per il resto del pranzo, ci sforzammo di non parlare della mia relazione con Brandon, ma la tensione era nell'aria. Era come cercare di ignorare una persona seduta al tavolo con noi: anche se non la degnavamo di uno sguardo, di tanto in tanto ci scappava comunque qualche commento che la riguardava.

Rick aveva un appuntamento in città con Lisa, così alla fine ne approfittammo per congedarci. Pagammo, ci dirigemmo al parcheggio e ci salutammo come se fosse tutto normale.

Lo guardai andarsene mentre salivo sulla mia auto. Quando si fu allontanato, chiusi gli occhi e mi appoggiai al sedile. Tamburellai i pollici sul volante e ripassai nella mente quello che ci eravamo detti.

Per quanto mi sforzassi di convincermi che la storia con Brandon non avesse niente a che vedere con Stephanie, non potevo negare che la conversazione mi avesse messo la pulce all'orecchio. Pensavo di essermi disfatto di certi dubbi, ma ora non ne ero più così sicuro.

Di qualunque tipo fossero i miei sentimenti per Brandon – sessualmente parlando e non – erano decisamente intensi. Incredibili. Eppure non riuscivo a scacciare il sospetto che ad attirarmi non fosse quello che era, quanto piuttosto quello che *non* era.

Ore dopo l'incontro con Rick, il nodo allo stomaco ancora non accennava a sciogliersi. Tutti i miei dubbi iniziali stavano tornando a galla. E se davvero fossi semplicemente stato in fuga da persone come Stephanie? E se fosse stata solo una fase, un capriccio?

Stavo aspettando Brandon, quando il cellulare squillò, per la miliardesima volta nelle ultime quarantott'ore. Gemetti e guardai il numero: non lo riconobbi, ma il prefisso mi era familiare.

«Pronto?» risposi, appoggiandomi sul divano, le mani sugli occhi.

«Dustin, sono lo zio Bill.»

Sospirai, incerto se mi facesse piacere sentirlo o meno. Avevamo sempre avuto un buon rapporto, ma non avevo idea di come la pensasse sugli omosessuali. «Ehi, Bill. Come va?»

«Non male.» Si fermò. «Ma mi sono giunte voci...» Sembrò rifletterci un attimo. «Interessanti.»

«Puoi dirlo forte.»

«Senti, figliolo, non meniamo il can per l'aia,» fece. «Sei gay?»

Mi sfregai gli occhi con le dita. «Sto uscendo con un uomo, se è questo che vuoi sapere.»

«Beh, è una risposta a metà,» replicò. «Ti ho chiesto se sei gay.»

«Supp...» Un rumore alla porta interruppe i miei pensieri. «Aspetta, Bill.» Coprii il telefono con la mano e mi alzai. «È aperto.» Entrò Brandon e gli feci cenno di darmi un minuto. Annuì, mi sorrise e prese posto accanto a me sul divano.

«Ci sei ancora, figliolo?» chiese Bill.

«Sì, scusa, bussavano alla porta,» risposi, coprendo il telefono mentre Brandon mi dava un bacio. Poi proseguii la conversazione con mio zio.

«Sì, suppongo di essere gay. O bisessuale. Comunque sì, mi vedo con un uomo.»

«Capisco.»

Non riuscivo ancora a capire se disapprovava o se stava solo cercando di assimilare la novità.

Si schiarì la voce. «Oh. Beh, ascolta, questa storia con... questo tizio... è una cosa seria?»

Sospirai. «Non saprei, Bill. No, direi di no. È solo...» Sentii Brandon muoversi al mio fianco. Strinsi le labbra e dissi: «È solo una storia così, niente di serio.»

«Allora sarebbe stato meglio se non fosse venuta fuori,» osservò. «Tua madre sta per avere un infarto. Mi ha chiamato alle tre del mattino per dirmelo.»

«Lo so, sta impazzendo,» risposi. «Manco fosse cascato il mondo.»

«Per lei è sempre come se cascasse il mondo.»

«Già.»

«Quindi, non è una storia seria? Non ci toccherà andare tutti in Canada per assistere al matrimonio?»

Risi, ma non ero in vena di umorismo. «No, niente di serio. Una storia senza importanza.» Sentii Brandon muoversi a disagio. Gli misi una mano sul ginocchio e gli rivolsi un sorriso rapido. Ricambiò, ma senza entusiasmo.

«Beh,» fece lo zio, «Tua madre continuerà a dare di matto, ma so che non sei un idiota. Mi fido di te.»

Vorrei fidarmi anch'io. «Grazie.» Ci scambiammo quattro chiacchiere, dopodiché

298

riattaccai. «Scusami,» mi rivolsi a Brandon. «La gente continua a telefonarmi.»

Annuì, ma mi sembrò più cupo di quando era arrivato. «Continueranno per un po'.» Questo cambio di atteggiamento mi snervava, ma forse non avevo prestato attenzione al suo umore quando era entrato.

«Ho bisogno di una birra,» feci. «Ne vuoi una?»

«Volentieri.»

Andammo in cucina ed estrassi due bottiglie dal frigorifero. Per un lungo istante ci limitammo a bere in silenzio. Brandon si guardò intorno, evitando i miei occhi, ma aveva un'espressione neutra; solo la fronte era leggermente aggrottata.

Alla fine non resistetti. «Cosa c'è?»

Scosse la testa, sorseggiando la birra. «Niente.»

«Magari sbaglio...» Tamburellai la bottiglia contro il bancone. «Ma sembra la classica risposta che danno le ragazze e che in realtà vuol dire 'qualcosa'.»

Rise, ma senza sentimento. «Stai diventando bravo.»

Non riuscii nemmeno a fingermi divertito. «Cosa c'è, Brandon?»

Sospirò e guardò il pavimento che ci divideva. «Senti, vengo subito al punto,» disse. Mi guardò negli occhi e lo sforzo sembrò costargli molta fatica. «Questa storia fra noi... la vuoi davvero?»

Mi sentii la bocca prosciugata e bevetti un sorso di birra. «Certo. Perché non dovrei?»

Fece spallucce, accarezzando il collo della bottiglia, e tornò a distogliere lo sguardo. Questo nervosismo era totalmente estraneo al suo carattere e la cosa non mi piaceva per niente. «Non so, magari vuoi prenderti una pausa…»

«Brandon, che stai dicendo?» Posai la birra e lo raggiunsi per mettergli una mano sul fianco. «Non voglio affatto una pausa.»

Mi scrutò come se volesse leggermi dentro.

«Come ti è venuto in mente?» chiesi. «Mi sono perso qualcosa?»

Inspirò a fondo. «Hai detto a tuo zio che questa storia non è niente di serio.»

Rimasi a bocca aperta. «Brandon, non significava nulla.»

Inarcò un sopracciglio. «È la stessa cosa che hai detto a lui di noi.»

Gli toccai il braccio. «Non dicevo sul serio, te lo giuro.»

Per un attimo mi guardò in silenzio, poi disse: «Okay.» Non sembrava convinto.

«Mi credi?»

«Sì,» rispose con un sorriso ancora meno convincente e un tono rassegnato. Sorseggiò la birra. «Com'è andata con tuo fratello?»

Esitai: chiaramente non era convinto e non volevo lasciar cadere l'argomento, ma alla fine lo assecondai. «Bene, direi.»

«Diresti?»

Feci spallucce. «Teme che questa storia sia tutta una reazione a Stephanie e che io mi senta attratto da te solo perché tu sei l'esatto opposto.»

«È così?»

«Brandon, ne abbiamo già discusso.»

«Lo so. Voglio sentirtelo dire di nuovo.»

Di colpo mi ritrovai la bocca asciutta. Deglutii a fatica. Qualche ora prima, gli avrei risposto senza esitare che Stephanie non c'entrava niente. Ma ora, dopo aver parlato con Rick…

«Dustin?» mi chiese con un filo di voce.

«La mia ex non c'entra niente.»

«Guardami negli occhi mentre lo dici.»

Lo guardai negli occhi e le parole mi rimasero incastrate in gola. Più tempo passava senza risposta, più dolore gli leggevo nello sguardo. «Brandon,» riuscii a sputare infine, furioso per la voce che non voleva smettere di tremare. «La mia ex non c'entra niente.»

Strinse i denti e mi guardò negli occhi, poi distolse lo sguardo e bevette piano un sorso di birra. Deglutire sembrò costargli fatica, come se stesse ingoiando un rospo. Incrociò le braccia e si appoggiò al bancone. «Quindi tuo fratello pensa che sia solo una fase?»

«Non sa cosa pensare,» gli spiegai. «Trova strano che uno si scopra gay a quest'età.»

«Non saresti il primo.» Brandon fece spallucce. «Suppongo che non abbiate parlato di me, a parte per il fatto che sono un uomo.»

L'improvvisa ostilità nella sua voce mi fece sobbalzare.

«Che vuoi dire?»

Alzò gli occhi al cielo. «Se è così preoccupato che questa sia solo una fase per superare la tua ex, perché non si è informato su di me? Gli hai spiegato che abbiamo delle cose in comune? Che sono più che le cose che abbiamo in comune io e te che le differenze fra me e la tua ex?»

«Non ne abbiamo parlato, no.»

Strinse gli occhi. «*Tu* non hai voluto parlarne.»

«No,» risposi. «Volevo che si abituasse all'idea…»

«Forse potevi cominciare a raccontargli qualcosa di me, invece di limitarti al fatto che sono un uomo.»

Feci un lungo sospiro. «Brandon…»

«Quando pensi a me, è solo in contrasto a Stephanie?» Si staccò dal bancone, ma tenne le braccia incrociate. «Il sesso con me ti piace solo perché è diverso da quello che facevi con lei?»

«No, certo che no.»

«Quando devi fare dei paragoni, li fai fra me e te,» chiese, a denti stretti, «o fra me e lei?»

«Ho capito,» risposi.

«E allora perché riduci tutto al fatto che sono un uomo?» Il tono, da rabbioso, divenne carico di emozione. «Dustin, lo so che sei in un periodo difficile e che questa è un'esperienza nuova per te, ma…» Tacque. Pensavo stesse cercando le parole giuste, ma a giudicare dalle labbra strette, quasi bianche, stava solo cercando di trattenersi. Dopo un attimo, inspirò a fondo. «Devi vedere i dettagli, non solo il quadro generale.»

«Hai ragione,» concordai, passandomi una mano nei capelli. «Senti, mi dispiace. È solo che... che ho talmente tanti pensieri in testa, da quando ci hanno scoperti, che mi sembra di impazzire.»

Annuì. «Ti capisco.» Fece una pausa. «Senti, è tardi. Dormiamoci su.»

«D'accordo,» risposi, guardando il pavimento.

Mi sfiorò dolcemente un fianco. «Lo so che non è facile,» disse a bassa voce. «Ma passerà. Andrà tutto a posto.»

«Lo spero tanto.» Lo guardai negli occhi, sperando di cogliervi una qualche rassicurazione, ma non ne vidi.

Aggiunse: «Ce la farai. Adesso ti sembra un incubo, ma finirà.» Le parole sembrarono costargli uno sforzo infinito. Mi diede un bacio leggero, senza passione. «Dai, andiamo a letto.»

Ci svestimmo senza dire niente. Sotto le coperte restammo abbracciati, come al solito, ma nessuno dei due provò ad andare oltre.

Al buio, svegli, rimanemmo in silenzio. Io fissavo il soffitto. Sentivo la testa di Brandon sulla spalla, le palpebre che mi solleticavano la pelle ogni volta che le sbatteva. Avevamo le dita intrecciate sul mio petto, ma sembrava più per abitudine, per dovere, che per affetto reale.

Mi domandai a cosa stesse pensando, ma non avevo il coraggio di chiederglielo. Mi aveva chiesto se volevo una pausa... e se fosse stato lui, a volerne una? Aveva cambiato idea sulla nostra storia?

Ricordai la conversazione con Rick e i dubbi che aveva portato a galla.

Sono gay, o è solo una fase? Sto con lui solo per reazione a Stephanie? Questa relazione è destinata solo a ferirmi e a ferire Brandon?

Anche dopo il discorso di Brandon sul fatto di vederlo per quello che era e non solo come 'un uomo', non riuscivo a scrollarmi di dosso i dubbi e le incertezze. Passai ore di agonia a tormentarmi, ma alla fine la stanchezza prevalse e mi addormentai.

La mattina seguente, all'alba, mi accorsi nel dormiveglia che Brandon non era più al mio fianco. Capitava spesso che di notte ci allontanassimo, ma di solito poi ci riavvicinavamo. Mezzo intontito, mi spostai verso il centro del letto in cerca del suo calore.

Le lenzuola erano fredde. Sentii un fruscio di carta e il tintinnio delle mie piastrine. Un brivido freddo mi percorse la schiena.

Mi svegliai di colpo. Sbattei le palpebre per mettere a fuoco e afferrai il foglio di carta. Le piastrine scivolarono sul materasso con un tintinnio smorzato.

Pare che l'espressione 'crollare il mondo addosso' si riferisca a una tachicardia improvvisa, da attacco di panico, seguita dalla morsa alle viscere e dalla realizzazione che non solo il tuo peggiore incubo può avverarsi, ma che si è già avverato e che non c'è più niente da fare. In quel momento, mentre il silenzio spettrale della stanza veniva rotto solo dal crepitio della carta appallottolata, capii cosa significasse.

Nonostante le avessi deformate, chiuse via nel pugno, nascoste, le parole scritte nella calligrafia di Brandon, che conoscevo bene, si erano incise nella mia mente.

Per me non era una storia senza importanza.

CAPITOLO
VENTUNO

Rimasi un'eternità a fissare il cellulare, a domandarmi se chiamarlo o non chiamarlo, chiamarlo o non chiamarlo. La situazione si faceva più grave a ogni minuto, ma non riuscivo a credere che Brandon se ne fosse andato per davvero. Non era possibile, non era da lui. Vero?

Alla fine lo chiamai, col nodo in gola.

La sua voce bastò a mandarmi in pezzi. «Ehi.» Non sembrava sorpreso di sentirmi, ma nemmeno contento.

«Ehi.» Sentii il cuore pulsarmi nelle orecchie. «Possiamo parlare?»

«Di cosa?»

«Del tempo.» Tacqui. «Scusa, è che...» Imprecai sottovoce. «Senti, voglio solo parlarti. Di persona.»

Per un attimo rimase zitto. «Okay. Dimmi quando.»

«Quando preferisci.»

Sospirò. «Stasera vado al locale.»

In pubblico, dunque. Niente privacy, niente intimità. Territorio neutro. Mi domandai se fosse un buon segno oppure no, e risposi: «Ci vediamo lì.»

Riattaccai e tornai a fissare il cellulare. In qualche modo avevo ristabilito un contatto. Non era tutto perduto.

Perché, allora, ero ancora più nervoso di prima?

Quando entrai nel parcheggio del locale, lo trovai che mi aspettava accanto all'auto. Mi guardò parcheggiare, ma quando scesi e mi diressi verso di lui, distolse lo sguardo.

Per un attimo restammo in silenzio. Alla fine mi costrinsi a deglutire, e gli chiesi: «Che è successo?»

«Ho pensato che ti servisse una pausa.»

«E così sei sparito?»

Mi rispose con voce fredda, anche se aveva un'espressione addolorata: «Ho provato a parlarti, ma è stato inutile. Mi hai detto di restare.»

«Così te ne sei andato senza dirmi niente, perché altrimenti ti avrei convinto a restare?»

«La prima volta è andata così,» rispose, «Ma non credo sarebbe stata la scelta migliore.»

Cambiai posizione, sforzandomi di non guardarlo negli occhi. «Brandon, perché non dici le cose chiaramente? *Parlami*, Cristo.»

A denti stretti, biascicò con voce ostile: «Perché? Vuoi davvero sapere cosa penso? Non preferisci che taccia, così puoi continuare a illuderti?»

«Voglio sapere perché te ne sei andato.»

«Lo sai benissimo.»

«Sì, okay, ma voglio che tu me lo dica in faccia.»

«Che? Adesso ti devo delle spiegazioni?»

«Non mi devi niente, ma voglio che tu me lo dica in faccia.»

«Va bene, va bene. Vuoi sapere perché me ne sono andato?»

«Sì, grazie.»

All'improvviso la sua voce e il suo sguardo si fecero addolorati. «Va bene. Me ne sono andato perché non posso stare con uno che tratta la nostra storia come se non valesse niente.»

Mi si spezzò il cuore. «Lo sai benissimo che...»

«A parole, certo. Ma ogni fottuta volta che qualcuno chiede, non ti fai problemi a rispondere che questa cosa fra noi non ha nessuna importanza. Dustin, ormai tutti sanno di noi due.» La sua voce tornò a tingersi d'ira.

«E pensi che...»

«Penso che dovresti essere più onesto con gli altri.» Di nuovo, la rabbia lasciò spazio all'emozione. «Se ti chiedo di parlarmi a cuore aperto, ti chiudi come un riccio.» Passava dalla rabbia al dolore profondo e non potevo biasimarlo per nessuno dei due.

Evitai il suo sguardo e mi tormentai un labbro.

Si appoggiò alla macchina, dando un calcio all'asfalto. «La tua famiglia, i tuoi amici, lo sanno tutti che stiamo insieme. Che senso ha continuare a nasconderlo?»

Sbattei le palpebre. «Non... cazzo, non lo so... è solo che...» Mi passai una mano fra i capelli. «Cosa vuoi che ti dica, Brandon?»

«Voglio sapere perché continui a trattarmi come se fossi un segreto, anche dopo che ci hanno colti in flagrante. Lo sanno. Ammettilo e lascia che si abituino all'idea.»

«Non è così semplice.»

Incrociò le braccia e il crepitio della sua giacca mi fece rabbrividire, portando alla mente ricordi di momenti migliori. «Forse sì, vista la velocità con cui tutte le volte liquidi la nostra storia.»

«Ma non dico sul serio.»

«Ah, no? Perché lo dici, allora?»

«Perché...» Guardai l'asfalto e ripresi a tormentarmi il labbro. «Brandon, è un momento difficile per me. Sto cercando di capire...»

«Cosa c'è da capire? Se io fossi una donna, una donna che sta antipatica alla tua famiglia, saresti così esitante?»

Sospirai. «Non lo so. Francamente non lo so proprio.»

«Ti vergogni di me?»

Sollevai la testa di colpo. «Dio, no!»

«E allora perché non ammetti la verità?» Si spostò, le labbra strette in un'espressione di disapprovazione. «Capirei se fosse un segreto, ma non lo è più. Se non ti vergogni di me e se la nostra storia vale qualcosa per te, perché non lo ammetti?»

La mia bocca si rifiutò di formare qualsiasi parola; del resto, non avevo risposte.

«Dustin, se sono solo un capriccio...»

«Ci siamo già passati,» lo interruppi. «Non è così e lo sai.»

«No che non lo so,» rispose. «Lo ripeti sempre, a me dici che fai sul serio e a loro dici l'esatto contrario. Sto cercando di capire chi è che prendi in giro.»

«Non ti prendo in giro, Brandon.»

«Ma mi tratti come uno sporco segreto.»

«Non è vero.»

«Ah, no? Le azioni, Dustin, valgono più dei fatti. Puoi anche ripetermi all'infinito che sono importante per te, ma in presenza degli altri dimostri l'esatto contrario.»

«Senti, forse non sono ancora pronto a fare come te, a dire al mondo 'o così o vaffanculo',» esplosi, «Non sono come l'Indistruttibile Brandon Stewart.»

«No, ma se questa storia vale qualcosa per te, dovresti almeno avere le palle di ammettere che esiste.»

«Lo sanno tutti che stiamo insieme, ma...» Mi fermai. «È che...»

«Cosa?»

Sospirai. «Sto cercando di capire. Sono giorni che mi state tutti addosso...»

«Ti *stiamo* tutti addosso?» L'amarezza nella sua voce mi gelò il sangue nelle vene.

«Okay, non intendevo anche te...»

«Come no.» Prima che potessi rispondere, indicò bruscamente il mio cellulare. «Per una volta, Dustin, voglio sentirti dire a qualcuno la verità. Scegli tu a chi. Me ne basta uno, per essere certo che tu non mi stia prendendo in giro.»

«Cosa vuoi che faccia? Devo chiamare qualcuno adesso e dirgli 'ah, comunque la mia storia con Brandon è molto importante, con lui faccio sul serio'?»

«Non mi sembra di chiedere la luna.»

«Tu la fai tanto facile…»

«E tu la fai facile quando si tratta di liquidarmi come se non esistessi, anche quando il mondo intero sa che esisto! Non sto dicendo che sia semplice fare coming out con la propria famiglia, ma cazzo, ogni volta che ti sento dire che questa storia non è importante, io ci sto male.»

«Ci sto male anch'io.»

«E allora perché lo fai?»

Mi tormentai un labbro. «Perché è più semplice che dire la verità.»

«Lo so che è difficile, Dustin,» mi disse, la voce improvvisamente dolce. «Ma devi scegliere se questa cosa fra noi…» Fece un gesto con la mano, «vale la pena di essere sinceri con la tua famiglia.» Indicò il telefono. «Se fingi che sia una storia da nulla, non sei sincero con loro. Mi è già capitato, in passato, di avere relazioni con gente che voleva tenermi segreto. Non ci sto a rifarlo con te.»

Mi umettai le labbra. «Non te lo chiederei mai.»

«Allora scegli.»

Tacqui ed evitai per un attimo il suo sguardo. «Allora è per questo che te ne sei andato? Invece di parlarmene, hai preferito scappare?»

Fece spallucce. «Ho provato a parlartene, non mi stavi a sentire.»

«Ti sto ascoltando.»

Deglutì a fatica ed evitò il mio sguardo. «Non ho più niente da dirti.»

Non riuscii a capire se era più ferito o arrabbiato, ma la risposta fu un duro colpo. «Che vuoi dire?»

«Dustin, io credevo veramente a noi due. Ce l'ho messa tutta. Ti sono rimasto accanto – in tutti i sensi – mentre cercavi di capire che cosa provavi. Sono dovuto andarmene per farti capire che faccio anch'io parte delle tue scelte, e ora che ci sei arrivato, mi domando se non sia io, in fondo, ad aver bisogno di una pausa.»

Mi mancò il respiro. «Brandon, io non voglio che tu te ne vada.»

«Dammi un motivo per restare.»

Era un ultimatum straziante. Mi si gelò il sangue nelle vene e rimasi senza parole.

«Lo sapevo.» Fece per aprire la macchina.

«Brandon, aspetta,» dissi.

Si fermò e mi guardò, ma senza lasciar andare la portiera.

Deglutii a fatica. «Non voglio che tu te ne vada. Solo...» Sentii il cuore battermi forte nel petto, mentre mi sforzavo di trovare le parole. «Mi serve tempo per capire.»

«Hai tutto il tempo che vuoi,» ringhiò e spalancò la portiera.

Venni invaso dalla rabbia. «Dio, Brandon, ci sei passato anche tu...»

«Hai ragione,» rispose, con un piede in macchina e il gomito sulla portiera. «Ci sono passato ed è stato un incubo. Lo è ancora, per certi versi. Ma sai qual è la differenza?»

Deglutii. «Quale?»

«Io non ho mai finto che il mio fidanzato non esistesse. Era parte della mia vita e, se ai miei non stava bene, potevano andarsene a 'fanculo.»

«Tu hai potuto scegliere quando dirglielo. Non so se te ne sei accorto, ma io non ho avuto quella possibilità. Non puoi aspettare...»

«Ho aspettato abbastanza,» rispose ringhiando. «Ti ho dato tutto il tempo che volevi per capire cosa provavi. Ero disposto ad aggrapparmi a qualsiasi cosa, qualsiasi barlume di speranza.»

«Brandon, non...»

«Ma è ovvio che mi illudevo.» La voce gli tremava per l'ira. «Mi sono illuso che fossi veramente attratto da me, per quello che ero, anche quando sapevo che avevi dei dubbi. E hai ragione, Dustin, sono l'esatto opposto della tua ex. Non ti avrei mai tradito, o mentito, o ferito.» Strinse le labbra e si voltò, chiuse gli occhi e inspirò a fondo. Quando tornò a guardarmi, aveva i denti stretti e la voce strozzata. «Ma non sono il tuo zerbino.»

Il dolore che gli lessi negli occhi mi fece mancare il respiro.

Si sedette in auto, ma rimase voltato verso di me. Aveva le labbra curve in una smorfia rabbiosa e gli occhi pieni di lacrime. Mi sentii mancare. «C'è già buona parte dei miei parenti che finge che io non esista. Se voglio ricordarmi quanto inutile sia la mia esistenza, mi basta chiamare loro.»

Prima che riuscissi ad articolare una risposta, Brandon sbatté la portiera dell'auto. Mise in moto e si allontanò senza la minima esitazione.

Collassai contro la mia macchina e mi passai le dita fra i capelli. Mi ero chiesto mille volte se ero gay, se ero innamorato di Brandon, e finalmente una cosa era certa: l'avevo ferito.

Cercai di dimenticare Brandon, ma in questo caso il detto 'lontano dagli occhi, lontano dal cuore' non aveva molta efficacia. Anche se non lo vedevo da quando mi aveva piantato nel parcheggio, pensavo continuamente a lui.

Correvo intorno al lago e mi aspettavo di ritrovarmelo a fianco da un momento all'altro. Una sera, mentre raggiungevo l'auto sotto la pioggia battente, mi parve di sentire sulle labbra il sapore del bacio che ci eravamo scambiati sotto il temporale. In palestra, in camera, nella doccia: era ovunque andassi, era sempre nei miei pensieri.

Dopo una settimana ero già esausto. Il pensiero di Brandon mi ossessionava.

Andai al locale, anche se ero terrorizzato; trovai la sua macchina e solo vederla mi fece battere i denti. Scesi dall'auto e feci per entrare nel bar, ma continuavo ad esitare. Mi *imposi* di farlo: per quanto doloroso, dovevo almeno tentare.

Dentro lo individuai subito: era steso sul tavolo per tirare. Mi dava la schiena, ma giuro che lo vidi irrigidirsi, come se potesse percepire la mia presenza. Si voltò per guardarmi e mi venne la pelle d'oca. L'aria, nella sala affollata, si fece gelida.

Brandon aveva un'espressione neutra. Non sembrava sorpreso di vedermi e non reagì in alcun modo: si girò e continuò la partita senza batter ciglio.

Andai al bancone e ordinai una birra. Dovevo calmarmi i nervi, se volevo riuscire ad avvicinarlo di fronte a tante persone. Dio, quanto avrei preferito un luogo privato. Ero terrorizzato all'idea che mi respingesse; del resto ci eravamo già detti tutto, non potevo biasimarlo se decideva di non voler avere più niente a che fare con me.

Mi si presentarono diverse occasioni: quando si allontanò dal biliardo per ordinare da bere, tra una partita e l'altra, quando rimase fermo un giro a guardare altri due giocatori. Non mi degnò mai di uno sguardo e, se non fosse stato per l'occhiata glaciale appena avevo messo piede al locale, avrei giurato che neanche sapesse che ero lì.

Coraggio, Dustin, va' a parlargli.

Brandon finì una partita, strinse la mano al suo avversario e smontò la stecca per riporla nella sua custodia. Caddi nel panico. Se ne stava andando. *Ora o mai più.* Lo vidi prendere la custodia e dirigersi all'uscita.

E rimasi pietrificato.

Cazzo, non riuscivo proprio a muovermi.

Brandon mise una mano sulla porta, si fermò e mi guardò dritto negli occhi, senza espressione.

Un attimo dopo, era sparito.

Non sentii la porta chiudersi – la musica era troppo alta – ma percepii di botto la sua assenza.

Mi sentii sprofondare. *Bravo, continua così. Non ci hai neanche provato.* Cristo, cos'altro mi aspettavo? Che venisse lui a parlarmi? Ero io che avevo mandato tutto a puttane. Ero io a dover fare la prima mossa.

Poi ebbi un tuffo al cuore.

Quante volte l'avevo visto uscire da quella porta, convinto che se ne fosse andato, solo per ritrovarlo che mi aspettava nel parcheggio? Certo, quelle volte non era stato arrabbiato con me, ma magari...

Pagai il conto e uscii, ripetendomi invano che era inutile farsi illusioni. Riuscii a malapena a trattenermi dal correre fino al parcheggio.

Ti prego, fa' che sia lì. Ti prego, fa' che Brandon sia lì.

Intravidi la mia auto, però era coperta da un altro veicolo. Sentii il cuore rimbalzarmi nel petto. Il panico minacciava di assalirmi da un momento all'altro, ma mi sforzai di non pensarci. Brandon doveva essere lì.

Doveva esserci.

Ci sarebbe stato.

Ti prego, Dio, fa' che sia lì.

Non c'era.

Mi appoggiai all'auto, tremante, a fissare lo spazio vuoto accanto alla portiera dove avrei dovuto trovare Brandon. Mi concentrai sull'immagine di lui, come se bastasse a farlo apparire. Il dolore di scoprire che la mia ex-moglie mi tradiva non era niente in confronto a quel gesto futile e disperato. Non potevo farlo apparire dal nulla.

Non potevo perché se n'era andato.

CAPITOLO
VENTIDUE

La strada all'indietro, dall'auto al locale, mi sembrò infinita. Tutto, nella sala affollata e afosa, mi ricordava Brandon; faticavo a respirare, ma non volevo ancora tornare a casa.

Bere non aveva senso: non c'era abbastanza alcol in tutto il bar per alleviare il mio dolore, quindi non mi sembrava il caso di far soffrire anche il portafogli. E poi dovevo pur tornare a casa, in qualche modo. L'idea di ripetere ogni passo in quel parcheggio vuoto mi fece sobbalzare dal dolore.

Forse invece mi serviva proprio una birra.

Mi fermai vicino alla porta e contemplai i tavoli da biliardo col nodo allo stomaco, mentre la mia mente visualizzava Brandon al tavolo quattro, che era libero. Lo vidi eseguire la spaccata come faceva di solito, ridere e scherzare, rispondere alle provocazioni degli spettatori con un sorriso e un sopracciglio inarcato. Lo vidi mancare la dodici e mandare in buca la otto per 'perdere' la scommessa, e...

«Vuoi giocare?»

Una voce di donna mi riportò alla realtà. Mi voltai e vidi una bruna alta, con una camicetta rossa scollata. Mi sorrise in modo contagioso e non riuscii a non ricambiare.

Non ero dell'umore giusto per giocare, ma mi resi conto che una partita con una bella mora era sempre meglio che stare seduto al bancone a piangermi addosso. Almeno avrei avuto qualcosa da fare.

«Certo,» risposi, facendo spallucce.

«Palla otto?»

«Perfetto.»

Mi porse la mano. «Io sono Renee.»

«Dustin,» risposi, stringendogliela gentilmente. Feci per prendere una stecca e indicai il tavolo, «Mi prendi le palle?» Subito mi accorsi di quel che avevo detto e arrossii. «Cioè...»

«Ho capito,» rise; prese il triangolo e sistemò le bilie.

Ridacchiai, scossi la testa e presi una stecca dal muro. Poi misi la battente sul tavolo, fermandomi a passare il palmo sul panno verde, e rabbrividii al ricordo di quando l'avevo usato per tenermi fermo, una vita fa.

«A te,» fece lei, levando il triangolo. Si chinò al fondo del tavolo, le spalle in avanti quanto bastava per lasciare morbida la scollatura.

Tirai, sforzandomi di ignorare il seno in bella mostra.

«Sembra che le piene siano tue,» disse, fissando una buca laterale.

«Dici che devo mandare dentro anche quella bilia lì, tutta nera?» Indicai la palla otto, che era a un passo dalla buca ad angolo.

Rise e mi fece l'occhiolino. «Sì, ma solo se giochiamo a soldi.»

«Vuoi giocare a soldi?»

«Veramente no,» rispose. «Mi batteresti in ogni caso.»

«Che ne sai,» dissi, facendo spallucce. «Non mi hai mai visto giocare.»

«Non ti ho visto giocare,» rispose, «Ma qualcosa mi dice che te la cavi.»

Stavo per chiederle il perché, ma mi accorsi che stava fissando il muro alle mie spalle. Mi voltai e mi sentii morire. Appesa al muro c'era una foto di me e Brandon, abbracciati, che festeggiavamo il primo e il secondo posto al torneo.

«Quello sei tu, vero?»

«Sì,» risposi, la gola secca. Mi girai verso il tavolo e mi preparai a colpire. «Non ho vinto quella volta.»

«Ho sentito che quel tipo è un demonio.»

«Non ne hai idea,» risposi, un sussurro roco.

Nel corso della partita cercai di concentrarmi su di lei, invece che sulla foto sul muro. A un certo punto, china sul tavolo, si girò a guardarmi e sculettò sensualmente. Rimasi sorpreso dalla tensione improvvisa sotto la cintola. Deglutii.

«Merda,» fece, scrutando il tavolo. «Come diavolo faccio a mandare in buca qualcosa?»

«Prova con la dodici,» suggerii, indicandole la buca con la stecca.

Studiò la situazione. «Non posso, ci sono troppe bilie di mezzo.»

«Devi farla rimbalzare.»

«E sperare di beccare l'angolo giusto?»

Sorrisi. «È un tiro facile, basta sapere come farlo.»

«Forse dovresti insegnarmi,» suggerì.

«Beh, se insisti.» Appoggiai al muro la stecca. Dopo averle spiegato che angolazione doveva dare al tiro perché il rimbalzo mandasse la palla in buca, misi una mano sulla sua, sul tavolo, e l'altra sul suo fianco. Inspirai a fondo la fragranza leggera del suo profumo. Si chinò in avanti e la maglietta le si sollevò, portando la mia mano a contatto con la nuda pelle.

«Così?» mi chiese, muovendo il sedere contro il mio inguine.

Mi voltai in modo da sussurrarle all'orecchio, le labbra a un millimetro dal suo orecchio. «Esatto.» Tornai a guardare il tavolo e aggiunsi: «In linea così e farai centro.»

Non si mosse.

Mi accorsi che non stava più guardando il tavolo. Voltai la testa: i nostri visi erano così vicini da sfiorarsi.

«Mi sa che non sono una brava giocatrice,» sussurrò, così piano che solo io, da quella distanza, potessi sentirla.

Il cuore mi martellava in petto, così forte da coprire quasi le nostre voci. «Ti basta un po' di pratica.»

«Ho in mente io altre cose su cui far pratica.» Nel parlare sollevò il mento, portandolo a un soffio dal mio.

«Oh?»

Si spinse contro di me quel che bastava per sentire la mia erezione e sorrise soddisfatta. «Francamente, neanche mi piace il biliardo.» Il calore del suo fiato sulla pelle mi fece rabbrividire.

Spostai la mano sulla sua schiena. «Allora perché mi hai chiesto di giocare?»

«Non volevo giocare,» rispose, sfiorandomi le labbra con le sue. «Volevo solo attirare la tua attenzione.»

Mi sforzai di non pensare a Brandon, a come il biliardo fosse servito da tramite anche a noi, e le risposi: «Ha funzionato. Sono tutto tuo.» Mi alzai piano e lei mi imitò. Si voltò e lasciai che mi attirasse contro il tavolo, cingendole i fianchi.

La mia mano si mosse di sua iniziativa e andò a toccarle la schiena. Ci fermammo, le labbra così vicine da sfiorarsi, e per un attimo mi crogiolai nella tensione, prima di baciarla.

La sentii accarezzarmi la nuca e i capelli mentre mi infilava la lingua in bocca. Le ginocchia minacciavano di cedermi, così mi appoggiai al tavolo, sperando che bastasse a sostenermi mentre Renee mi esplorava la bocca.

«Ehi, voi due. Giocate o no?»

Guardai oltre Renee: c'erano un paio di tizi dall'espressione divertita. Mi schiarii la voce e risi. «No, è tutto vostro.» Poi aggiunsi, rivolto a Renee: «Non ti dispiace, vero?»

Sorrise. «Affatto.»

Ci allontanammo dai tavoli diretti al bancone, ma la donna mi prese per un braccio e mi indicò l'uscita. «C'è troppo rumore qua dentro.»

Beh, questo è decisamente meglio che restare a bere birra e a piangersi addosso. La seguii nel parcheggio, cingendole la vita.

Una volta fuori, non provammo nemmeno a fare conversazione. Mi appoggiai al muro e la trascinai in un lungo bacio. Era chiaro come sarebbe finita la serata.

Mi sentii percorso dai brividi e pregai Dio che Renee scambiasse il nervosismo per eccitazione. *Andiamo, Dustin, ricomponiti.* Da sposato avevo passato mesi senza fare sesso e, quando finalmente io e Stephanie tornavamo a dormire insieme, era come se non fosse passato un giorno dall'ultima volta. E invece stavolta eccomi qui, dopo due miseri mesi senza una donna, nervoso come un adolescente alla sua prima scopata.

I baci di Renee, però, mi sciolsero, allontanando i ricordi. Ero venuto per dimenticare qualcosa, giusto? Beh, a ogni contatto con la sua lingua, quel qualcosa si faceva più pallido.

Mi accarezzò, le mani sotto la mia giacca. «Vuoi andare via di qui?»

«Hai un posto in mente?»

«Casa mia è a due passi.»

«Fa' strada.»

«È stato incredibile,» biascicò Renee.

Collassai sul letto accanto a lei, ansimando come un disperato. «Sì, altroché.» Chiusi gli occhi e sperai che non notasse il tremito del mio corpo. Sentii un nodo alle budella. *Che cazzo ho fatto?* Non le stavo mentendo – era stato *davvero* fantastico – ma non ci avevo messo l'anima. La mia mente era con un'altra persona. Renee era perfetta: ero io quello sbagliato.

Si mise su un fianco e si appoggiò a me. «Fermati pure stanotte.» Mi passò le dita sui solchi dei muscoli e rabbrividii.

Cazzo. No. Non posso. Non posso rifarlo. Deglutii a fatica. «Meglio di no.»

«Perché no?» Sembrava di buon umore, affatto offesa.

Perché non sarei mai dovuto venire. Mi girai a baciarla. «Domattina attacco alle quattro.»

Arricciò il naso, senza staccare le dita dal mio petto. «Così presto?»

Annuii e le presi la mano nella mia. Doveva sembrare un gesto d'affetto, ma il modo in cui mi toccava mi ricordava lo stile di Brandon e non riuscivo più a sopportarlo.

«Il lavoro è lavoro,» feci, rassegnato.

«Allora è meglio se vai,» rispose.

«Mi dispiace lasciarti così,» le dissi, con un sorriso che sperai sembrasse sincero. «Non sarei dovuto uscire durante la settimana.»

Sorrise e mi baciò. «Ma è stata una bella serata.»

«Anche per me.»

Mi vestii e mi diressi alla porta. Presi il suo numero, le promisi di chiamarla e le diedi il bacio della buonanotte. Durante la camminata al locale, solo coi miei pensieri, tentai inutilmente di scrollarmi di dosso la sensazione sgradevole.

Renee era bellissima. Aveva un corpo splendido e bastava il ricordo dei suoi baci per farmi rabbrividire. Eppure era stato il pensiero di Brandon – non le mani di Renee o il modo in cui il suo corpo reagiva al mio, e nemmeno la sua espressione durante l'orgasmo – a farmi venire. Ero lì con lei, ma in quell'istante, era stato il ricordo fugace del viso di Brandon con gli occhi serrati, la testa sul tavolo da biliardo e le labbra socchiuse in un grido silenzioso, che mi aveva spinto oltre al limite.

Con chi ho fatto sesso stasera? Con Renee, o col fantasma di Brandon?

Sospirai e chinai lo sguardo sul pavimento. Non mi ero mai sentito così confuso in vita mia. Continuavo a provare attrazione per le donne, ma farci sesso era diventato... strano.

Quando ero nei Marine, avevo passato qualche mese oltreoceano e avevo dovuto imparare a guidare a sinistra. Subito avevo faticato, ma non ci avevo messo molto ad abituarmi. Al ritorno negli USA, però, avevo avuto molti più problemi a riabituarmi alla guida a destra. Quella che prima di partire era la norma, al ritorno era diventata l'anomalia. Un conto era imparare a guidare a sinistra – sapevo che ci avrei messo un po' – ma non mi aspettavo di dover imparare di nuovo anche la guida a destra. Era strano non saperlo fare.

Era esattamente così che mi sentivo ad andare a letto con una donna dopo aver provato gli uomini: era una sensazione estranea e familiare al contempo. Uguale, ma diversa.

Cosa mi riusciva meglio, guidare a destra o a sinistra?

La mattina dopo incrociai Kate che usciva da una delle sue lezioni di gruppo. Prima ancora di aprir bocca, mi fermò, «Oh mio Dio, hai la faccia di uno che deve sfogarsi.»

Annuii e le chiesi: «Hai impegni per pranzo?»

«Adesso sì.» Mi scrutò per un attimo. «Stai bene, Dustin? Sembri distrutto.»

Non sto bene affatto. «Ho dormito poco.»

«Il che potrebbe significare una notte di fuoco con...» Inarcò le sopracciglia. «Oh.»

Sospirai ed evitai il suo sguardo.

«Altro che pranzo. Ho venti minuti liberi prima della prossima lezione. Andiamo a fare due parole.»

«Non posso, ho un cliente.»

Si morse un labbro. «Sicuro che te la senti di lavorare?»

Feci spallucce. «Non ho scuse vere per tirarmi indietro. Ci vediamo al bar di fronte alle undici.»

«A dopo.»

Quando arrivai al bar, Kate mi aspettava con una tazza di caffè.

«Allora, spara,» mi disse. «Cos'è successo?»

Mi strofinai gli occhi e presi il caffè. «Io e Brandon ci siamo lasciati. Circa una settimana fa.»

«Fin qui c'ero arrivata. Perché non me l'hai detto subito?»

Presi a tormentare il manico della tazza. Feci spallucce e risposi: «Perché dirtelo voleva dire farlo diventare reale.»

«Capisco.» Tacque. «Allora, cos'è successo?»

Scossi la testa e tamburellai le dita sulla tazza. «Cazzo, non... non lo so.» Sospirai e fissai la trama psichedelica del tavolo rosso di formica. «Da quando i miei l'hanno scoperto, è andato tutto a rotoli.»

«Immagino che non sia stato facile, ma non pensavo che vi sareste lasciati per quello.»

«Lo so,» risposi. «Il fatto è che... ne ho parlato con mio fratello. Mi ha fatto ripensare al problema che ti avevo detto... sai, la storia della reazione a Stephanie.»

Kate sembrò rimanerci male. «Ma Dustin, lo sai che non è...»

Annuii. «Lo so. Ma mi sono fatto prendere dai dubbi, ho cominciato a preoccuparmi, Brandon si è arrabbiato e alla fine...» Mi morsi un'unghia, evitando il suo sguardo.

«Alla fine?»

«Mi ha chiamato mio zio, rompeva le balle, voleva sapere... e così gli ho detto che la storia con Brandon non era niente di serio.» Mi sfregai di nuovo gli occhi. «E Brandon mi ha sentito.»

«Non ha capito che era solo una frase detta così?»

«Sì, ma mi ha detto che non aveva senso che continuassi a fingere che lui non esistesse, visto che ormai lo sapeva tutto il parentado.»

Fece spallucce. «Non ha tutti i torti.»

«Lo so.»

«Hai provato a parlargli?»

«Sì, e non è andata bene.» Feci un gesto dimesso. «Senti, ormai è finita. Se n'è andato. Non è di questo che volevo parlarti.»

Mi guardò oltre la tazza. «Va bene. Allora?»

Poggiai i gomiti sul tavolo e abbassai la voce. «Ieri sera sono stato con una donna.» Congiunsi le dita e aggiunsi: «Sono stato *a letto* con una donna.»

Si mise le mani in grembo e si sporse in avanti. «E? Com'è andata?»

«Beh, lei non si è lamentata,» risposi, ridendo amaramente. «Ma io non...» Mi morsi il labbro, in cerca delle parole. «Mi è sembrato sbagliato. Sbagliatissimo.»

«Fammi indovinare,» fece Kate. «Temi di aver scelto una donna solo perché è l'esatto opposto di Brandon.»

«Esatto.»

Sorseggiò il caffè, dopodiché annuì. «Hai pensato che potresti essere gay?»

«Certo. Ma non ne ho idea. So solo che dopo ieri sera, mi sento ancora peggio...» Feci spallucce. «Per tutto.»

«Forse...» osservò, «è troppo presto. Voglio dire, ti sei appena lasciato con Brandon. Correggimi se sbaglio, ma lui ti piaceva un sacco.»

Annuii, strofinandomi gli occhi con le dita. «Puoi dirlo forte.» Sospirai.

«Forse hai bisogno di stare solo.»

«Forse sì,» risposi. «È solo che che, cazzo, ieri sera pensavo solo a lui. E adesso sono ancora più confuso.»

«Lo so,» mi disse. «Ma è stata la tua prima volta con un uomo. Ci vuole tempo per assimilare certe esperienze. E non credo che altre avventure ti faranno stare meglio. Starai solo peggio.»

«Non voglio altre avventure. Vorrei solo capirci qualcosa. E poi il problema di ieri sera non è tanto che è stata un'avventura. Ne avevo avute altre, alcune praticamente subito dopo aver lasciato Stephanie.» Mi specchiai nella tazza di caffè e strinsi le labbra prima di tornare a guardare Kate. «È stato...»

Bevette un sorso di caffè. «È stato cosa?»

Inspirai e provai a spiegare: «Strano, alieno... Esattamente come all'inizio credevo che fosse il sesso con un uomo.»

«Il sesso con Brandon ti è mai sembrato così? Strano, alieno?»

Scossi la testa. «Mai. Mi aspettavo che lo fosse e invece no. Mi è sempre sembrato… giusto.»

«Credo che questo risponda alla tua domanda.»

«Quindi sono gay?»

Annuì. «Direi proprio di sì. Ma a prescindere da quello, davvero, dovresti prenderti una pausa. Non sei ancora uscito dal divorzio e in più sei ancora preso da Brandon.»

«Probabilmente hai ragione.»

«Certo che ho ragione.» Guardò l'orologio. «E ho quasi finito la pausa, devo andare.»

«Sì, io pure. Grazie, Kate.»

«E di che? Abbracciami.»

Ci alzammo, ma esitai. «Non so, potrei attaccarti la mia *gaiezza*.»

Fece spallucce e aprì le braccia. «Non fa niente, magari con le donne avrei più fortuna.»

Risi e la abbracciai. Restammo abbracciati un momento in più del solito. «Grazie, Kate,» ripetei in un sussurro. «Non so come farei senza di te.»

«Faresti le lezioni di aerobica al mio posto,» scherzò, lasciandomi andare. «Sul serio, non c'è problema. Lo sai che per te ci sono sempre.»

Mi abbracciò di nuovo e poi uscimmo dal bar.

CAPITOLO
VENTITRÉ

Venerdì sera ignorai totalmente i consigli saggi di Kate. Probabilmente avrei fatto bene a rimanere da solo un altro po', ma dovevo assolutamente chiarirmi certi dubbi.

Il locale era dall'altra parte della città, ma non era così diverso da quello dove avevo incontrato Brandon: luci al neon, birra di qualità non eccelsa, tavoli da biliardo, freccette, macchinette.

Mi sedetti fra due sgabelli vuoti sul fondo, per avere la vista completa del locale. Bottiglia alla mano, spalle curve, mi guardai intorno furtivo per vedere se qualcuno attirava la mia attenzione. *Insomma, sono etero o no?*

Passai tutti in rassegna. Spalle, braccia, un petto largo sotto una maglietta stretta degli Steelers. Tatuaggi, volti, un culetto sodo in un paio di jeans consunti. Pacchi in evidenza, sorrisi, bicipiti che attiravano il mio sguardo da personal trainer, più che quello da uomo interessato.

Niente.

Neanche una punta di curiosità, per non parlare di desiderio.

Ovviamente non sapere se questi tizi fossero gay o etero non mi aiutava. Non ero nemmeno sicuro di poterci provare con un uomo gay; di certo non volevo rischiare di beccarne uno etero.

331

Un fan dei Mets, in un angolo, mi cercò con lo sguardo. Conoscevo quegli occhi. Mi stava squadrando dalla testa ai piedi, come solo un altro uomo aveva fatto prima, e dubitavo che volesse sfidarmi a biliardo anche lui. Bevve un sorso di birra, poi tornò a fissarmi furtivo.

Guardai la mia birra, tamburellando le dita sulla bottiglia. Il fan dei Mets non era per niente male, ma non suscitava in me alcuna reazione. Sospirai, bevvi un sorso e tornai a tamburellare le dita.

Forse ero etero. Magari Brandon era stato solo un'eccezione. Un capriccio. Tipo una sveltina con una mora quando di solito preferisci le bionde e con le bionde intendi restare. Ma questo non spiegava perché fare sesso con una donna mi fosse sembrato così alieno.

Mi strofinai gli occhi e sospirai frustrato. Etero, gay, qualunque cosa fossi, continuavo a non trovare quello che cercavo.

«Settimana difficile?»

Mi girai verso chi aveva posto la domanda. E scoprii due cose.

Primo, che lo sgabello accanto al mio non era più libero.

Secondo, che ero *decisamente, senza il minimo dubbio,* attratto dagli uomini.

Il mio vicino teneva le spalle rilassate e stringeva il bicchiere con le dita lunghe. Aveva un pizzetto netto, curatissimo, che incorniciava un sorriso diabolico, e due splendidi occhi blu, incredibili quasi quanto quelli di Brandon. *Sta' zitto e dimentica Brandon.* Sollevò le sopracciglia mentre aspettava che gli rispondessi.

Mi schiarii la voce e mi misi a sedere meglio, cercando di nascondere l'effetto che mi aveva fatto. «Ah... uhm, sì. Settimana lunga.» Bevetti un sorso di birra.

Rise. «La lunghezza non è sempre un pregio.»

Tossii, strozzandomi con la birra.

«Sto scherzando, eh.» Mi mise una mano sulla spalla e mi sembrò che si soffermasse un secondo di più di quanto fosse normale fra uomini etero. Mi chiesi se lui lo fosse. Più lo guardavo, più mi convincevo chc io non lo cro.

«Sean Callahan,» mi porse la mano.

«Dustin Walker.» Gliela strinsi e subito seppi il responso. Mi sfiorò impercettibilmente il polso con le dita e, quando mi vide irrigidirmi, sorrise soddisfatto.

Ritirò la mano e prese la birra. Indicò i tavoli alle sue spalle. «Sai giocare a biliardo?»

«Me la cavo.»

«Ti va di fare una partita?»

Guardai i tavoli e mi sentii sprofondare. Ero riuscito a giocare con Renee, ma nella mia testa il biliardo era costantemente collegato a Brandon. «No, grazie,» risposi infine.

«Nessun problema. Neanch'io sono un gran giocatore.»

«Ma allora perché...» Déjà-vu. Non era accaduta la stessa cosa con Renee?

Si girò sullo sgabello e mi sfiorò un ginocchio col suo. Mi mancò il fiato e gli guardai le gambe: le ginocchia, le cosce... il gonfiore evidente sotto i jeans.

Quando tornai a fissarlo, mi si prosciugò la bocca e, prima ancora di rendermene conto, mi passai la lingua sulle labbra. Vidi le sue schiudersi in risposta.

Seguii il pomo d'Adamo che sobbalzava mentre deglutiva e, quando tornai a fissarlo negli occhi, si sporse verso di me.

Lanciò un'occhiata ai tavoli, poi di nuovo a me. «Posso essere franco?»

Avevo la bocca prosciugata. «Okay...»

«Ho l'impressione che tu non sia a caccia di fanciulle.»

Deglutii. «Cosa te lo fa pensare?»

Mi rispose con un'alzata di spalle. «Non ti ho visto guardarne una per tutta la sera.»

«Mi hai tenuto d'occhio.»

«Già.» Non era affatto dispiaciuto o in imbarazzo per la confessione. Anzi, a giudicare dal modo in cui gli occhi gli brillavano e dal sorriso arrogante, credo che ne andasse piuttosto fiero.

«Allora,» risposi. «Se hai passato tutto questo tempo a guardare me, ne deduco che neanche tu sia qui per le fanciulle.»

«No, infatti. E francamente non ci tengo nemmeno tanto a stare qui.»

Per un attimo rimasi offeso, pensando che non volesse parlare con me. Poi compresi. In qualche modo, riuscii a chiedere: «Dove preferiresti essere?»

«In un posto più...» Si mise una mano sul ginocchio e si rigirò verso il bancone, sfiorandomi la coscia con la mano mentre passava. «Intimo.»

Sobbalzai. Mi ero aspettato una risposta tipo 'privato', o 'tranquillo'. Ma non *intimo*.

«Sempre che ti interessi.» Inarcò le sopracciglia mentre beveva un sorso di birra.

Ora o mai più. Gay o etero, con Sean capirai di che pasta sei fatto. Cazzo, buttati. Bevetti un lungo sorso di birra, poi appoggiai la bottiglia vuota sul bancone. «Andiamo.»

Il parcheggio era stranamente silenzioso. Fu un sollievo sfuggire agli sguardi curiosi della società, ma mi sentii stranamente esposto.

Si fermò alla sua macchina e mi venne vicino, quel che bastava per toccarmi. Per un attimo evitammo di guardarci negli occhi. Poi mi mise una mano sul fianco e mi attirò piano a sé.

Aveva le spalle un po' più larghe delle mie ed era qualche centimetro più alto. L'altezza amplificava la potenza intensa dei suoi occhi. Non è che mi spaventasse o mi facesse sentire minacciato, ma dava l'impressione di essere un uomo che sapeva esattamente cosa voleva.

Sentii un brivido corrermi per la schiena e, a quella distanza, anche lui dovette cogliere il mio nervosismo. Lo sentii spostarsi impercettibilmente – uno struscio, il suo inguine contro il mio – e capii che era eccitato quanto me.

Ci guardammo negli occhi e pensai che volesse dire qualcosa, ma invece mi baciò. Mi sorprese la gentilezza di quel bacio: me l'ero aspettato aggressivo, insistente, ma invece pareva volermi assaporare la bocca, non divorarla. Infilò la lingua sotto la mia e mi attirò fra le sue labbra.

Mi ritrovai a chiedermi perché Stephanie facesse tante storie per il pizzetto e… *ecco perché Brandon voleva che… Dustin, piantala.*

C'era qualcosa di squisitamente sensuale nel tocco morbido dei peli di Sean sulla pelle. Ma, in effetti, c'era qualcosa di squisitamente sensuale in tutto quello che il suo corpo faceva al mio: i movimenti erano lenti, cauti – il modo in mi separò le labbra con la lingua, esplorò la mia bocca, mi strinse la braccia intorno alla vita – ma i suoi sospiri erano troppo affannati. Sentivo che si stava trattenendo: sotto i baci languidi scalpitava qualcosa di selvaggio. Volevo ritrovarmi con lui in un posto chiuso, lontano dagli sguardi critici e curiosi della società, e scoprire quale fosse la sua vera natura.

Scoprire cosa nascondesse Sean sotto quella facciata tranquilla.

«Vuoi che andiamo via?» sussurrò.

«Assolutamente.»

«Io abito dall'altra parte della città.»

«Io qui vicino.»

«Andiamo.»

Sean mi seguì all'appartamento, senza aprire bocca, senza provare a toccarmi, senza nemmeno degnarmi di uno sguardo. Quando richiusi la porta alle mia spalle, lo scatto del chiavistello mi diede una sensazione strana, snervante, come se mi fossi appena chiuso in una gabbia con un leone. Non ero propriamente *spaventato* da Sean, ma avevo l'impressione che a letto sarebbe stato una belva insaziabile. Era un po' come trovarsi sull'orlo del precipizio prima di fare bungee-jumping: volevo saltare, ma definirmi nervoso era un eufemismo.

Quando mi voltai verso Sean, lo trovai a mezzo metro di distanza, che mi scrutava, in attesa. Gli guardai il pomo d'Adamo che sobbalzava e cercai di capire se fosse nervosismo, il suo, o piuttosto impazienza.

Mi venne vicino e fece per baciarmi, senza smettere di fissarmi. Mi leccai le labbra lentamente e mi irrigidii all'idea del contatto con le sue mani. Quando finalmente mi strinse le dita intorno al fianco, inspirai a fondo dal naso.

Vidi qualcosa cambiare nel suo sguardo, nella sua espressione. Piegò la testa e si avvicinò per baciarmi, muovendosi pianissimo, come se volesse farmi sentire ogni centimetro di spazio che conquistava. Cercai di sporgermi verso di lui, ma mi bloccò, stringendomi il fianco con forza. Ero libero di andarmene – non mi stava costringendo – ma Sean ci teneva a farmi sapere che sarebbe stato lui a prendere l'iniziativa.

Quando mi prese fra le braccia e attaccò a baciarmi, fu subito chiaro chi fosse in controllo: ogni movimento delle sue labbra, della sua bocca, lo ribadiva. All'inizio fu gentile, senza usare neanche la lingua; poi si fece profondo e appassionato, e ancora leggero e soffice, come una carezza. Era lui a stabilire il ritmo.

Piegò la testa e mi baciò il collo, fermandosi alla base della gola, sopra la clavicola, per tracciare con la lingua dei cerchi umidi e caldi che mi fecero venire la pelle d'oca.

«Ti piace?» mormorò.

«Dio, sì.» Gli passai le mani fra i capelli spessi, chiusi gli occhi e mi lasciai andare al tocco gentile delle sue labbra sulla pelle.

Mi accarezzò il petto, sfilandomi la giacca, e il movimento improvviso mi fece perdere l'equilibrio. Sean ne approfittò per spingermi contro il muro, ansimando mentre mi baciava il collo e il mento. Trafficò per togliersi la giacca, poi mi infilò le mani sotto la maglia e mi levò anche quella. Passò infine alla cintura, il tutto senza staccarmi dal muro.

Non era violento: gli piaceva tenere in pugno la situazione e dare sfoggio di sicurezza, ma si premurava anche del mio piacere. Capii subito chi dei due avrebbe scopato chi. L'idea mi fece rabbrividire di piacere.

Di colpo mi prese il cazzo in mano e fui felice di essere contro il muro. Continuò a baciarmi mentre me lo strofinava piano, le dita che tremavano e il respiro affannato. Rimanevo in piedi solo grazie al muro e al suo corpo. La mano gli tremava troppo per mantenere un ritmo regolare e ogni volta che mi abituavo, il ritmo cambiava, e ogni volta, cazzo, mi mancava il fiato come se fosse stata la prima volta che mi toccava.

Mi morse l'orecchio e per poco non caddi a terra. «Ti piace, vero?» ruggì, strofinandomi più in fretta, poi più piano, poi di nuovo in fretta.

«Se continui così, vengo subito.» Mi morsi il labbro e cercai di trattenermi mentre mi leccava sotto l'orecchio. Quanto sentii il suo fiato sulla pelle del collo, le ginocchia mi cedettero definitivamente; provvide il suo corpo a tenermi su.

«Forse...» sussurrò, «dovremmo metterci comodi.»

Non provai nemmeno a parlare, mi limitai ad annuire. Si staccò da me, accertandosi prima che riuscissi a stare in piedi. Proprio come prima, durante la camminata, mi seguì per il corridoio senza parlare né sfiorarmi.

Appena in camera da letto, però, cambiò tutto. Ci baciammo con passione, strappandoci i vestiti di dosso, affamati di pelle nuda. Riuscii a sfilargli la maglia prima di finire sul letto, schiacciato sotto di lui.

Cercai di capovolgerlo, ma mi immobilizzò i polsi accanto alla testa, dopodiché strusciò l'inguine sul mio e mi baciò. Mi dimenai, per prendere in mano la situazione, ma mi tenne fermo. In passato mi era capitato di fare lotte giocose con le donne, ma mai con qualcuno così forte: era davvero eccitante.

«Non riuscirai a liberarti, Dustin,» rise e mi baciò il mento.

«Però, se smettessi di provarci, non sarebbe altrettanto divertente, no?»

Ringhiò sul mio mento. «No, infatti.»

Continuai a dimenarmi quanto bastava per fargli credere che facessi sul serio. Se la bevette: le sue mani si fecero meno strette intorno ai miei polsi.

Mi liberai e, prima che potesse reagire, lo capovolsi sulla schiena, bloccandolo come aveva fatto lui con me. «Non vorrei mai deluderti.»

Per un attimo mi fissò sconvolto, a bocca aperta e occhi spalancati. Poi si leccò le labbra e sorrise. «Ti meriti una bella punizione.»

Risi e mi avvicinai per baciarlo, ma rimasi fuori portata. «Dimentichi chi sta sopra in questo momento.»

«Affatto,» rispose, sporgendo il collo per sfiorarmi le labbra. «Ce l'ho ben presente.»

«Bene,» dissi, dandogli un bacio veloce che lo lasciò insoddisfatto.

Strinse le labbra in una smorfia di frustrazione. «Vieni qui.»

«Perché?» chiesi, leccandogli appena il labbro inferiore e ridendo del ruggito che scaturì dalla sua gola. Provò a liberarsi. Guardai le mani che lo tenevano fermo; stavo per fare una battuta, quando agganciò la gamba intorno alla mia e in un attimo mi ritrovai di nuovo schiacciato sul letto, a fissarlo sbalordito.

«Te l'ho detto che ce l'avevo ben presente.» Sorrise e chinò il capo per baciarmi.

Il bacio si fece più intenso e lui smise di stringermi i polsi. Ne liberai uno, ma invece di cercare di capovolgerlo di nuovo, glielo misi intorno al collo. Poi anche l'altro. Dimenticammo la lotta e ci liberammo dei vestiti rimasti.

«Ce ne sono di cose che vorrei farti,» biascicò, premendo il suo cazzo eretto contro il mio. «Ma *devo* scoparti. *Adesso.*»

«Comodino,» gli indicai fra un bacio e l'altro.

«Grazie.» Si alzò per prendere la roba, senza disturbarsi a chiedere chi sarebbe stato penetrato. Penso che lo sapesse bene come lo sapevo io; l'aveva messo in chiaro al primo bacio nel parcheggio. Quando lo vidi infilarsi il preservativo, fu solo una conferma.

Mi misi a quattro zampe e lui mi prese un fianco. Per un attimo venni colto dal panico. Mi ero lasciato penetrare solo da Brandon, ma Brandon era molto più gentile di Sean. Non avevo provato dolore quella volta, ma con Sean non potevo prevedere come sarebbe andata.

Il lubrificante freddo sulla pelle mi fece trasalire. Mi sforzai di rilassarmi, chiusi gli occhi, cercai di respirare regolarmente, a fondo, e mi preparai al peggio.

«Ehi.» Mi carezzò un fianco. «Stai bene?»

«Sì sì,» espirai. «Solo, fa' piano.»

«Certo,» mi rispose, con voce incredibilmente gentile. «Non voglio mica farti male.» La conferma bastò a tranquillizzarmi i nervi e mi rilassai. Mi penetrò piano, poco per volta, tornando indietro e spingendosi di nuovo dentro con calma.

«Cazzo,» sussurrai, chiudendo gli occhi e lasciando cadere la testa in avanti, mentre le braccia minacciavano di cedere.

Si fermò. «Ti faccio male?»

Scossi la testa. «No, affatto.»

«Bene.» Mi accarezzò la schiena, massaggiandomi i muscoli tesi, mentre continuava a penetrarmi lentamente. Prima era stato duro e dominante, ma adesso era davvero gentile. Paziente, quasi tenero. Proprio come nel parcheggio, si stava trattenendo: lo rivelavano i sospiri affannati, i gemiti strozzati; mi stava dando modo di abituare il corpo, prima di lasciarsi andare.

Si fermò per aggiungere del lubrificante e, quando mi penetrò di nuovo, non riuscii trattenere un gemito. Ora che sapevo che potevo gestirlo, che non mi avrebbe fatto male, volevo di più.

Non riuscii a trovare le parole per chiederglielo, così piantai le unghie nel materasso e spinsi contro di lui. Quando mi penetrò fino in fondo, in un'unica mossa, riuscii a malapena a sussultare.

Anche Sean gemette, ma si riprese subito. Mi fermò i fianchi e chiese: «Ti piace andarci giù pesante, eh?»

«Sì,» risposi, a denti stretti. Cercai di muovermi di nuovo, ma Sean mi trattenne, facendomi capire che sarebbe stato lui a decidere il ritmo.

«Vuoi di più?»

«Ti prego.»

«Non ti sento, Dustin.»

«Scopami.» Per poco non balbettai, da quanto mi tremavano i denti.

«Come vuoi che ti scopi?»

Brutto stronzetto. «Forte.»

Rallentò, fino a fermarsi quasi. «Non sento.»

«Mi hai sentito benissimo. Scopami come si deve.»

«Non sei molto convincente, Dustin.»

La mia frustrazione estrema vinse sulla stretta che ancora esercitava sui miei fianchi. Mi spinsi contro di lui e ringhiai: «Scopami, forte, *adesso.*»

Non se lo fece ripetere: mi scopò con tutta la forza che aveva, rapido e profondo, ansimando e ringhiando ogni volta che penetrava il mio culo. Era quasi doloroso, quasi troppo... *quasi.* La stanza prese a girare intorno a me: e mi sentii pronto a venire, anche se nessuno mi aveva ancora toccato l'uccello.

«Oddio,» gemetti. «Oh mio Dio...» Stavo per venire, volevo venire, dovevo venire, non riuscivo a pensare a nient'altro, cazzo, dovevo venire *subito...*

«Vorrei farti provare quello che provo io quando mi scopi.»

La voce di Brandon mi risuonò nelle orecchie e in quel momento venni, imprecando e gridando, sperando di non dire il suo nome anche se ce l'avevo sulla punta della lingua.

Mentre l'orgasmo scemava, Sean continuò a scoparmi, gridando sempre più forte man mano che si avvicinava all'orgasmo. Continuai a muovermi con lui, ma non c'ero più con la testa. Non perché ormai ero venuto e non me ne importasse niente di lui: il ricordo di Brandon – specialmente il fatto che fosse stato lui, e non Sean, a farmi venire – mi aveva rovinato la festa.

La stretta di Sean intorno ai fianchi si fece dolorosa e mi riportò alla realtà, proprio mentre l'uomo mi penetrava un'ultima volta e poi veniva. Cademmo a letto sudati, ansimanti e soddisfatti.

«Cristo, che roba,» gemette, mentre si alzava per disfarsi del preservativo.

«Già.» Mi passai una mano fra i capelli sudati e mi sdraiai sulla schiena. Non era una bugia. Il sesso era stato incredibile; se ero depresso era solo per colpa dell'apparizione last-minute di Brandon.

«Ti sei difeso bene,» mi disse con un sorriso diabolico mentre tornava a stendersi al mio fianco.

Risi. «Ti ho fatto sudare un po'.»

Si guardò il petto e fece spallucce. La sua pelle, come la mia, era velata di sudore. «Mi farei volentieri una doccia. Vieni con me?»

Feci spallucce. «Perché no?» Anche col nodo allo stomaco, avevo troppo voglia di una doccia. E poi, se ci lavavamo adesso, forse sarei riuscito a evitare un altro round. Eravamo entrambi piuttosto stanchi.

Sean evidentemente non la pensava come me. «Sento che ci serviranno.» Mi fece l'occhiolino e prese il lubrificante e un preservativo.

«Lo prendo per un complimento,» risposi, cercando di non dargli a vedere che all'improvviso desideravo essere ovunque tranne che lì con lui.

Mi mise una mano sulla schiena e mi baciò. «Fidati, lo è.»

Appena fummo nella doccia, Sean mi abbracciò. Il bacio bastò a farmi cambiare idea sul secondo round e, prima di riuscire a fermarmi, stavo già ricambiando con passione.

La mia pelle era percorsa dall'acqua bollente e da due mani calde, che si facevano man mano più insistenti, come il suo bacio. Mi prese la mano e se la portò sull'uccello, che era già bello duro. Poi strinse con le dita la mia erezione, strofinandola piano, gentilmente, mentre continuavamo a baciarci.

Quando mi guardò, non aveva più quell'espressione beata e soddisfatta. Aveva gli occhi stretti, lo sguardo intenso, le labbra dischiuse e affamate, mentre l'acqua gli scorreva a rivoli sul viso e sul collo, come sudore. Fece per prendere il lubrificante e i preservativi, ma io fui più veloce. Sean mi guardò strappare la carta coi denti.

«Girati,» ringhiai.

Alzò le sopracciglia, sorpreso. Poi le labbra gli si incurvarono in un sorriso. «Vuoi prendere in mano la situazione?»

«Voglio prendere *te*, e non *in mano*.»

Sean inspirò e mi attirò a sé per un bacio, mentre mi infilavo il preservativo. Feci per prendere il lubrificante, ma ci arrivò prima lui. Se lo versò sulla mano, posò la bottiglia e mi baciò mentre mi strofinava il cazzo.

«Girati,» sussurrai, di nuovo.

Dopo un ultimo, rapido bacio, obbedì, appoggiandosi al muro con entrambe le mani mentre lo prendevo per i fianchi. Quando premetti il cazzo contro il suo culo, lo vidi raddrizzare la schiena con un brivido. Lo stuzzicai un po', penetrandolo appena con la punta e ritraendomi subito.

«Ti piace?» gli chiesi, mordicchiandogli una spalla mentre glielo spingevo un po' più a fondo.

«Mi piacerà di più quando me lo sbatterai dentro,» ringhiò.

Appena lo ebbi penetrato fino in fondo, sospirai e venni colto dai brividi. Sperai che lo interpretasse come un segnale di eccitazione, e probabilmente fu proprio così, a giudicare dal modo in cui mosse i fianchi per prendermi meglio. Non poteva – e non doveva – sapere della sensazione che mi attanagliava le budella. Era la stessa che avevo provato con Renee: strano, alieno, *sbagliato*.

Inspirai a fondo e lo tenni per i fianchi, scopandolo più forte mentre cercavo di concentrarmi sul presente.

«Oh cazzo, sì.» La sua voce si udiva a malapena sotto lo scroscio dell'acqua.

Mi chinai in avanti per baciargli il collo. «Ti piace?» gli chiesi, a bassa voce.

«Cazzo, sì,» gemette mentre glielo sbattevo dentro. «Di più,» mi implorò.

«Non ti sento.»

«Di più.»

Rallentai, presi a penetrarlo piano e mi tremarono le ginocchia. «Andiamo, Sean, dimmi bene cos'è che vuoi.»

«Lo sai benissimo.»

«Non sei convincente.»

Facendo leva contro il muro, si spinse verso di me. «Scopami più forte, figlio di puttana,» ringhiò.

«Meglio,» risposi, borbottando contro il suo collo, e gli strinsi i fianchi prima di spingerglielo dentro.

«Oh cazzo, sì,» gemette. «Cristo, sì, così...»

Chiusi gli occhi e gli accarezzai la schiena. Esplorai con le dita i suoi muscoli, gli spigoli della spina dorsale; ogni brivido mi faceva venire l'acquolina in bocca, e immaginai di tracciare i contorni di quel tatuaggio che conoscevo a memoria...

Spalancai gli occhi e ansimai, perdendo momentaneamente il ritmo. La pelle liscia, senza inchiostro, di Sean mi riportò alla realtà, ricordandomi che non ero con Brandon. Sean non era Brandon. Brandon non c'era.

«Tutto okay?»

Inspirai. «Sì, sì, tutto okay.» Lo presi per i fianchi e ricominciai a scoparlo per bene, spingendo più forte.

«Più veloce.» Il rumore assordante dell'acqua per poco non coprì la sua voce ansimante, roca. Staccò una mano dal muro e prese a strofinarsi l'uccello. Gli vidi tremare i muscoli della spalla e del braccio. «Cristo, scopami più veloce.»

Gli piantai le dita nei fianchi e glielo sbattei dentro, più forte e più veloce che potevo. Chiusi di nuovo gli occhi, lasciandomi sopraffare dall'orgasmo imminente.

Sean gemette piano, muovendo i fianchi contro i miei, strofinandosi il cazzo a ritmo. «Oh Dio...»

Pur non volendolo, mi sentii invadere dai ricordi. Li scacciai e mi concentrai su Sean. Emisi un gemito roco, basso, e sentii una tensione ai testicoli mentre l'orgasmo si avvicinava.

... *Le dita di Brandon che stringono la cattedra, le nocche bianche...*

Digrignai i denti, tentando di concentrarmi su Sean. Sul presente. Sull'orgasmo che stavo per avere. Su...

... *La sua testa che cade all'indietro mentre gli strofino l'uccello nel parcheggio...*

Più forte, più veloce, gli piantai le mani nei fianchi per rimanere sulla terra. Sean gemette, poi ruggì e si aggrappò al muro per non cadere mentre veniva. Un sussurro gentile dal passato si insinuò nella mia mente, fino a coprire qualsiasi grido...

... «*Non sai da quanto aspettavo questo momento,*» *mormorò, le labbra incollate alla mia spalla.* «*Essere penetrati è un tale piacere...*»

Ero al limite. A un passo dal venire. Mi mancava un soffio e ogni volta che scopavo Sean, mi sforzavo di non ricordare...

... *Ha sbagliato il tiro per potermi fare un pompino...*

... Brandon, ma era inutile e, se non pensavo a Brandon, l'orgasmo si faceva più lontano, per poi ripresentarsi appena tornavo a pensare a lui. Quando il dolore al cazzo si fece troppo intenso, mi arresi.

Mi lasciai sopraffare dai ricordi – ricordi su ricordi di Brandon, dei suoi baci, della sua pelle, del suo sapore, dei suoi orgasmi – e in un attimo venni, spingendo il cazzo dentro Sean con una forza tale che per un attimo temetti che saremmo caduti entrambi per terra.

«Oh cazzo, oh cazzo,» mormorai. «Oh Dio...» Fui colto dal panico e per un pelo non dissi il suo nome. Deglutii e appoggiai la testa fra le scapole di Sean, mentre l'orgasmo scemava. «Oh mio Dio,» sussurrai.

Dopo essermi liberato del preservativo, Sean mi prese fra le braccia sotto l'acqua bollente e mi baciò.

«Sei incredibile,» dissi, ancora senza fiato.

«Neanche tu sei tanto male,» mi rispose, poggiandomi una mano sul fianco.

«Allora non sono sembrato tanto inesperto, eh?» feci, sforzandomi di ridere.

Inarcò le sopracciglia e sentii la mano irrigidirsi sul mio fianco. «Inesperto?»

Annuii. «Sì...» Deglutii. «Non è tanto che...»

«Dici sul serio?» Non fece una piega. Dopo un attimo, aggiunse: «*Quanto*, esattamente?»

«Pochissimo.»

Schiuse le labbra, sorpreso, ma poi sorrise. «Beh...» Mi prese per la nuca e si chinò per baciarmi. «Non me n'ero accorto.»

CAPITOLO
VENTIQUATTRO

Fissai il soffitto, al buio. Sean dormiva al mio fianco.

Fisicamente ero senz'altro soddisfatto. Dopo tutto quello che avevo fatto con Sean, il mio corpo voleva solo dormire. Ma non mi sarei addormentato tanto presto: il cervello non voleva saperne. Ero soddisfatto, sì, ma mi sentivo peggio di prima, più confuso.

Dunque mi piacevano gli uomini. E le donne. Forse un pochino di più gli uomini. Entrambi potevano soddisfarmi, fisicamente, ma entrambi mi avevano lasciato la testa piena di dubbi e depressione.

Chiusi gli occhi e sospirai. Sean si mosse accanto a me. Per un attimo temetti che si fosse svegliato e trattenni il fiato finché non fui certo che stesse dormendo.

Il senso di colpa minacciava di dilaniarmi. Non ero mai stato tipo da trattar male quelli con cui scopavo, specialmente quando eravamo ancora a letto insieme. Anche se sapevo che era solo la storia di una notte e che al mattino ciascuno sarebbe andato per la propria strada, finché la notte durava eravamo amanti e sentivo il dovere di comportarmi come tale. In effetti, Renee era stata

351

la prima persona che avevo lasciato prima dell'alba.

Non volevo essere scortese con Renee o con Sean, ma non volevo neanche ritrovarmi di nuovo a farci del sesso insieme.

Mi strofinai gli occhi. Andare con loro mi aveva fatto passare la voglia: mi aveva placato l'eccitazione, ma senza rendermi felice. Il sesso con Brandon mi lasciava sazio e affamato al tempo stesso; il sesso con Sean e Renee mi aveva lasciato affamato di Brandon.

Chiusi gli occhi e tentai di abbandonarmi al sonno.

Questa sensazione era fin troppo familiare. Era quasi identica a come mi ero sentito tornando a casa dopo aver beccato Stephanie in hotel. La realizzazione devastante che, per quanto avessi provato a negarlo, qualcosa era andato perduto.

Sapevo che il mio matrimonio era finito molto prima di bussare alla porta di quella camera d'albergo, ma in quell'istante la verità mi aveva comunque sorpreso. Mi aveva ferito, come un colpo basso sferrato su un organo che non credevo potesse provare dolore. Era stato il punto di non ritorno e non avevo avuto scelta che accettarlo e andare oltre. Non potevo più fingere che non mi stesse tradendo e che il mio matrimonio non fosse finito.

In un certo senso, con Brandon avevo fatto la stessa cosa: sapevo che se n'era andato, ma mi ero aggrappato alla speranza di vederlo tornare. O alla speranza di riuscire a dimenticarlo.

Perdere Stephanie dopo dieci anni non era niente al confronto di quel dolore. *E pensare che temevo che Brandon fosse solo un capriccio, uno stratagemma per dimenticarla.* Come avevo fatto a essere così stupido? Per tutto il tempo avevo temuto che Brandon fosse solo una fase, una ribellione adolescenziale per allontanarmi il più possibile dal ricordo di Stephanie.

Mi ero fatto mille domande: avevo davvero dimenticato la mia ex?, e cosa penserà la mia famiglia?, e come posso definirmi?, e tante altre. Mi ero scervellato per cercare di capire che sesso preferissi e mi ero fatto scappare l'unica persona di cui mi importava davvero. Certo, ora sapevo di essere bisessuale, ma a che costo? Ero talmente preso da me stesso da aver ignorato l'unica cosa importante. Trascurato i dettagli per l'insieme.

Come ho potuto essere così stupido?

Mi sfregai la fronte, sospirai e chiusi gli occhi. Accanto a Sean, mi resi conto che non me ne importava più niente di capire chi fossi: ormai Brandon se n'era andato.

Avevo appena liquidato Sean, quando mi squillò il cellulare. La suoneria mi fece gelare il sangue nelle vene.

Cristo, non è proprio il momento giusto.

Come sempre meditai di ignorare la chiamata, ma non potevo sfuggirle per sempre. Chiusi gli occhi, strinsi i denti e risposi.

«Ciao, mamma,» biascicai.

«Dustin, sono tre giorni che cerco di chiamarti. Dove sei stato?»

«Scusa.» Non me ne importava di sembrare falso.

«Non sarai mica uscito di nuovo con quell'uomo, vero?» Sputò fuori le parole come se fossero acido sulla lingua.

No mamma, ero troppo impegnato a scopare con un altro uomo e un'altra donna. Vuoi che ti racconti tutto nei dettagli? Digrignai i denti fino a farmi male. «Ero impegnato.»

«A fare che?»

A farmi chi, *al massimo.* Nonostante la rabbia che mi possedeva, cercai di mantenere la conversazione sul leggero. «Adesso sono libero. Che c'è?»

«Dustin, sono preoccupata per te.»

Sospirai. «Sei sempre preoccupata per me.»

«Sì, ma per forza...» Mi sembrò quasi di vederla fare una smorfia. «Dio Santissimo, dopo quello che hai fatto...»

Cazzo, non è proprio il momento giusto. «Mamma, ti prego...» *Non adesso.*

«Davvero, Dustin. È vergognoso. Hai...»

Mi strofinai gli occhi con le dita e ascoltai la sua voce stridula, senza capire cosa dicesse. Non me ne fregava nulla: mi bastava la disapprovazione, chiara in ogni sillaba. Non era il momento giusto. Il dolore per aver perso Brandon era già abbastanza straziante, anche senza il senso di colpa che mammina riusciva a suscitarmi.

«Non è comunque un buon motivo per fingere che sei gay e scappare con un uomo! Dustin...»

Non resistetti. «Mamma...»

«Devi trovare la ragazza giusta. Lo so che ti senti in colpa...»

«Mamma...»

«... Per aver lasciato Stephanie, ma non devi disperare, ci sono altre donne come lei...»

«Mamma, cazzo, *chiudi il becco!*»

Silenzio. Mi schizzò il cuore in gola. L'avevo detto davvero?

«Dustin, cos'hai detto?»

Sì, mi sa di sì. «Mi hai sentito benissimo.»

Silenzio. Per un attimo pensai che avesse riattaccato: non sarebbe stata la prima volta. Poi però sentii un sussurro impalpabile; era ancora là e, per una volta, era senza parole.

«Mamma, ascoltami.» Aspettai in caso volesse interrompermi, ma non lo fece. «È finita con Stephanie. E anche con Brandon, se è per questo.»

«Benissimo, allora...»

«*Zitta.*» Inspirai a fondo, cercando di non perdere la pazienza. «Ascolta. È finita, ma non farò finta di non averlo mai amato. Lo amo ancora.»

Si mise a strillare, ma non la stavo sentendo. Le mie stesse parole mi rimbombavano nelle orecchie. Avevo veramente detto di amarlo?

Non farò finta di non averlo mai amato. Lo amo ancora. Il cuore mi batté forte nel petto. Certo che lo amavo. Era la cosa più logica. Lo amavo. Lo amavo e l'avevo perso perché ero stato troppo stupido per accorgermene. Perché l'avevo ferito.

Non farò finta di non averlo mai amato. Lo amo ancora.

Sentii gli occhi pizzicare, e mi si strinse la gola. *Che cazzo ho fatto?*

«Dustin, mi stai ascoltando?»

Deglutii. «No. No, non ti ascolto.»

Silenzio. «*Che cosa?*»

«Ho detto *no*, mamma, *non ti ascolto*,» scandii, tenendo a freno le emozioni. «La prima volta che ti ho dato retta, mi sono ritrovato sposato con quella stronza traditrice. La volta dopo ho finito per rimanere con lei, anche se mi rendeva la vita un inferno. E l'ultima, fottutissima volta che ti ho ascoltato, mi sono lasciato condizionare da te e dal resto del mondo, fino a perdere l'unica cosa bella della mia vita.»

«Dustin, non essere ridicolo…»

«Qui di ridicolo c'è solo il modo in cui mi sono lasciato influenzare da te,» obiettai. Avevo l'adrenalina in circolo. Non mi ero mai ribellato a lei, mai. Covavo rancore da trent'anni e non potevo più tenermelo dentro. «Ho sposato una donna come te solo per farti felice, e non ti sei neanche resa conto che la mia vita era uno schifo. Mi sono liberato di lei e adesso voglio liberarmi *di te*.»

«*Dustin! Non…!*»

«Mamma, basta.» Inspirai. «Basta, davvero. Non voglio più ascoltarti. Non voglio sapere cosa pensi che dovrei fare della mia vita. Se non ti sta bene chi amo…» Mi fermai e deglutii, con un nodo alla gola. «Se non riesci ad accettarlo, a superare il fatto che è un uomo, allora è un tuo problema. Non mio.»

«Dustin, ma *è* un uomo! Non puoi…»

«Sì, invece.»

«È un'idiozia!»

«Non sono affari tuoi.»

«Non sono affari miei?» strepitò. «Mio figlio…»

«Tuo figlio, per una volta, sta ascoltando il suo cuore invece di sua madre, madre convinta che l'unico modo per lui di essere felice sia far felice *lei*.»

E di colpo riattaccai.

Rimasi a lungo seduto sul bordo del letto, il cellulare stretto fra le mani, i gomiti sulle ginocchia. Stritolare il telefono con tutta la forza che avevo sembrava l'unico modo per impedirmi di tremare. E di rispondere quando, di lì a breve, il cellulare riprese a squillare una, due, tre volte.

Non sarei tornato sui miei passi. Mi ero lasciato dominare da mia madre e dalle sue manie di controllo per troppo tempo e a un prezzo troppo alto. Se avessi avuto il coraggio di disfarmi prima del suo giogo, forse Brandon sarebbe rimasto con me.

Il telefono squillò di nuovo. Lo buttai sul letto e uscii dalla stanza. Prima o poi avrei dovuto affrontare le conseguenze di quella conversazione, ma per ora poteva aspettare.

Sprofondai sul divano, chiusi gli occhi e sospirai. L'adrenalina si stava disperdendo, ma il nodo allo stomaco continuava a tormentarmi. Avevo avuto mille occasioni di dire a Brandon quello che provavo, ma c'era voluta una conversazione rabbiosa con mia madre per pronunciare le parole ad alta voce.

Lo amavo. Lo amo ancora.

Ora che l'avevo ammesso, non provai nemmeno a razionalizzare la situazione, a ripetermi che avevo parlato a vanvera, che non dicevo sul serio. Perché non avevo parlato a vanvera e dicevo proprio sul serio.

Mi tornarono alla mente quelle poche parole sul foglio di carta:

Per me non era una storia senza importanza.

«Neanche per me, Brandon,» sussurrai nel silenzio. «Era *la più importante*.»

VENTICINQUE

Andai al locale quattro sere di fila prima di beccare Brandon. Quando arrivai non c'era, ma apparve poco dopo che mi ero sistemato al bancone, con una birra e una buona dose di autocommiserazione.

Quando entrò gli davo la schiena, però lo percepii subito. Sentii la gente intorno ai tavoli da biliardo gridare e scherzare con lui, ma fu solo una conferma: l'aria nel locale era cambiata nell'istante stesso in cui aveva aperto la porta. Il semplice passaggio da 'sala piena di gente' a 'sala con Brandon' era bastato a farmi venire la pelle d'oca.

Ci scambiammo uno sguardo rapido mentre iniziava la prima partita, ma non batté ciglio. Non che me ne accorgessi, perlomeno. Se era arrabbiato, ferito, addolorato, non lo diede a vedere.

Non era il solito Brandon, quello carismatico che teneva in pugno sia la folla che la partita: non era in vena di scherzi. Non sorrise nemmeno mentre raccoglieva le vincite dei primi due round. Scrutava i suoi avversari giusto il tempo di capire che tipi fossero, cogliere eventuali debolezze, e li batteva senza fatica, senza tiri spettacolari. Freddo e calcolatore: vinceva, ma senza metterci l'anima.

Mi chiesi se fosse venuto qui per lo stesso motivo per cui ci venivo io, ossia scappare dal silenzio claustrofobico della casa vuota. Se era così, probabilmente la mia presenza non lo aiutava.

Dopo averlo guardato giocare per un po', mi accorsi che non avrei mai avuto il coraggio di avvicinarlo lì, e lui di certo non avrebbe fatto il primo passo. Pagai il conto e uscii.

Ma non sarei tornato subito a casa.

Trovai l'auto di Brandon parcheggiata in fondo al parcheggio, vicino a un SUV. Mi appoggiai alla portiera, come lui aveva fatto con me diverse volte, e tenni d'occhio la porta del locale attraverso i finestrini del fuoristrada.

Il cuore mi rimbombava nelle orecchie. Provai a immaginare ogni sua possibile reazione: non sapevo se avrei avuto abbastanza forza da sopportare un altro rifiuto, ma mi rifiutavo di schiodarmi dall'auto. Dovevo attendere e sperare: sperare di avere abbastanza coraggio, sperare di riuscire almeno a parlargli. Attendere e impazzire, come un uomo innamorato.

Ci volle quasi un'ora prima che Brandon uscisse dal locale. Trattenni il fiato, chiedendomi se il tizio col cappello da baseball che lo seguiva fosse con lui o se l'uscita in contemporanea fosse solo una coincidenza.

Lo sconosciuto svoltò dall'altra parte, senza degnarlo di uno sguardo. Brandon si avviò da solo per il parcheggio. Teneva le mani in tasca, le spalle curve e le braccia strette lungo i fianchi, come per ripararsi da un vento gelido; lo sguardo era incollato a terra, ma quel che poco che intravidi del suo volto mi parve neutro, ancora privo di emozioni.

Quanto pagherei per saper leggere nella mente come fai tu, Brandon.

Ad ogni passo nella mia direzione, il cuore minacciava di schizzarmi fuori dal petto. Una parte di me voleva scappare, dileguarsi ora, prima che fosse troppo tardi; ma mi imposi di restare. Dovevo farlo.

A qualche metro di distanza, Brandon aprì l'auto col telecomando, facendo scattare il bagagliaio. La vibrazione mi percorse le ossa. Deglutii. *Ora o mai più.*

Aveva appena sollevato il cofano quando mi vide, e si bloccò. Strabuzzò gli occhi e rimase a bocca aperta, con uno sguardo scioccato, insolito sul suo viso. Si riprese subito, però, e strinse gli occhi e i denti.

Mise la stecca nel bagagliaio e lo chiuse con un tonfo, poi incrociò le braccia, si appoggiò all'auto e mi fissò. «Fammi indovinare,» fece, quasi ringhiando. «Dobbiamo parlare?»

Mi agitai. «*Io* devo parlarti. Spero che mi ascolterai.»

Per un attimo inarcò le sopracciglia, in modo impercettibile. L'avevo colto di sorpresa. Strinse più forte le braccia incrociate. «Parla.»

«Sono venuto a scusarmi, per tutto.»

Mi guardò in silenzio.

Tocca ancora a me, eh? «Per farla breve, sono stato uno stronzo. Non è che mi vergognassi di te o che volessi tenerti nascosto…» Scossi la testa. «Sono stato uno stupido. E ti chiedo scusa.»

Per un attimo rimase in silenzio, poi strinse gli occhi. «E adesso ti aspetti che io ti dica che va tutto bene, che sapevo che prima o poi te ne saresti reso conto e che possiamo tornare come prima?»

«Cazzo, Brandon,» biascicai, a denti stretti. «Senti, faccio schifo in queste cose. Ti ho dato per scontato e ho sbagliato. Cos'altro vuoi che ti dica?»

Strinse le labbra. «Non c'è altro da dire.» Si avvicinò a me. Il cuore prese a battermi forte, e mi chiesi cosa avesse in mente. Poi si fermò. Allungò la mano…

E afferrò la maniglia dell'auto.

Inarcò le sopracciglia e mi rivolse uno sguardo come a dire *'spostati'*. Lo feci, così che potesse aprire la portiera. Venni sommerso dal panico. Non potevo lasciarlo andare via, non l'avrei sopportato, non di nuovo.

«Brandon, aspetta.»

Si fermò, mi guardò e attese.

«Ti prego, non andartene.»

Per un attimo tamburellò le dita sull'auto. «Va bene. Non me ne vado.» Sbatté la portiera e vi si fermò contro. «*Per ora.*»

Mi appoggiai al SUV e mi tormentai le mani, in cerca delle parole giuste, consapevole che avevo i secondi contati. Brandon aveva esaurito la pazienza e restava lì solo perché gliel'avevo chiesto. Non si sarebbe fermato a lungo.

Inspirai e mi lasciai andare, sperando di dire la cosa giusta. «Senti, quando te ne sei andato ho provato a dimenticarti. A capire. Sono uscito un paio di volte.» Feci una pausa. «Ho conosciuto qualcuno...»

«Oh, fantastico,» scattò, alzando gli occhi al cielo e infilandosi le mani in tasca. «E sei venuto fin qui apposta per dirmelo? A raccontarmi quanto hai scopato da allora? Cos'è, pensavi che ti avrei pregato di rimetterti con me, una volta saputo quanto sei apprezzato in giro?»

«No.» Cercai di mantenere la calma. «Andando a letto con altri ho capito una cosa.»

Mi fissò con uno sguardo glaciale, ma non disse niente. Attese.

«Volevo capire se ero gay, etero, bisex o che altro.» Non riuscivo più a sopportare il suo sguardo intenso, così abbassai gli occhi sull'asfalto. «Pensavo che magari mi sentissi attratto da te solo perché, come hai detto tu, sei l'esatto opposto della mia ex...»

«Ne sono lusingato,» ringhiò.

«Ho detto *pensavo*,» gridai arrabbiato. Inspirai a fondo, mi passai una mano tremante nei capelli e mi sforzai di guardarlo. «Prima sono uscito con una ragazza. E poi con un ragazzo.»

Chinò lo sguardo e digrignò i denti. Il dolore nel suo sguardo per poco non mi fece mancare. *E dai, Dustin, dillo e basta. Dillo. Trova le parole e dillo.*

«Loro... ecco... mi hanno aperto gli occhi. Su un sacco di cose.» Mi fermai per grattarmi la nuca e riflettere un attimo. «Dicevi che dovevo superare il fatto che fossi un uomo e giudicarti per quello che eri.»

«Ricordo di aver detto qualcosa del genere, sì.» L'amarezza nella sua voce mi fece mancare il fiato.

«Mi sa di non averlo capito finché non era troppo tardi.» Mi fermai per espirare, cercando di stare calmo, e azzardai uno sguardo. «Ironia della sorte, il motivo per cui non sono rimasto né con la ragazza né col ragazzo...» *Dai, dai. Dillo e basta.*

Si mosse e reggere il mio sguardo sembrò costargli fatica.

Aprii la bocca per riprendere a parlare, per dirgli quello che volevo che sapesse, ma improvvisamente mi ritrovai senza parole. Chiusi la bocca e sentii la frustrazione che mi attanagliava le budella. Il silenzio fra noi sembrava infinito, ma non sapevo proprio come colmarlo.

Taptaptap. Tamburellava la dita sull'auto. *Taptaptap.* Il suono mi vibrava lungo la spina dorsale. *Taptaptap.* «Sto sempre aspettando.»

Mi passai le dita fra i capelli e tornai a fissare l'asfalto. «Brandon, mi dispiace. Non so cos'avessi, ero confuso, ero...»

«Dustin,» mi interruppe, in tono neutro. Sembrava calmo. «Guardami.»

Non lo feci.

«Guardami.»

Non potevo.

«*Cazzo, guardami!*» Il tono mi fece trasalire. Non capivo se tremava per la rabbia o per qualche altra emozione.

Deglutii a fatica e sollevai lo sguardo, cercando di ricacciare indietro le lacrime che mi ostruivano la visione.

Per un attimo rimase a fissarmi in silenzio, scrutandomi come aveva fatto tante volte in passato. Mi tremavano le ginocchia e non riuscivo quasi a respirare. E il silenzio persisteva. *Di' qualcosa, Brandon. Ti prego, ti scongiuro, di' qualcosa.* Tutto dipendeva da cosa avrebbe scorto nei miei occhi e da cosa significava la sua espressione tesa.

Alla fine parlò, sussurrando appena. «Cosa volevi dirmi di questi tizi con cui sei stato a letto?» L'ultima parola gli uscì acida. «Perché non sei rimasto con loro?»

Mi costrinsi a reggere il suo sguardo. «Perché...» Il cuore mi batteva forte. Mi leccai le labbra, ma avevo la lingua secca. «Perché non erano...»

Inarcò appena le sopracciglia. «Non erano cosa?»

Col cuore in gola, lo guardai negli occhi e sussurrai: «Te.»

Sobbalzò e inspirò dalle labbra schiuse.

«Dio, Brandon,» dissi. «Sono stato stupido, non volevo ferirti. Non mi ero accorto che...»

Prima ancora che mi accorgessi che si era mosso, mi mise a tacere con un bacio. Appoggiò appena le labbra alle mie, senza muoverle. Per un attimo non riuscii a credere a quel che stava accadendo, ma quando mi sfiorò con la lingua, il mio corpo si arrese all'evidenza. Lo abbracciai e ricambiai il bacio, stringendolo forte.

Mi lasciò andare e appoggiò la testa alla mia. Scosso dai tremiti, chiusi gli occhi e rimasi a crogiolarmi nella sua presenza, ascoltando il suo respiro, sentendo il suo corpo e il suo fiato sulla pelle.

«Anch'io devo scusarmi,» mi disse. «Non avrei dovuto insistere tanto.» Sollevò la testa e mi guardò. «Ci sono passato, so quant'è difficile.»

«Avevi il diritto di sapere se facevo sul serio o meno.»

Fece spallucce. «Forse sì. Ma non mi sembri il tipo da prendere in giro qualcuno. Mi sa che…» Si fermò. «Mi sa che mi sono sentito troppo coinvolto, troppo in fretta. Temevo che mi avresti fatto soffrire.»

Gli passai le mani nei capelli. «Abbiamo corso troppo.»

«Forse.» Si chinò per baciarmi. «Ma adesso siamo qui. Sulla stessa lunghezza d'onda, spero.»

«Da qui come procediamo?» chiesi.

Scosse la testa. «Proprio non lo so.»

Sospirai di sollievo, lo guardai negli occhi e cercai di dire le parole che mi tormentavano. *Ti amo, Brandon. Ti ho amato sin dal primo giorno. Non so se posso vivere senza di te, ma non voglio neanche provarci. Ti amo.* Ma le parole si rifiutavano di uscire.

Brandon però mi guardò negli occhi e sorrise in quel suo modo caldo, comprensivo. Mi toccò il viso, con un'espressione gentile come le sue dita, e disse: «Qualunque siano i tuoi sentimenti, ti sembra giusto ignorarli?» Si fermò. «Ignorare me?»

Lo strinsi più forte. «Voglio stare con te.»

«Allora è questo l'importante.» Mi attirò in un lungo bacio tenero. «Partiamo da qui. Il resto verrà da sé.»

«Mi sembra fattibile.»

«Anche a me.» Si fermò, piegò la testa di lato e sorrise in quel suo solito modo arrogante. «Forse potremmo cominciare stanotte.»

Sorrisi. «Hai qualcosa in mente?»

Tirò fuori le chiavi dalla tasca. Ne tolse una dall'anello e disse: «Devo fermarmi a fare benzina, ma...» Mi prese le mano e mi mise la chiave nel palmo, richiudendomi le dita. Mi fece l'occhiolino.

Mi infilai la chiave in tasca e sorrisi. Un attimo prima di baciarlo, dissi: «Ti aspetto.»

L. A. Witt lavora a tempo pieno come scrittrice di romanzi d'amore ed erotici; attualmente vive in Giappone, a Okinawa, col marito e due gatti. Scrive da quando andava a scuola, ma è nelle storie d'amore – sia gay che etero – che ha trovato la sua nicchia. Quando non è impegnata a scrivere, L. A. si diverte a scattare fotografie e a cacciarsi nei guai.

Visita il suo sito all'indirizzo http://www.loriawitt.com/.